老術師の罠

妖国の剣士 3

新装版

知野みさき

ハルキ文庫

角川春樹事務所

目次
Contents

安良国全図《やすら》

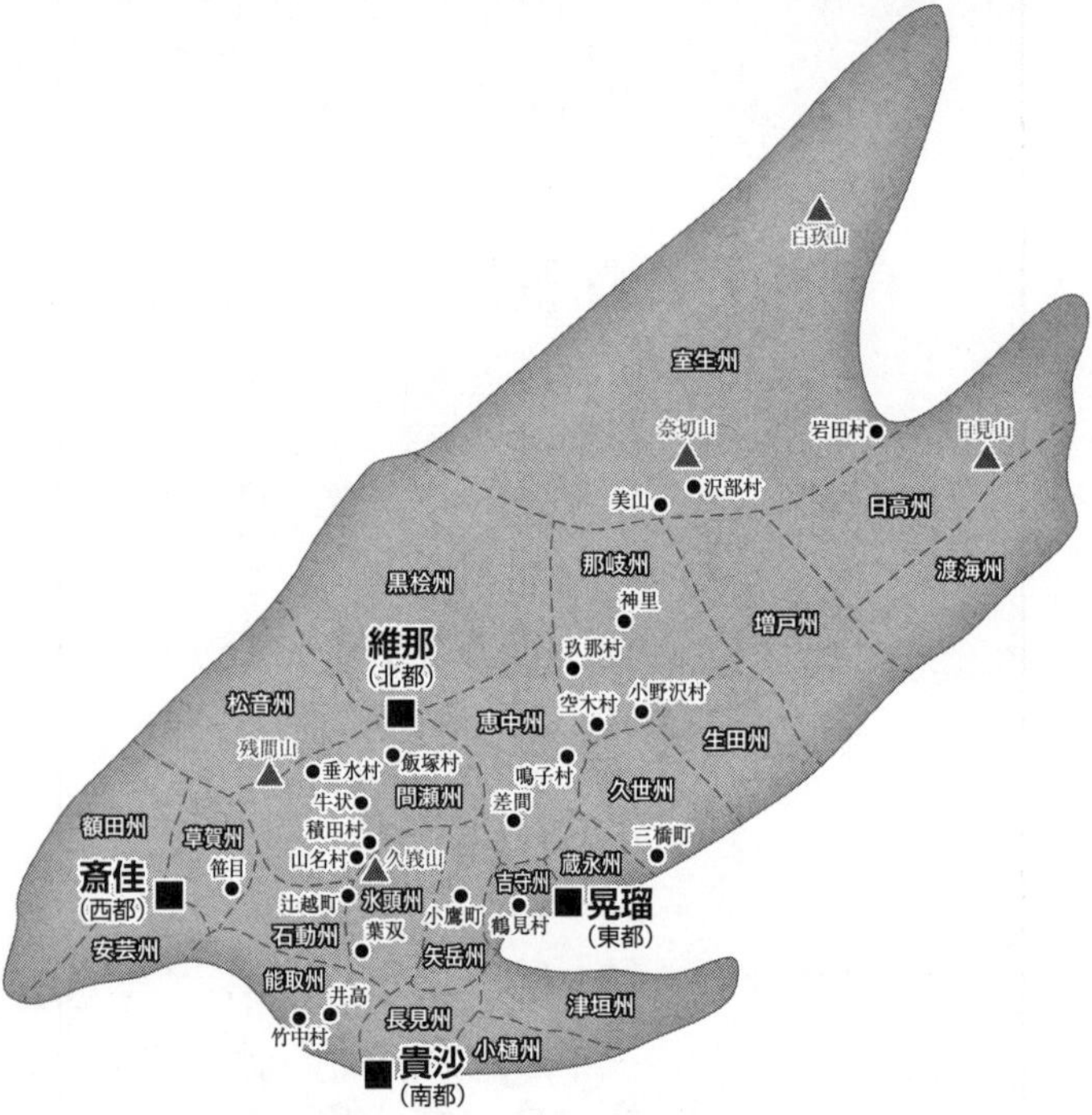

安良国は、四都と大小二十三の州からなる島国である。滑空する燕のような形をしていることから「飛燕の国」と称されることもあり、紋にも燕があしらわれている。東は「晃瑠《あける》」、西は「斎佳《さいか》」、南は「貴沙《きさ》」、北は「維那《いな》」が、安良四都の名だ。

東都・晃《あけ》瑠《る》地図

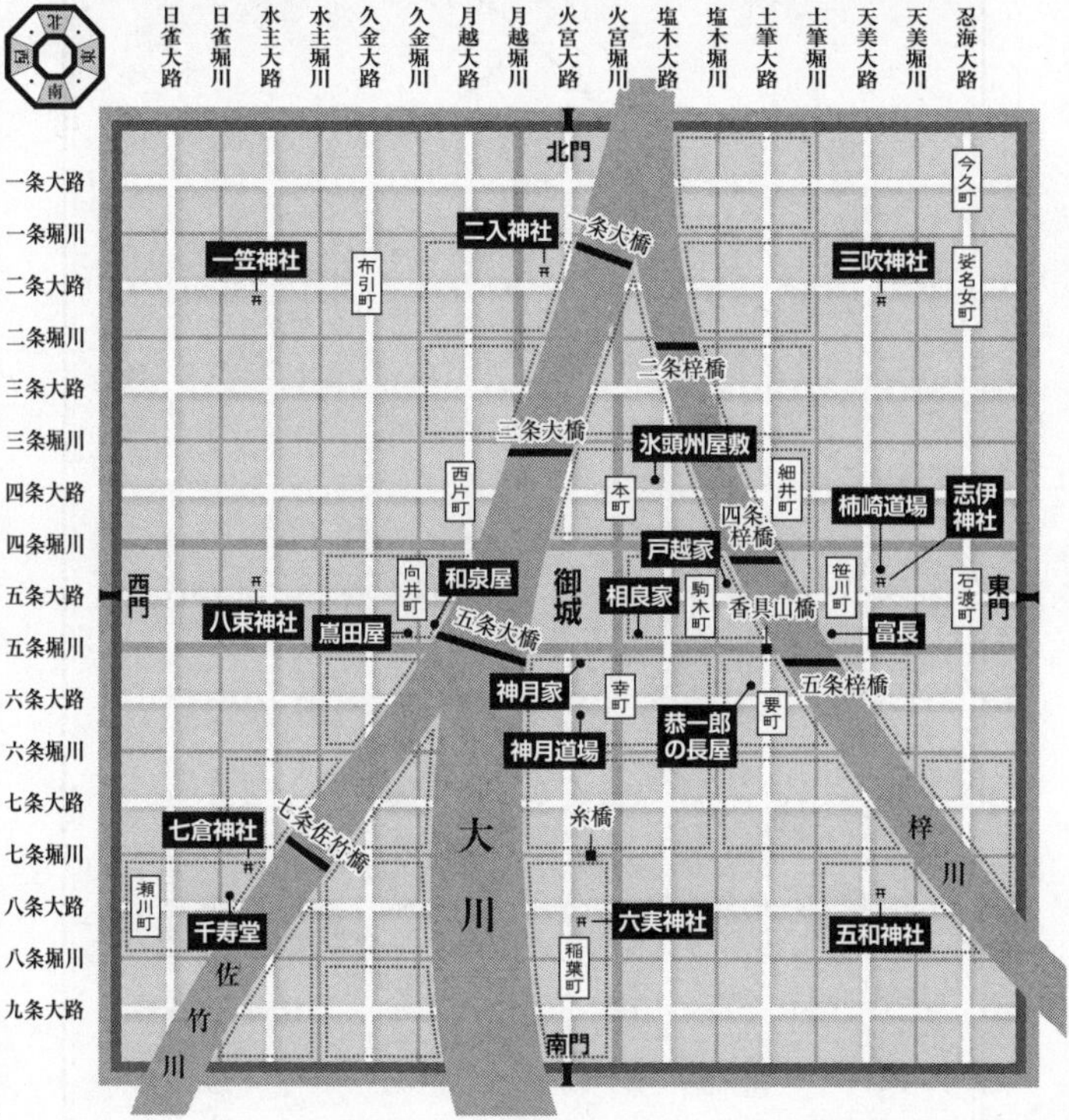

本国一の都である晃瑠は、川に隣するところ以外、碁盤のごとく整然と区画されている。東西南北を縦横する大路は十八、その間を走る堀川は十六、御城を囲む町の数は六十三である。三里四方の都は大きく、妖魔を防ぐ防壁に囲まれており、政治と経済を担う場である。

登場人物

Character

黒川夏野《くろかわなつの》　男装の女剣士。蒼太と妖かしの目を共有し、理術《りじゅつ》への才能の片鱗を見せる。

蒼太《そうた》　恭一郎と暮らす片目の少年。「山幽《さんゆう》」という妖魔。

鷺沢恭一郎《さぎさわきょういちろう》　蒼太と暮らす天才剣士。安良《やすら》国大老の妾腹の子でもある。

真木馨《まきかおる》　恭一郎の剣友。道場師範をしている。

樋口伊織《ひぐちいおり》　恭一郎の友。理一位の称号を得た天才理術師。偽名は筧《かけい》伊織。

木下真琴《きのしたまこと》　目付を務める木下家の一人娘。

伊紗《いさ》　幻術に長ける、「仄魅《しきみ》」という妖魔。晃瑠《あける》に住んでいる。

稲盛文四郎《いなもりぶんしろう》　夏野の周りで暗躍する謎の老術師。

老術師の罠

妖国の剣士3【新装版】

Sword Fighters Of Yasura

序章
Prologue

「まさか、そんなことが……？」

絶句した見知らぬ男の声が聞こえて、外出から戻って来たばかりの理二位《りにい》・鹿島正佑《かしましょうすけ》は足を止めた。

忍び足で家に上がると、座敷の襖戸《ふすまど》の向こうに耳を澄ます。

「おぬしが言うたのじゃぞ。どんなことでもする、と。おぬしの情にほだされたからこそ、儂《わし》は術の禁じ手を使おうと言うとるのじゃ」

「禁じ手……」

襖越しに、男が逡巡《しゅんじゅん》する様子がありありと伝わってくる。

絞り出すようにして男は問うた。

「……お八重《やえ》と同じくらいの年頃《としごろ》の女子《おなご》を百人……それでお八重が生き返るんですね？」

「容易なことではないぞ。しかと覚悟してかからねば、人をよみがえらせるなぞできぬ話じゃ。おぬしにその覚悟があるかの？」

「覚悟……」

「他の誰《だれ》にもできぬことじゃが、儂ならできる。儂ならその女子をこの世に――おぬしの手元に戻してやれるぞ。ただしそれには道具が必要なのじゃ……」

「それが、百人を斬《き》った刀――」

「おぬし次第じゃ。捕まれば即、獄門《ごくもん》になる。じゃが、どうせ捨てようとした命なんじゃろう？　このまま山で無駄死にするか、惚《ほ》れた女のために命を懸けるか、おぬしが選ぶがよい……」

やがて意を固めた男が家を出て行くのを、鹿島は物陰に隠れてやり過ごした。刀を手にした男の背中が見えなくなってから、男を見送りに出た老人に声をかけた。

「お戯《たわむ》れを……」

振り向いた老人は、萎《しな》びた唇に薄い笑みを浮かべて鹿島を見やった。

「ただの余興だ」

黒々とした底の知れない瞳と相対して、鹿島はたじろいだ。

袖から覗く両手も頭巾《ずきん》をかぶっている顔も土色で、皺《しわ》が幾重にも刻まれている。齢《よわい》百と言われても頷《うなず》ける面立ちだ。老人が頭巾を拭《ぬぐ》うように取り去ると、首の左側にくっきり残る刀傷から鹿島は目をそらした。

代々鹿島家が仕えてきた主君の密命で、鹿島がこの稲盛文五《いなもりぶんご》郎《ろう》と名乗る老人と共に暮らすようになって、半年が過ぎようとしていた。

稲盛が、理二位である己を凌《しの》ぐ術師であることはすぐに知れた。

稲盛の正体も、主君の目論見《もくろみ》も――

鹿島と稲盛が借りている一軒家は、間瀬州《ませ》の山名村《やまなむら》にあった。

四都の真ん中にある霊山・久我山《くがやま》の北に位置する山名村は、二月《ふたつき》前に蜴鬼《やくき》を引き連れた鴉猿《あざる》に襲われ、残っている村民は六十人に満たない。常から旅に出ていることが多い鹿島と稲盛は「運良く」難を逃れたことになっているが、よそにも似たような「隠れ家」を持つにもかかわらず、稲盛は今しばらくこの地を離れる気はないようだ。

先ほど去った男がどこの誰だか鹿島は知らぬが、おそらくゆきずりの旅人で、稲盛の口車に乗せられてここまでついて来たのだろう。

やり取りから察するに、惚れた女が死して、男は後を追うつもりで辺りをうろついていたと思われる。久我山は深い樹海に囲まれていて、時折、生きる望みを失った者がふらり山へ入り消息を絶つ。ほとんどは自害する前に獣か妖魔《ようま》の餌食《えじき》になるが、霊山と呼ばれるだけあって、天高くそびえる久我山の佇《たたず》まいには人を惹《ひ》きつける何かが漂っている。

この私や――稲盛様でさえも。

それにしても愚かな男だ、と鹿島は思った。

百人斬ろうとも、死した者が生き返る筈《はず》がない。血を吸った刀とて、せいぜい呪具《じゅぐ》にしかならぬ。

「……百人もの命を奪った刀で、何をなさるおつもりなのですか？」

「一人の命を贖《あがな》うのさ。話を聞いておらなんだのか？」

「先ほど戻ったばかりでして……」

まさかとは思うが、このお方にならできるのやもしれぬ。

理《ことわり》を曲げ、寿命を超えて生き長らえている稲盛様ならば……

だが、「贖う」のは八重とかいう女の命ではあるまい。

稲盛様ご自身のお命、もしくは……

西都・斎佳《さいか》に住む己の主君の顔を鹿島は思い浮かべた。

「あの男に、斬れるでしょうか？」

「一人、二人ならな」

にやりとした稲盛に、鹿島は底知れぬ恐怖を感じた。

「うまくいけばよし、いかぬとも儂らの知ったことではないわ。一度始めたら突き進むだけだ。やり遂げられねば死が待っている。命懸けとはそういうことだ」

そう言い放つと、稲盛は座敷へ戻って火鉢の炭を返した。下座に座ると、鹿島は居住まいを改めた。鹿島は今年二十九歳になる。理二位の中では若い方で、顔立ちもつるりとしていて五年は若く見える。稲盛とは主家の隠居と用人《ようにん》という触れ込みだった。

「土屋《つちや》の手の者が、あれこれ探っているようです」

同じ間瀬州の積田《つみた》村に住む土屋昭光《あきみつ》は、安良《やすら》国に五人しかいない理一位《りいちい》の称号をもつ理《り》術師《じゅつし》で、かつての鹿島が憧《あこが》れた存在だった。その土屋を呼び捨てにするのはいまだに気が引けるものの、先ほどの男同様、鹿島も既に後戻りできぬ身である。

「土屋か……ではまずは、老いぼれの手並みを見せてもらおうか」

土屋は七十三歳で、五人の理一位の中では最も高齢だ。七十歳どころか、屍《しかばね》のような見目姿の稲盛が土屋を老いぼれ呼ばわりするのはおかしいが、鹿島は稲盛の内なる力を知っている。

――いや、私は知り過ぎた。

この半年でいくつもの人里が犠牲になった。

何百人もの民人が……

「事を起こす前に、一度、斎佳に報告に上がりたいのですが」

「好きにしろ」

微《かす》かに音を立てて爆《は》ぜる炭火を見つめながら、稲盛が応《こた》えた。

陽《ひ》が陰りつつある座敷の中で、ちろちろと揺らぐ火に見入る様は実に不気味だ。

犠牲になったのは、人だけではない……

稲盛が肌身離さず身につけている懐中袋には、「紫葵玉《しきだま》」が入っている筈だった。

山幽《さんゆう》の秘宝と呼ばれるこの玉を、鹿島はいまだ見ていない。

稲盛が紫葵玉を有していることは、稲盛の伴をするようになってから、ちらほらと現れる鴉猿たちの口から知った。

斎佳で生まれ育った鹿島は、鴉猿どころか、狗鬼《こうき》や蜴鬼でさえも、稲盛の従者を命じられるまで目にしたことがなかった。稲盛が鴉猿たちと言葉を交わすのを初めて見てすぐ、鹿島は己の運命が変わったことを悟った。

夕餉《ゆうげ》の支度をするために、鹿島は立ち上がった。

ひとときでも故郷の西都に帰れるのは嬉《うれ》しいが、これから失われる命を思うと、覚悟を決めた筈の心が疼《うず》く。

だが、私にはもう他に道がない――

振り向くと、稲盛は炭火を見つめたまま微動だにしていない。

「……いよいよ、始まるのですね」

私はただ「一位」の称号を賜りたかっただけだ。

力ある師に師事し、いずれは私も理術を極める「理一位」に……

その願いはいまや、鹿島が望んだ道とは違う方向から叶《かな》えられつつあった。

「ふん。もうとっくに始まっておるわ」

鼻を鳴らした稲盛に、鹿島は神妙に頷いた。

そうだ。

もうとっくに始まっている……

後は突き進むだけだ。

やり遂げられねば、死が待っているだけ――

第一章
Chapter 1

思い直して黒川夏野《くろかわなつの》は、一度は家路に向けた足を返した。

塩木大路《しおきおおじ》を北へではなく南へ進み、五条堀川《ごじょうほりかわ》沿いを東へ折れる。

通りよりも人の少ない堀沿いを、土筆《つくし》大路を目指して足早に歩き始めた。

相良《さがら》家からの帰り道であった。

理術師・相良正和《まさかず》の屋敷は、夏野が居候している戸越《とごし》家と同じ駒木町《こまきちょう》内にあるが、戸越家よりもずっと御城《おしろ》に近い。

春に東都に移り住んでから、夏野は十日に二、三度、相良から理術を学んでいる。帰り際にいくつかの書を借りることは既に慣わしとなっていたが、それらの書を包んだ風呂敷《ふろしき》の中に、今日は一冊の絵草紙が含まれていた。

――もらいものなんだがね。私はもう読んでしまったから、鷺沢《さぎさわ》殿にどうだろう？――

――ありがとうございます。蒼太《そうた》が喜びます――

礼を言って、夏野は差し出された絵草紙を受け取った。

相良の友人が書いたというその絵草紙は、手習指南所の子供たちの日常を描いた一冊で、絵草紙の割に絵は少なく、やや大きな子供に向けて書かれたもののようだ。

夏野と同じ柿崎《かきざき》剣術道場に通う鷺沢恭一郎《きょういちろう》は、相良が懇意にしている理一位《りいちい》・樋口伊織《ひぐちいおり》の昔馴染《むかしなじ》みで、安良国一とも噂《うわさ》される天才剣士だ。この夏、伊織を通じて恭一郎と知己になった相良は、恭一郎に今年十一歳になった――ということにしてある――息子がいることを知っている。

舌足らずで、よく知らぬ者からは薄鈍《うすのろ》と誤解されがちなこの息子の鷺沢蒼太こそ、左目を通して夏野と「つながっている」妖《あや》かしだ。

蒼太は山幽《さんゆう》という妖魔《ようま》の子供で、実はもう十六歳なのだが、十歳の時に謀《はか》られ、仲間の心臓を口にしたがため成長が止まってしまった。同族殺しの罪で一族を追われた蒼太が五年を経て恭一郎と出会い、東都・晃瑠《あける》へ来たのが昨年の春である。

人里で暮らし始めて二年に満たず、またそれより前の五年間を一人で過ごしたこともあって、蒼太は中身も見た目に違《たが》わずまだ幼い。

しかし、幼いながらも、己を庇護《ひご》する恭一郎の足手まといになるまいと、蒼太が毎日手習いに通い、読み書きや算術を懸命に学んでいることを夏野は知っている。仮名はとっくに覚えてしまい、近頃《ちかごろ》は簡単な漢字も読めるようになった。

相良がくれた絵草紙は、そんな蒼太への恰好《かっこう》の贈り物になる。

蒼太の喜ぶ顔が頭に浮かんで、夏野は更に足を速めた。

既に夕刻ということもある。

一月《ひとつき》前に立冬を経て、日の入りがぐんと早くなった。七ツの鐘が鳴ると同時に相良の屋敷を出て来たが、いつもは六ツまでには家に戻ることにしている夏野としては、あまり遅くならぬよう、少し無理をしてでも先を急ぎたい。

明るさを失いつつある空には雲一つない。しかし霜月《しもつき》に入った昨日から、寒さは一層厳しくなった。今でさえ故郷の氷頭《ひず》の真冬に等しい東都だが、この先二月《ふたつき》は更に身を切るような寒さが待っていると都人から脅されていた。

——こう寒くては、家に帰っているやもしれぬな。

一度はそう思ったものの、すぐに打ち消した。

はたして土筆大路が近付くと、五条堀川にかかる香具山《かぐやま》橋の欄干の上に、蒼太の丸まった背中が見えて、夏野は微笑《ほほえ》んだ。

駒木町と要町《かなめちょう》をつなぐこの香具山橋で、蒼太と恭一郎は落ち合うことが多い。恭一郎の勤め先である高利貸・さかきは駒木町にあり、仕事を終えた恭一郎は九分九厘、香具山橋を通って長屋へ帰るからだ。

蒼太が晃瑠へ来た当初、人が物珍しかったのと、一人で長屋にいるのを嫌がったために恭一郎の帰りを橋で待つようになったと聞いた。だが、そんな蒼太も都の暮らしに大分慣れた。ゆえに今こうして蒼太が橋にいるのは、恭一郎の帰りが近い時——帰りに橋を通ると「知っている」時のみである。

知っている、というのは語弊があるやもしれぬ。

しかし蒼太は、山幽一族に共通する念力の他に、独特の「見抜く力」を秘めている。予知や失《う》せ物探しなど、その能力は事あるごとに発揮されてきた。人と妖魔と種族は違えど、家族として慕う恭一郎に対しては、殊《こと》に勘が冴《さ》えるようだ。よって、これまで一度も、蒼太が待ちぼうけをくらったことはないという。

夏野は昨年、ひょんなことから蒼太の左目を己の左目に取り込んでしまった。蒼太ほどの能力はないものの、春に再会してこのかた、左目を通じた蒼太との絆《きずな》は深まっていた。帰宅する前に蒼太を訪ねようと思ったのも、「なんとなく」香具山橋で蒼太に会えそうな気がしたからだ。

寒がりの蒼太は綿入れを着た身を縮こめて、冬鳥のように欄干に止《と》まっている。微動だにしないその真ん丸の姿が可笑《おか》しくて、ならば少し脅かしてやろうと、夏野は足を緩め、努めて気配を絶とうとした。

――と、ひょいと、蒼太が欄干から飛び下りた。

気付かれたかと夏野は首をすくめたが、違ったようだ。

欄干に隠れて蒼太の顔は見えないが、頭巾《ずきん》を被《かぶ》った一人の女が蒼太に話しかけている。夏野が橋の袂《たもと》に足をかけると、ちょうど蒼太から離れてその女がこちらに向かって来るところだった。

どっしりとした肉置《ししお》きと目元の皺《しわ》からして、還暦に近い歳《とし》だろう。灰汁《あく》色の御高祖頭巾《おこそずきん》と揃《そろ》いの羽織、御納戸《おなんど》色の袷《あわせ》と、地味な身なりだが歩き方に品がある。

女が近付くと、着物に焚き染《たし》められた香が仄《ほの》かに匂《にお》った。

随分、高貴な身分のようだが……

すれ違いざま夏野が女を盗み見ると、女は人目を避けるようにうつむいて、そそくさと橋を離れて去って行った。

「蒼太！」

名を呼ぶと、蒼太が顔を上げてこちらを振り向く。

「なつ」

歩み寄る夏野を、蒼太は髪と同色の鳶《とび》色の右目でじっと見つめた。

夏野が取り込んでしまったために、青白く濁って見えぬままの左目は、鍔《つば》でできた眼帯に隠されている。

「きょう、ま、だ……」

「ああ、いいのだ。今日は蒼太に用があって来たのだ」

「おれ？」

「うむ」

抱えていた風呂敷包みを解《ほど》こうとして、蒼太が手にしている小さな紙包みに気付いた。

生成《きな》りの紙には「みよし屋」の文字が刷られている。

「みよし屋へ行って来たのか？」

みよし屋は、蒼太が贔屓《ひいき》にしている大福が売りの菓子屋だ。

夏野の問いに、蒼太は小さく首を振った。

「もらった？　もしかして先ほどの女性か？」

こくりと蒼太が頷《うなず》く。

道でも訊《き》かれたのかと思っていたが、外れたようである。

「知り合いか？」

「しら、ん」

「知らぬのに菓子をくれたのか？」

「ん」

「鷺沢殿の知己やもしれぬな」

「しら、ん」

恭一郎の知己だとしても、蒼太が知らぬというのはおかしい。

この橋にいる蒼太に、わざわざみよし屋の菓子を持って来たということは、向こうは明らかに蒼太のことを見知っているのだ。

この界隈《かいわい》に住む方だろうか？

だとすれば、菓子を片手に橋で鷺沢殿を待つ蒼太を、幾度も見かけたことがあろう――

無愛想だが蒼太は色白で、眼帯を差し引いても、整った、愛らしい顔立ちをしている。

「……きっと、蒼太が可愛《かわい》いから馳走《ちそう》したくなったのだろう」

「おれ……かわ、く、ない」

何気なくつぶやいた言葉だったが、男児の誇りを傷付けてしまったようだ。不満げな蒼太に、夏野は慌てて言い直した。

「その、蒼太が凜々《りり》しいから……」

取り繕う夏野を眉根《まゆね》を寄せて見やってから、気を取り直したのか、蒼太はかさかさと紙包みを開き、大福を取り出すと半分に千切った。

「ん」

千切った半分を片手に、残った半分を紙ごと夏野に差し出す。

「よいよい。蒼太がもらったのだから、蒼太が全部お食べ」

「はんぶ……こ」

「いやしかし、それは蒼太の好物ではないか」

手を振って夏野は遠慮したが、蒼太は大福を突き出した。

「ん」

夏場のちょっとした誤解から、蒼太は夏野も大福が好物だと思っている。大福は好きな方だから、それはあながち誤解ではないのだが、無類の甘い物好きの蒼太から好物をもらうのは気が引けた。

「んっ」

「……ありがたく頂戴《ちょうだい》する」

断り続けるのも、かえって悪い。

夏野が大福を受け取ると、蒼太の口元が微《かす》かに、嬉《うれ》しげに緩んだ。

蒼太が大福を口にするのを横目に、夏野は風呂敷包みを抱え直す。

夏野が改めて大福に手を伸ばした矢先——稲妻《いなずま》のごとく払われた蒼太の手がそれをはたき落とした。

「蒼太？」

夏野が振り向くと同時に、ごふっと濁った音を立てて蒼太が大福を吐き出した。

膝《ひざ》を折り、両手をついて嘔吐《おうと》を続ける。

喉《のど》を詰まらせたのではない。

——毒か！

一息に血の気が引いた。

「蒼太！」

風呂敷包みを放りだして背中をさすると、くずおれる蒼太を夏野は抱きかかえた。

ひゅっ……ひゅっ……と、短い息をつきながら、くの字に曲がった身体《からだ》が震える。

「蒼太っ！」

通りがかりの者たちが騒ぎ始めた。

「どうした、おい？」

「子供が倒れているぞ」

「医者だ！　誰《だれ》か医者を呼んで来い！」

医者はまずい――

足を止める者が増える中、夏野は迷った。

蒼太は妖魔だ。

伊織の授けた守り袋のおかげで人の目を誤魔化してはいるが、何がきっかけで正体がばれるか判らない。事情を知らぬ医者に蒼太を任せるのは危険が過ぎる。

「とにかく、橋の袂に運ぼう」

そう言って、手を貸そうと伸ばした男の腕を、蒼太の足が蹴《け》り払う。

人嫌いの蒼太だった。恭一郎や夏野を含むごく身近な人間にしか、己に触れることを許さない。苦しみながらも他人の手を拒む蒼太を、夏野はそっと抱きしめた。

「私が運びます」

「しかし……」

子供とはいえ赤子ではない。

五尺三寸と女にしては夏野は背丈があるが、四尺の蒼太を抱えて運ぶのは難しい。

それでも私がやるしかない。

そう決心した時、人垣の後ろから声がした。

「蒼太！」

ぴくりと蒼太の身体が震えた。

痛みに目を閉じていても、この声を蒼太が聞き間違える筈《はず》がない。

夏野とて同じだ。

「鷺沢殿……」

心強さに喉が詰まった。

人垣をかき分けて駆け寄った恭一郎が、夏野の傍らで膝を折る。

「どうした?」

「毒を」

皆まで聞かぬうちに、夏野の腕から蒼太を受け取ると、恭一郎は立ち上がった。

「どけ!」

群衆に一喝すると、蒼太を抱いたまま、人が割れていくその先へと走り出す。

ふと気付いて、夏野は転がったままだった半分の大福を紙へ包み直した。風呂敷包みを引っつかむと、夏野も恭一郎を追って駆け出した。

†

身体が、内側から焼けていくと蒼太は思った。

胃の腑《ふ》や心臓が真っ赤になって燃えている。

春に、空木村《うつぎむら》の鍛冶屋《かじや》で見た熔鉄《ようてつ》のごとく……

飲み下した瞬間、毒だと判《わか》って吐き出した。

が、遅かった。

一旦《いったん》飲み込んだ毒は、胃の腑に落ちた途端に火を吹いた。

吐き出す傍《そば》から焼けついた喉が締め付けられて、呼吸を妨げた。

額の上に、ほんの少しだけ覗《のぞ》いている山幽《さんゆう》の角が激しく痛み始め、同時に手足が利かなくなった。己を支えきれず、蒼太は夏野の腕に倒れ込んだ。

差し伸べられた、誰だか知らぬ人間の手は、とっさに蹴り飛ばした。

恭一郎が呼んだのは覚えている。

夏野と恭一郎の腕が重なり、恭一郎が己を抱き上げたことも。

空気を求めて短く喘《あえ》ぎながら、恭一郎の匂いに、心臓の鼓動に、蒼太は安堵《あんど》した。

平気だ。「きょう」が護《まも》ってくれる。

平気だ。おれは死なない。

痛みに耐えつつも、夏野の無事を蒼太は喜んだ。

毒だと知ると同時に夏野の手から大福を叩き落としたが、もしも夏野が口にしていれば命にかかわっていた筈だ。

——でも、おれは死なない。

おれはただ、じっとしていればいい。

毒が燃え尽きるのを待てばいい。

おれは死なない。

おれは「ようま」なのだから……

†

微かな咳《せき》が聞こえて、夏野は振り返った。

慌てて枕元《まくらもと》に駆け寄ると、目を覚ました蒼太がしかめ面で咳《せ》き込んだ。

「蒼太！」

横になった蒼太の背中に手を回し、そっとさすってやる。

土間へ下りて茶碗《ちゃわん》に水を汲《く》み、戻って来ると、肩を抱いて蒼太の口元へ添えた。

「そうっとだぞ」

一口、二口飲むうちに咳は治まり、蒼太はゆっくりと身体を起こす。

「な……」

「よいから、まずは喉を潤せ」

声をかけながら、夏野は目を潤ませた。

蒼太が倒れて丸二日が経《た》っていた。

夏野は昨日も今日も気が気ではなく、何も手につかなかった。

泊まり込みこそしなかったが、昨日と同じく今日も朝一番でやって来て、一日中うろうろと蒼太が目覚めるのを待っていたのだ。

——そう案ずるな。これしきのことでこいつは死なん——

蒼太を抱きかかえて長屋に戻って来た時に、恭一郎は言った。

夏野をなだめるためというより、己に言い聞かせているようだった。

恭一郎もしばらく硬い顔をしていたものの、一刻《いっとき》もすると一息ついて、傍らで膝を詰めていた夏野に帰宅を促した。

——もう大丈夫だ——

そう言った恭一郎の言葉が、信じられない訳ではなかった。

それでなくとも、蒼太に本当に大事ある時は、蒼太の目を宿した己の左目が教えてくれると確信している。

発熱したままこんこんと眠り続ける蒼太の傍らで、夏野の左目は、やはりぼうっと熱を宿し、時折思い出したように疼《うず》いた。

闘っているのだ、と思った。

蒼太の身体が、毒に負けぬよう闘っている……

蒼太に茶碗を持たせると、夏野は近くにあった綿入れを広げて背中にかけてやる。

何か言いたげに蒼太の唇が動き、右目が部屋を見回した。

「鷺沢殿なら、じきに戻られる」

一瞬不安な色を浮かべた蒼太の瞳《ひとみ》を見て、夏野は急いで付け足した。

「しばらくつきっきりだったのだがな、蒼太が治ってきたのを見て取って、私に留守を頼んで出かけられた。蒼太をこんな目に遭《あ》わせたやつを突き止めるためだ」

死には至らぬと見極めた恭一郎は、夏野に蒼太を任せて、昨日に引き続き、今日も一日朝から留守にしていた。詳しくは教えてもらえなかったが、どうやら恭一郎は、蒼太に毒を盛った女に心当たりがあるらしい。

――あれは人間だった。

妖魔であれば、取り込んだ蒼太の左目がそう教えた筈だ。仮に夏野に伝わらなかったとしても、蒼太が見抜けぬ筈がない。

蒼太は十歳の時に、謀られたとはいえ一族の赤子を殺し、その心臓を食《は》んだ咎《とが》で一族を追放された。蒼太を深く恨んだ赤子の母親によって賞金首となり、その後の五年間を蒼太は一人で逃げ続けた。

その母親――山幽の女――と相対し、事なきを得たのはつい今夏のことである。

蒼太を殺そうとして、殺しきれず、去り際にも女は恨みを捨てきれない様子だったが、殺意はもうないと夏野は見て取った。女と蒼太、二人の故郷が何者かに襲われ仲間は四散し、賞金代わりの山幽の秘宝・紫葵玉が奪われたと知ったこともある。

四都と二十三州からなる安良国において、東西南北に配置された四都は、周囲の結界だけでなく都中に張り巡らされた術で護られている。

中でもここ――現人神《あらひとがみ》にして国皇《こくおう》と崇《あが》め奉られている安良が城を構える東都・晃瑠には、生え抜きの理術師《りじゅつし》によって一際強い術が施されていた。

人に化けることができても、結界を兼ねた防壁を越えられる妖魔はごく僅《わず》かだ。よしんば入都できたとしても、都内で妖力《ようりょく》を振るうことは難しい。

妖魔たちがどのように通信しているのか夏野は知らぬが、見返りもないのに、あえて都まで来て蒼太殺害を謀る妖魔がいるとは思えなかった。

また、御高祖頭巾を被ったあの女——もしくはその背後にいる者——は、蒼太が妖魔だとは知らぬようだ。

妖魔はそれぞれの妖力とは別に、不老不死ともいえる生命力、治癒力を持っていて、首を落とされるか心臓を一突きにでもされぬ限り、死に至ることは滅多にない。相手が蒼太を妖魔だと知っていたなら、女に毒入り大福を持たせるよりも、剣士を雇って首か心臓を狙《ねら》わせたに違いなかった。

——わざわざ蒼太の好物に毒を盛ったのは、蒼太の正体を知らなかったからだ。

と、すると……

二日間、このことを考える度に、同じ答えに夏野はいきつく。

鷺沢殿か、その息子——蒼太——を疎《うと》む誰かの仕業に違いない。

それはおそらく……

自身の想像に溜息《ためいき》をつくと同時に、蒼太が呼んだ。

「なつ」

夏野が沈思している間に、茶碗の水はすっかり飲み干されていた。

物欲しそうな目を向けた蒼太に、夏野は鬱念を追い払って微笑んだ。

「もう少し飲むか？　食べられそうなら粥《かゆ》もあるぞ」

「く、う」

粥を飯碗に二杯、蒼太は続けざまに平らげた。

三杯目をねだられて、流石《さすが》に夏野が目を丸くした時、ことりと戸口の向こうで音がした。

「きょう」

蒼太は身を乗り出したが、まだ立ち上がれるほど回復してはいないらしい。

引き戸が開かれ、冷たい空気と共に恭一郎が入って来た。

夏野が小さく頭を下げると、頷きを返して部屋へ上がる。

「具合はどうだ？」

「よ、い」

「嘘《うそ》をつくな」

苦笑した恭一郎に、夏野は告げた。

「先ほど気付いて、粥を二杯食べました」

「そうか……それはよかった」

「もと、く、う」

「まだ食うのか」

呆《あき》れ声で恭一郎が蒼太に笑いかけるのを見て、夏野は胸を撫《な》で下ろした。

この方が内心、どれだけ案じていたことか……

蒼太も気付いているのだろう。まだ本復には至らぬというのに、努めて元気な振りをしている様子が心温まる。

「……毒は、見抜けなかったのか？」

恭一郎の問いに、蒼太は目を落とした。

「みおし、や」

「みよし屋の名に騙《だま》されたのか？」

唇を嚙《か》み、こくっと蒼太は頷いた。毒入りに気付かなかったことを恥じているのだろうが、蒼太とて全《すべ》てを見抜ける訳ではない。蒼太へ助太刀するつもりで夏野は言った。

「しかし鷺沢殿。あれには、その、特に臭いもなく」

「そうだな」と、恭一郎は綿入れの上から蒼太の背中に触れた。「責めてはおらぬぞ。だがこれに懲りて、見知らぬ者からもらったものをそう容易《たやす》く口にするなよ？」

「ん」

ちょうど六ツの鐘が聞こえてきて、夏野は暇《いとま》を告げた。

夏野は遠慮したのだが、「橋まで送ろう」と、恭一郎も一緒に表へ出て来る。

「すっかり遅くなってしまったな。今少し早く帰るつもりだったのだが……すまぬ」

「いえ。そのおかげで、蒼太が目覚めたのを一番に知ることができました」

二日前に息せき切って走った道のりを、恭一郎と二人で並んで歩く。夏野は相変わらず少年剣士の恰好だが、恭一郎の方は見慣れた着流しではなく袴《はかま》を穿《は》いている。

珍しいと思ったのが顔に出たのか、問わぬうちに恭一郎が言った。

「……父上に会って来た」

はっとして、夏野は思わず恭一郎を見つめた。

「鷺沢殿のお父上というと、その」

夕闇《ゆうやみ》が次第に濃くなっていく中、通りを行き交う者はまだ多い。辺りをはばかって、夏野はその名を口にするのを躊躇《ためら》った。

庶子ゆえ、家名も違えば、暮らし向きにも雲泥の差があるものの、各州を治める二十三人の州司《しゅうじ》と四都を治める四人の閣老、その更に上に立つ大老の神月人見《こうづきひとみ》こそ、恭一郎の実父であった。

夏野の腹違いの兄――実は従兄《いとこ》だが――の卯月義忠《うづきよしただ》は、三十路《みそじ》の若さで氷頭州司を務めているが、夏野が生まれた黒川家は剣術道場を営む一介の武家でしかない。夏野にしてみれば大老も、安良同様の雲上人だ。

「そうだ。その父上だ」

束の間《つかのま》微笑むも、恭一郎はすぐに真顔になって続けた。

「黒川殿の機転のおかげで、毒の出どころを突き止めることができそうだ。識者が検分したところによると、あれは随分特異な毒らしい。以前、同じ毒を盛られて殺された者がいたと、父上が言っていた」

蒼太が狙われたその日の夜に、恭一郎はしかるべきところへつなぎをつけたそうである。

夏野がとっさに持ち帰った毒入りの大福は、大老の手配りで翌日には検分され、今日はその大老と秘密裏に話をして来たという。

「この件については、父上がなんとかしてくださるそうだ。兎《と》にも角《かく》にも蒼太は無事なのだから、お前は手を出すなと釘《くぎ》を刺されてしまった」

微苦笑を漏らして、恭一郎は肩をすくめた。

恭一郎が「遠縁の子」という触れ込みで東都に連れて来た蒼太を、実は己の「隠し子」だったと公言したのが半年ほど前である。つまり蒼太は庶子の子供とはいえ、大老の血を引く「初孫」となったのだが、蒼太が恭一郎の実子でないことは、大老は承知しているとのことだった。

だが、流石に恭一郎も、蒼太が山幽だとは明かしていない。

途切れぬ記憶を持ち、転生を続ける国皇・安良が、この国を治め始めて千と八十三年目になった。建国以前、長らく妖魔に脅かされていた人間が、落ち着いて一所に暮らせるようになったのは、安良がもたらした理術と剣のおかげだ。

大老は、安良と共に政《まつりごと》を司《つかさど》る国の重鎮である。安良が伝えた理術によって、「妖魔知らず」といわれている都——しかも国政の中心である東都・晃瑠に、実の息子が妖魔を連れ込むなど、あってはならないことだった。

「お父上が、そのようなことを……」

息子が実子だと公にしてまで庇護《ひご》している子供だ。形だけの「孫」でも、命を狙われたとあれば大老が動いてもおかしくはない。

おかしくはないが……

「それは、その、もしや此度《こたび》のことはお父上のお側《そば》の……」

おずおずと夏野は切り出した。

あの女性の背後にいるのは——此度、蒼太を毒殺しようとしたのは——御簾中《れんちゅう》様ではなかろうか？

「……おそらく、黒川殿の推察通りだ」

薄い、嘲《あざけ》りを込めた笑みが恭一郎の口元に浮かぶ。

「あの者は、父上と子をなして尚《なお》、俺《おれ》のことを忌み嫌っておるからな」

恭一郎が「あの者」と呼んだ簾中・亜樹《あき》と大老の間には、来年十六歳になる嫡男・一葉《かずは》がいる。

「俺への嫌がらせにしても、毒殺はあんまりだ。だが、あの者の周りには、あの者よりもずっと、父上の跡目に気を揉《も》む輩《やから》が幾人もいる……」

嫡男とはいえ一葉はまだ若い。元服前の一葉を、というよりも、自分たちの行く末を案じている簾中の側近は少なくなさそうだ。

——万が一、一葉様に大事あらば、大老は今度こそ鷺沢を世継ぎに望むだろう——

それが政に携わる者たちの胸算だ。

当の恭一郎にはまったくその気はないのだが、これぱかりはいくら否定しようが無駄である。一葉の身に大事が起きれば、恭一郎の意志にかかわらず、大老が恭一郎を跡目に望まぬ筈がないと、夏野でさえも思っている。

「それはさておき、この二日というもの、黒川殿には大変世話になったな。まこと、かたじけない」

六尺近い恭一郎に頭を下げられ、夏野は慌てた。

「そのような……私など、まるで役に立たず、ただ傍にいただけで……」

「それだけでも——眠っていても——蒼太には心強かったろう」

左目を通して「つながっている」せいか、人嫌いの蒼太も、己には随分気を許してくれるようになった。

「ならばよいのですが……」

「俺も同じだ」

「えっ？」

「蒼太は黒川殿に懐いておるからな。黒川殿になら、安心して蒼太を預けられる」

「そ、そうですか」

温かい瞳を向けられて、夏野はややうろたえた。

夏野は一年前、恭一郎に遅き初恋ともいえる思慕を覚え、一剣士としてはやまぬ敬慕の念を抱いている。

「寝込んでいる蒼太を、一人で置いてゆくことはできなかった。黒川殿がいてくれたからこそ、俺は心置きなく探り回ることができたのだ。おぬしのことだ。万一、曲者《くせもの》が現れても、その腕で退けてくれただろう」

「私の腕など……買い被られては困ります」

女だてらに侃士号《かんしごう》を持つ剣士とはいえ、国で一番と噂される恭一郎に剣の腕前を褒《ほ》められるのは面映《おもはゆ》い。

前方に香具山橋が見えてきた。

「――曲者といえば、昨日、町奉行所で小耳に挟んだところによると、このところ、似たような手口の辻斬《つじぎ》りが続いているとか」

「辻斬りが？」

「心ノ臓をただ一突き。しかも殺《や》られているのは全て女で、これまで助かった者はおらぬそうだ。町奉行所がつかんでいるだけでも既に十数人が死していて、『百人斬り』などという噂も流れ始めているらしい」

「百人斬り……」

都に張り巡らされている術は、妖魔を退けるためのもので、人には効かぬ。

都内の治安は五つの持ち場に分かれた町奉行所によって護られているものの、盗みや人斬り、子攫《こさら》いなどは根絶しようがなかった。

橋の袂で立ち止まり、夏野は恭一郎を見上げて微笑んだ。

「私なら平気です」

「そうか？」

「なんせ、この姿ですから……」

剣を志してから、男どもに負けまいと、夏野は常から少年の装いをしてきた。年頃《としごろ》になり、誤魔化しにくくなりつつあるが、稽古《けいこ》で引き締まった身体は女らしさからはほど遠い。男物さえ着ていれば、まだまだ充分少年で通用する。

「それに私には剣があります」と、夏野は腰の剣に手をやった。「鷺沢殿は、私の腕を信じてくださっていたのでは？」

「買い被るなと言ったのは黒川殿だぞ。用心に越したことはない」

からかい交じりだが、気遣いは本物のようだ。

こんな姿なのに――

恭一郎の目には、己が女として映っているのであろうか？

微かに胸を疼かせたものが、嬉しさなのか悔しさなのか、夏野にはなんとも判じ難い。

「……明日また、見舞いに参ります」

「そうしてくれるか」

ふっと笑った恭一郎に小さく頭を下げると、今年十八歳の夏野は足を速めて香具山橋を後《あと》にした。

†

――なんとかする――

恭一郎にそう告げた大老の動きは迅速だった。

蒼太が毒に倒れて七日後、四都だけでなく、国中の名だたる武家に届けられた知らせには、来春に予定されていた一葉の元服が、五日後に繰り上げられたことが記されていた。

多くの者が慌てたが、もともと内輪で済ませようと支度されていたことであった。

神月本家の屋敷内、そして身内に限られた招待客の前で、元服式は滞りなく行われた。

その僅か二日後、大老は一葉を連れて登城し、安良へ目通りを願い出た。

元服式で一葉を成人と認めただけでなく、国皇への目通りを済ませることで、一葉こそが己の跡目としていずれ大老職を継ぐのだと、公に承認させたのである。

大老の跡目披露の知らせは制札場にも張り出され、その性急さは士分のみでなく、町人から農民に至るまでを驚かせたが、世の信頼篤《あつ》い大老だけに概《おおむ》ね温かく受け入れられた。

「そこら中が浮き立っておってな。やれめでたい、やれ祝い酒だと、まこと、祭りのような騒ぎだぞ」

一葉が無事目通りを済ませた夕刻、呆れ顔で長屋に現れた馨《かおる》の手にも、しっかり酒瓶がぶら下がっている。

恭一郎と夏野が通う柿崎道場で師範を務める真木《まき》馨は、六尺超えの大男で、恭一郎とは十年来の剣友だ。

「そう言うお前も、一葉にかこつけて祝い酒か?」

「酒はいつものことではないか。いや……お前こそ、祝い酒を飲みたいのではないかと思ってな」

部屋の真ん中にどっかと座り込み、にやりとして見上げた馨に恭一郎は杯《さかずき》を放《ほう》った。

「そうだな。実にめでたい」

「そうだろう、そうだろう」

したり顔で頷き、早速手酌でやり始めた馨は、恭一郎が一度たりとも大老の跡目を望んだことがないと知っている。

「大老もまた、思い切ったことをなさったものよ……」

いずれそうする心積もりだったとはいえ、簾中を抑制するために、大老の一存で元服式やそれに続く目通りをここまで早めた──

馨同様、恭一郎もそう考えた。

国史では触れられていないが、初代安良を見出《みいだ》した者が、のちに神月の名を賜《たまわ》り、安良と共に国を築いてきたと古伝にはある。

神月家は千年越しの国史の中で、初代から現二十五代目まで、長きにわたって安良に仕えてきた。大老という役目そのものが、神月家のために作られたといっても過言ではない。国皇・安良に単独で接見できるのは大老のみであり、安良が転生するまでの国皇不在時には大老が国の実権を握る。

代々神月家の者が担ってきた大老職は、六百年ほど前に一度だけ、西都・斎佳の閣老を務める西原《さいばら》家に奪われたことがある。神月本家が、嫡男を欠いた隙《すき》をつかれたのだ。西原家が大老として国を治めたのは二十年ほどで、国史からすればほんのひとときではあるものの、神月家にとっては痛恨の事変で、以後、本家が跡目を絶やしたことはない。

恭一郎の母親・鷺沢夕《ゆう》は、一介の武家の末裔《まつえい》だった。身分の違いから簾中となることは叶わなかったが、庶子とはいえ大老の血を引く男児を産んだことで東都住まいを許された。簾中の亜樹が大老に嫁いだのは、亜樹が十五歳、大老が二十一歳の年の暮れで、恭一郎はじきに三歳になろうとしていた。大名家に生まれ、蝶《ちょう》よ花よと育てられた亜樹は我が強く、幼いうちに嫁いだこともあってか、夕と恭一郎への嫉妬《しっと》と敵意を隠さなかった。年端《としは》もゆかぬ頃から、夕は恭一郎に剣を学ばせた。二人が晃瑠でそれなりの暮らしができたのは、恭一郎が大老の血を引く唯一の子供だったからに他ならぬ。亜樹が懐妊したらば、夕はすぐさま都を出るつもりだった――と、恭一郎は思っている。

意地か執念か、簾中となって十六年目に亜樹が一葉を産んだ時には、夕は既に死していたが、亜樹の恭一郎への敵意は変わらない。ようやく一葉が元服するまでに成長したというのに、ここへきて蒼太――夕の血を引く大老の孫――が出てきたとあっては、簾中やその取り巻きが、心穏やかでおられぬことは想像に難くない。ゆえに此度は失敗に終わったものの、これからも蒼太を狙う者が出てくるやもしれなかった。

「俺は一葉こそ父上の跡目にふさわしいと思っているが、そう言ったところであの者は聞く耳を持たぬ。お前の推察通り、手っ取り早く跡目披露をすることで、これより先、蒼太に手出しせぬよう、父上はあの者を承服させたのだろう」

杯を飲み干しながら、恭一郎は言った。

――大老に更なる思惑があったと恭一郎が知ったのは、三日後である。

恭一郎が蒼太と暮らす長屋は、要町では「無頼長屋《ぶらい》」とも「幽霊長屋」とも呼ばれている。その陰気な長屋の家の戸をおそるおそる叩《たた》いた神月家からの遣いは、蒔絵《まきえ》の施された文箱《ふばこ》と一抱えの荷物を緊張の面持ちで恭一郎に差し出した。

文《ふみ》に目を通し、その場で返事をしたため遣いを帰すと、部屋の隅で訝《いぶか》しげに見守っていた蒼太に向かって、恭一郎は苦笑を浮かべてみせた。

†

翌日。

蒼太は恭一郎に言われた通り、朝のうちだけ手習いに行って戻ったが、待ち構えていた恭一郎に湯桶《ゆおけ》を差し出されて、思わず顔をしかめた。

「ゆや……?」

「言ったろう？　今日は父上の屋敷にゆくのだ」

恭一郎の父親に会いに行くことは昨夜のうちに告げられていたが、その前に湯屋《ゆや》に行くとは寝耳に水である。

森育ちで人嫌いの蒼太は、湯屋が苦手だ。寒がりだから湯に浸《つ》かるのはよいのだが、肌触れ合うほど湯船に人がごろごろしているのが嫌なのだ。

また、晃瑠の湯は蒼太には熱過ぎた。じっくり浸かっておられぬから湯上りも寒く、冬場は恭一郎に言われても、二度に一度は家で、手拭《てぬぐ》いで身体を拭って済ませてしまう。

仏頂面で恭一郎について行った湯屋は、日中だけに空《す》いていたものの、いつもより丁寧に垢《あか》を落とすよう何度も念を押された上に、頭まで洗わされた。

晴れてはいるが、外は寒い。

手拭いをほっかむりして綿入れに包《くる》まり、身を縮こめて長屋に戻って来ると、恭一郎が前日に大老から届けられた包みを開いた。

大小揃いの真新しい小袖《こそで》一式と裃《かみしも》、白足袋《しろたび》に履物が、狭い部屋に並べられた。

肩衣《かたぎぬ》の背中と両乳、そして袴の腰板には、白鷺《しらさぎ》を象《かたど》った鷺沢家の紋が入っている。

言われて渋々綿入れと着物を脱ぐと、肌襦袢《はだジュバン》の上から、蒼太が今まで身につけたことのない「はんじゅばん」やら「すそよけ」やらを、次々と恭一郎が着せ付ける。

寒いから重ね着は構わぬのだが、きつく締められた帯には閉口した。

「すまんな」

短く謝りながらも、恭一郎は笑っている。

更に袴を穿かされて、肩衣を着けると、「うむ」と恭一郎は満足げに頷いた。

恭一郎が同じ着物に着替える間、手持ち無沙汰《ぶさた》の蒼太は、部屋の隅で仁王《におうだ》立ちのままじっと待った。

恭一郎が着替えを終えると、見計らったように迎えの者が現れた。

愛刀の八辻九生《やつじきゅうせい》を腰にした恭一郎に促され、これも新しい雪駄《せった》を履いて、ぎこちなく蒼太は表へ出た。

長屋の木戸をくぐると、黒塗りの乗物が二丁控えていた。既に近所の者が集まって来ていて、何事かと、少し離れたところからこちらを窺《うかが》っている。

駕籠《かご》者が引き戸を開いた。

「御子息はこちらへ」と、迎えの者が後方の乗物を指し示すのへ、蒼太は首を振った。

「いら、ん」

「しかし」

「あ……る、く」

口を曲げた蒼太の肩へ、恭一郎が手をかけた。

「隣町とはいえ、歩いてゆくと足元が汚れる」

「いら、ん」

「蒼太」

少しばかり困った声で恭一郎が言った。

「頼む。ここは俺の顔を立ててくれ」

他ならぬ恭一郎の頼みとあっては致し方ない。

不承不承頷くと、恭一郎の手を借りて蒼太は乗物に乗り込んだ。引き戸が閉められ、小窓から不安げに外を見やった蒼太に、恭一郎が微笑みかける。

「案ずるな」

そう言われても、一人で乗物に揺られているとどうも落ち着かぬ。

左右の小窓を交互に睨《にら》みつけ、蒼太は油断なく辺りを窺った。

二つの乗物は土筆大路を南に下ると、六条《ろくじょう》大路を右折して西の幸町《さいわいちょう》へ向かって行く。火《ひ》宮堀川《みやほりかわ》を渡り、火宮大路まで来ると、北に上がって御城を正面に歩き出した。

御城の真南に当たるこの辺りは、神月本家を始めとする、国の重臣の上屋敷が連なる一角で、暇があれば都を「探険」している蒼太でも、ほとんど足を踏み入れたことがない。

乗物は、御城の南の堀を担う五条堀川の近くまで来て、更に東へ折れた。

しんとした通りの北側には、石垣の上に塗り塀が施された屋敷塀が続いている。

二本の路地と二つの門を通り過ぎ、三つ目の門の前で駕籠者は足を止めた。

飾り気のない、両脇に番所を備えた堅牢《けんろう》な櫓門《やぐらもん》が厳《おごそ》かに開く。

乗物が下ろされ、後ろの方から恭一郎が駕籠者を労《ねぎら》う声が聞こえた。

どうしてよいのか判らず小窓へ目をやると、引き戸が開かれ恭一郎の顔が覗く。

「着いたぞ」

用意された雪駄を履いて乗物を降り、玄関へ入ると、まず式台の広さに驚いた。

屋敷中に漂う重厚な趣に圧倒されて、蒼太が思わず足を止めると、気付いた恭一郎がそっと肩に触れた。

「そう硬くなるな……というのも無理な話か。俺とてここへ来るのは初めてだ」

案内の者には聞こえぬよう蒼太の耳に囁《ささや》くと、恭一郎は微苦笑と共に小さく頷く。

大老の息子でありながら、恭一郎も今まで本家の敷居をまたいだことがなかった。己ほどではあるまいが、恭一郎も緊張しているのだと知り、やや安心して蒼太も頷き返す。

履いたばかりの雪駄を脱いで歩き出したものの、慣れない袴に、ともすると足がもつれそうになる。周りも気になり、蒼太は恭一郎の後を落ち着かない足取りで進んだ。

何畳あるのか数える気も起こらぬ広間をいくつか抜けて、二人が通されたのは、奥のこぢんまりとした――それでも長屋の三倍はあるだろう座敷だった。

既に中にいた二つの影を認めて、入り口で恭一郎が平伏する。

作法がよく判らぬままに、蒼太もそれに倣《なら》った。

「恭一郎、面《おもて》を上げてくれ。蒼太もだ。ここは無礼講だ」

「……では、お言葉に甘えさせていただきます」

入って右手に、横に並んで座っている二人の内、奥は初老の男で、手前は十代の少年だ。春に志伊《しい》神社でちらりと見かけた、恭一郎の父親と腹違いの弟であった。

――「たいろう」と「かずは」。

大老の前に恭一郎が座ったので、必然的に蒼太は一葉と向き合うこととなる。

細身で顔にはまだ幼さが残っているが、一人前に髷《まげ》を結い、裃をつけている一葉は、春に見た時よりもずっと大人びて見えた。

一葉を真似《まね》て、蒼太はもぞもぞと居住まいを改めた。

「二人とも、よく来た。――儂が恭一郎の父にしてお前の祖父の、神月人見だ」

己に言われたのだと判って、蒼太は大老を見上げた。

「おれ……そうた」

言ってから「かめい」を忘れたことに気付き、大老を見つめたまま蒼太は続けた。

「さきさ、わ、そうた」

「うむ」

「私は神月一葉だ。そなたの、その、叔父になるのだが……」

こくっと蒼太が頷くと、一葉は目を細めて嬉しそうにした。

襖戸の向こうから聞こえた声に大老が応えると、女中が四人入って来て、それぞれの前に膳《ぜん》を置いた。茶と茶菓子だけの膳だが、菓子皿に載っているのは水仙《すいせん》を象った練切《ねりきり》だ。

ちょうど八ツの鐘が聞こえてこようかという時刻だった。

恭一郎が目で頷いたのを見て、蒼太は早速練切を手でつかんだ。

はっと息を呑《の》む音が聞こえて顔を上げると、目を見張った一葉が己の手元を見つめている。菓子皿に添えられた黒文字に気付いて、蒼太は慌てて練切を皿へ戻した。

恭一郎の父親の「たいろう」が、大層高い身分であることを蒼太は知っている。人の暮らしに、諸々《もろもろ》の面倒臭い礼儀作法があることも。

黒文字を取り上げ、練切をざっくり半分に切ると、片方に突き刺して口へ運ぶ。

上質の餡《あん》が、舌の上でさらりと溶けた。

あまりの旨《うま》さに、続けざまもう半分を口に入れると、あっという間に蒼太の皿は空になってしまった。菓子がなくなると、己が場違いなところにいることが思い出され、早くも長屋が恋しくなる。

大老が小さく噴き出した。

「似ておるな、恭一郎。蒼太はお前に似ておる」

「……そうですか？」

「その昔、あれが言っておった。おやつを出しても、座っているのはほんのひととき。二口三口で菓子を食べてしまうと、茶も飲み干さぬうちに、『もうよいですか』と言うだけ言って、返事も聞かずに表へ出て行く――とな」

大老が「あれ」と呼んだのは、恭一郎の母親・鷺沢夕のことである。

「……それは蒼太よりずっと小さかった頃の話です。道場に半日しか通わせてもらえず、家で稽古をするしかなかったので……」

ばつの悪い顔をした恭一郎を笑い飛ばすと、大老は自分の菓子皿を取り上げて一葉に渡した。

「これを、蒼太へ」

「かしこまりました」

「そのような……私のをやりますから、お気遣いなく」

「お前こそ変に気遣うな。無礼講だと言ったろう。祖父が孫に菓子をやるのだ。気遣いもへったくれもないわ」

立ち上がって一葉が持ってきてくれた菓子も、蒼太はぺろりと平らげた。

「旨いか？」

「うま、い」

大老が訊くのへ蒼太が応える。

「此度は災難だったな。しばらく大福は見たくもなかろう？」

毒は二度とごめんだが、大福ならいつでも大歓迎だ。

「どく……あむな、い。だい、ふく、は、よ……い」

蒼太が言うと、大老は破顔した。

「そうだな。大福に罪はない。悪いのは毒を盛った者だ」

恭一郎に向き直ると、大老は口元を引き締めて続けた。

「すぐに吐き出したのがよかったのだな。大事に至らず何よりだが……儂の読みが甘かった。あれから探りの手は緩めておらぬが、かたがつくまで今しばらくかかりそうだ。腹に据えかねておろうが、お前はけして手を出してはならぬぞ」

「くどいですよ、父上。私は父上を信じております。それに読みが甘かったのは私の方です。蒼太のことは、父上にまずご相談すべきでした」

「まったくだ。昔からお前は変わらぬ。儂に一言もなく晃瑠を離れ、妻《めと》を娶り……何年も好き勝手した挙句に、ようやく戻って来たかと思えば独り身で……仕官もせずに長屋住まいを始めおって」

「その節は……」

「どの節だ？　斎佳で悪さをしていたことか？　それとも、仕官の話を蹴って高利貸の取立人になったことか？」

「それは、その……」

急に歯切れの悪くなった恭一郎を横目に、そっと寄って来た一葉が自分の菓子皿を蒼太に差し出した。これもそっと皿を受け取り、蒼太は小さく頭を下げる。

一葉がにっこり微笑む間にも、大人二人の話は続く。

「――その上、再びふらりと出かけて行っては子連れで戻り、鷺沢家縁《ゆかり》の子だと言いふらすなど、間抜けもいいところだ。あれの縁故で、鷺沢の名を持つ者がお前の他におらぬことくらい、巷《ちまた》の者は皆知っておるわ」

「……私が浅はかでした。その――父上には大いに感謝しております。これまでのことも、此度のことも……父上のご配慮なくして今の私はありませぬ」

神妙に頭を下げてみせると、矛先をそらすように「これもよいぞ」と、恭一郎は蒼太の膳へ菓子皿を載せた。

一葉がくれた分を食べながら、蒼太は空いている手を恭一郎の皿に伸ばす。

大老は、黙々と菓子を食む蒼太へ束の間温かい目を向けると、再びじろりと恭一郎を睨んだ。

「殊勝なことを言いおって……」

「なれど、誓って本心にございます」

「口先だけではあるまいな？」

「滅相もない」

「ならばここらで、少しは恩を返せ」

「……は？」

思わぬ成りゆきに、流石の恭一郎も戸惑いを隠せない。

「ここらで少し、お前の力を貸せと言うておる」

「――といいますと？」

恭一郎が問い返すと、大老は大仰に溜息をついた。

「こんな時くらい素直に頷けぬのか。そう構えずとも、何も今更、お前に屋敷勤めをせよとは言わぬ」

「はあ……その、私でお役に立てるならば」

恭一郎が応えると、大老は今度はにやりとして一つ頷いた。

「よし。委細は後だ。――御城へゆくぞ」

一瞬の沈黙があった。

「父上、今なんと？」

「これから御城へ参る。儂とお前、一葉に蒼太も一緒だ。そのように、安良様から命じられておる」

「安良様が……？」

恭一郎が眉根を寄せたのとは裏腹に、一葉の顔は嬉しげだ。

練切の最後の一片を飲み込むと、蒼太は困惑顔の恭一郎を見上げた。

おれと「きょう」が、「やすら」に会いに――

……「おしろ」へ行く。

†

蒼太を御城へ連れて行く――

それは一つの賭《か》けであった。

一葉の跡目披露を経て、ようやく本家への挨拶《あいさつ》が許されたのだと恭一郎は思っていた。

あれは、俺たちを登城させるための布石でもあったのか……

大老が支度に立った短い間に、恭一郎は考えを巡らせた。

他でもない、国皇・安良の住む城だ。最上の術と国の精鋭で固められているところへ、妖魔を連れて入るなど、常人には狂気の沙汰としか思えぬだろう。

だが……

伊織が作った守り袋があるし、父上が同行するのだ。入り込めぬことはない――

そう判じた恭一郎の心底には、若くして理一位の称号を得た伊織への強い信頼がある。

安良国広しといえども、理一位の称号を持つ者はたったの五人。

内、伊織を含む四人は各地に散らばっていて東都におらず、残る一人は東都の北西に位置する一笠《いちかさ》神社に詰めている。

城内には理術師が勤める清修寮《せいしゅうりょう》があるゆえ油断は禁物だが、此度訪ねるのは寮から三町は離れた本丸だ。また、ごく内輪での目通りだと大老が言うからには、理術師の同席はあるまいと恭一郎は踏んだ。

問題は安良様だが……

迷いながら恭一郎は、何かの折に伊織から聞いた話を思い出した。

これは多くの国民が誤解していることでもあるが、妖魔から身を護るすべとして人に理術を伝えた安良自身は、理術師ではない。

何度転生しても失わぬ記憶と、首筋の国土に似た痣《あざ》を除けば、安良の五体はあくまで一個の人間であり、神通力や不死身性は備えておらず、国史の上ではむしろ、天寿をまっとうするよりも怪我《けが》や病に死したことの方が多いくらいである。

理術の会得《えとく》には、努力よりも天賦《てんぷ》の才が物を言う。

常人には見えぬこの世の理を感じ取り、解し、力に変えるためには、知識に勝る資質が必須であった。

無論、伊織や夏野がそういった資質と共に生まれたように、安良も時として同じ才に恵まれる時がある。伊織の話では、二十代目の安良は理術師同様に術を操ることができたし、二十五代目の現国皇にも似たような資質が見られるらしい。

現国皇の「資質」とやらは、一体いかほどのものなのか。

それは蒼太の正体を見破ることができるのか、否か。

なんぞ予知するものでもないかと、いくばくかの期待を込めて蒼太を見やるが、肝心の蒼太はあれこれ話しかけてくる一葉の相手に四苦八苦していて、恭一郎の心中までは気が回らぬらしい。

——これもまた、巡り合わせやもしれんな。

予知能力は持ち合わせておらぬが、恭一郎は往々にして己の勘を信じて生きてきた。

少年たちのたどたどしいやり取りにくすりと笑みをこぼすと、恭一郎は肚《はら》をくった。

安良様に伊織ほどの才があるならば、遅かれ早かれ、蒼太が妖魔であることを見抜くだろう。だが同時に、伊織ほど理術や妖魔を知るのであれば、山幽の蒼太が理由なく人を害さぬことも解してくださるに違いない——

感謝の念こそあれ、恭一郎にはもとより安良への信仰心はない。しかし、現人神でも安良が真に「神」ならば、その力量に賭けてみたいと恭一郎は思った。

†

一行は五条堀川を乗物で渡り、南側にある恵幸門《えこうもん》から登城した。

二つの桝形門《ますがたもん》を抜けると乗物が止まり、引き戸が開かれた。

大老に続いて、切込接《きりこみはぎ》の石垣に囲まれた虎口《こぐち》の向こう側に出ると、本丸の奥にそびえる五層の天守を恭一郎は見上げた。

黒々とした下見板張りと上に重なる白亜が、晴れた冬の空によく映える。

天守だけなら都内のどこからでも拝むことができる。だが石垣から大棟まで、これほど間近で見る御城には恭一郎でさえも圧倒された。

城内に入ってすぐ、恭一郎は当然のごとく刀を外して渡そうとした。だが、それを止めたのは大老ではなく、中奥から安良がわざわざ遣《つか》わせた山本《やまもと》という用人だった。

「しかし」と、恭一郎よりも驚きを露《あら》わにしたのは大老だ。

国皇に目通りするというのに、大刀はおろか、脇差しさえ携えてゆくなどもっての外である。しかも恭一郎にとって刀は、名ばかりの武士の飾りではない。

――俺も見くびられたものだな。それとも余程、凄腕《すごうで》の者を揃えているのか……謀反《むほん》を企《たくら》んでいる訳でなし、城内で抜刀する気はさらさらないが、つい笑みをこぼした恭一郎の隣りで、大老と山本は揃って困った顔を見合わせた。

「そのように、安良様から仰せつかっておりますので……」

己の本意ではないと、あからさまな渋面を作って山本が案内に立つ。

通されたのは大広間ではなく、表でも中奥に近い白書院だった。

山本に促され平伏すると、微かに空気を揺らして入って来た者が三間ほど先に座った。

「面を上げよ」

まだ若い、だが、静かで落ち着いた声が恭一郎の耳に届く。

ゆっくり顔を上げると、鎮座している一人の少年と目が合った。

二十五代安良は、一葉と同じく御年十五歳。

外に出ることが少ないせいか、色は白い。だが、長い黒髪を女のように後ろで束ねていても、国史より長い記憶を有するだけあって顔つきは精悍《せいかん》だ。

少年ではない。

眼前にいるのは、千年を越えてこの世を「生きてきた」治者であった。

「ご尊顔を拝し恐悦至極《きょうえつしごく》にございます。某《それがし》は鷺沢恭一郎、これは息子の蒼太と申します」

余計な言葉は省き、まっすぐにそれだけ言うと、一瞬ののち、安良は鷹揚《おうよう》に微笑んだ。

「鷺沢恭一郎、鷺沢蒼太、急に呼び寄せてすまなかったが、よくぞ参った」

無言で一礼すると、再び、推し測るような安良の視線を正面から受け止める。

瞳が深い。

その奥に宿るものを見極めたくなって、無遠慮にもじっと見入っていると、小さく噴き出して安良は口元を緩めた。

「よいな。人見、お前は子に恵まれたな。息子だけでなく……孫にも」

「――まこと、仰せの通りにございます」

孫にも、と安良が言ったことで、恭一郎は内心安堵した。

妖魔だと気付いたかどうかは別として、ひとまず蒼太は受け入れられたようである。

「鷺沢」

「はっ」

「人見のもう一人の息子と孫に一目会うてみたいと願ってはいたが、此度お前を呼んだのは、お前が人見の息子だからというだけではない」

「は……」

「お前は八辻九生を帯びておるとか」

「はい」

頷きながら恭一郎は、帳台構えの向こうが殺気立ったのを感じた。武者隠しとなっている四枚の襖絵の向こうには、警固の者たちが控えている筈だ。

「……見せてもらえぬか？」

安良の言葉に、恭一郎は部屋の隅に並んで控えている二人の用人を見やった。内輪の接見とあって、武者隠しにいる者たちを除けば、恭一郎たち四人の他、この二人の用人しか同席していない。二人の内、ここまで案内をしてきた山本が立ち上がろうとするのを、安良が止めた。

「控えよ、山本。――鷺沢、お前がここへ来て見せてみろ」

山本ともう一人の用人が目を白黒させて見守る中、恭一郎は刀を手に立ち上がり、ゆっくりと安良の前に進み出て、再び膝を折った。

両手で八辻九生を捧《ささ》げ持ち、安良に差し出す。

一瞥《いちべつ》すると、にやりとして安良が言った。

「拵《こしら》えに興味はない。抜いてみよ」

「恐れながら、安良様」と、山本が慌てて口を挟んだ。

「控えよ、と言った」

山本に低く言い放つと、目で恭一郎を促した。

恭一郎が柄《つか》にかけた手を静かに引くと、露わになっていく抜き身を安良の目が追う。その瞳が懐かしさを湛《たた》えているのを見て取って、恭一郎は鞘《さや》を置き、黙って抜き身の左右を返すと安良の前に再び差し出した。

柄へ、安良がそっと手を伸ばす。

取り上げた手が震えたのは、刀の重さのせいではなさそうだった。

刃の表裏をつぶさに確かめてから、目を細め、安良は満足げに頷いた。

「そうだ。この刀だ」

安良の声が華やいだ。

「私はこの刀を知っている。この刀が鉄の塊から打ち出されるのを、私は間近で見たことがあった。これこそ名匠八辻九生が最後に打った、渾身《こんしん》の一振りだ……」

恭一郎が無言のままでいると、ふっと、からかうように安良は微笑んだ。

「八辻は言っていた。私が案じなくとも、この刀はやがて、ふさわしき者の手に渡るだろう、と。——鷺沢、お前がそのふさわしき者か？」

「……そうありたいと、精進《しょうじん》して参りました」

「噂では、お前こそが国で一番の剣士だとか」

「それは噂に過ぎませぬ」

「何ゆえ、仕合に出てこぬ？」

安良の言う「仕合」とは、毎年春に行われる「御前仕合」のことだ。国中から生え抜きの剣士が集められ、国皇・安良の前でその腕を競う。見事勝ち抜いて「安良一」の冠を賜る者はもちろんのこと、上位の者には見合った褒美や地位が与えられる。よって、腕に覚えのある剣士にとっては、御前仕合はまたとない立身出世の機会であった。

「私には、今の暮らしが見合っておりますゆえ」

金にも地位にも興味がない――

そんな含みを込めた返答が気に障ったのか、武者隠しから再び鋭い気が放たれた。

安良の方は気を悪くするどころか、刀を手にしたまま、磊落《らいらく》な笑みをこぼした。

「お前に頼みがある」

「はっ」

「既に聞き及んでおろうが、春先から国のあちこちで人里が妖魔に襲われている。殊に久峩山の北――間瀬、黒桧《くろべ》、松音《まつね》の三州がひどい」

そのことは恭一郎のみならず、いまや国中の者が知っていた。

――間瀬州の人里が二つ、山幽の森が一つ、おそらく同じ者たちに襲われた――

そう、槙村孝弘《まきむらたかひろ》と名乗る山幽の男は恭一郎たちに教えた。

恭一郎たちが旅から戻ってしばらく経った、夏の半ばのことである。

蒼太を恨む山幽の女を東都に手引きし、蒼太の力を試した孝弘の言葉に嘘がなかったことは、のちに届いた知らせで証明された。

あれから半年を経て、被害は増える一方だった。

痛ましい知らせが届くにつれて、民人の安良への期待も高まっていく。

「私なりに探りを入れてきたが、どうも他の者の手には負えぬようだ。ゆえに樋口を呼び戻すことにした。支度が整い次第、樋口には間瀬に向かってもらう。ついては鷺沢、お前には樋口の警固を頼みたい」

成程《なるほど》、屋敷勤めではないが――

安良の勅命とあっては断れぬ。

父親に嵌《は》められた気がしないでもなかったが、旧友の伊織を護るのに己ほどふさわしい者はいないだろうという自負はあった。

妖魔が絡んでいるなら尚更《なおさら》である。

蒼太にとっても――むやみに命を狙われることがなくなった今――都の外で伊織と交流を深めることは、力を伸ばす、またとない機会になろう……

「勅命、謹《つつし》んでお受けいたします」

「うむ」

一つ頷いて、若き国皇は恭一郎の後ろへ目をやった。

「――蒼太、ここへ参れ」

はっとして恭一郎は安良の顔を窺った。

殺気は感ぜられぬ。

だが、この御方は気付いている……

笑みを浮かべてはいるが、安良の手は八辻の柄にかかったままだ。

読めない――

微笑の裏にある安良の思惑はなんなのか。

いざという時は身を挺《てい》して蒼太を護るつもりで、恭一郎は再び肚をくくった。

†

急に安良に名を呼ばれ、蒼太はたじろいだ。

「申し訳ありませぬ。息子はどうも人見知りで……」

「何も、とって食おうというのではない。蒼太、もっと近くでお前の顔を見てみたい」

安良が言うと、振り向いた恭一郎と目が合った。

「蒼太？」

安良の催促に恭一郎が小さく頷くのを見て、蒼太は仕方なく腰を上げた。

立ち上がってみると、部屋にいる全ての人間を見下ろせる高さになった。

おそるおそる前へ踏み出す蒼太を、安良が見つめている。

――やはり、「ひと」だ。

しかし……

恭一郎について蒼太が初めて足を踏み入れた御城は、人の警固はもちろん、術でも厳重に護られていた。

都に張り巡らされた術のおかげで、守り袋を付けていても時折、檻《おり》に閉じ込められているような息苦しさを感じるが、御城はその比ではない。登城した途端、ずしりとのしかかってくるような空気に、蒼太は思わず着物の上から守り袋をまさぐった。

早く、用を済ませて帰りたい——

近付いて来た安良を、蒼太は足音でも衣擦《きぬず》れでもなく、気で知った。

暗闇に揺れる燭台《しょくだい》のごとく、目を閉じていても、安良の周りだけ異様に明るく、気が澄んでいる。安良が部屋に入って来ただけで、術の息苦しさが和らいだ。

恭一郎が安良と話している間、後ろから蒼太は安良の一挙一動を窺っていた。安良は一葉と同じ——そして本来己がそうあるべきだった——年頃の少年の姿をしている。

人の中にも稀《まれ》に強い気を発している者が、また発する時もある者がいる。

安良が人間なのは間違いない。

いや違う。

恭一郎は安良を神だと蒼太に教えた。

——「あらひとがみ」。

人の姿をした神——

ようやく恭一郎の傍まで進み出ると、安良の膝の上の八辻九生へ目を落とす。

恭一郎がこの刀を抜いた時は、備えていたにもかかわらず身が震えた。

蒼太はこの刀が苦手だった。

狗鬼《こうき》や蜴鬼《やくき》を斬り払えるほど強靱《きょうじん》な刀は、武器としては術よりも優れている。

心臓を貫かれるか首を飛ばされれば、治癒する間もなく死が訪れるのだ。ゆえに、妖魔ならどの刀にも嫌悪の念を抱いて当然なのだが、恭一郎の愛刀は別格だった。

鞘の中は、冥界《めいかい》に通じているのではないか……？

狭い長屋で見つめていると、そんな錯覚に囚《とら》われる時がある。

鞘に潜《ひそ》むのは、死をもたらすものではなく、死、そのもの――

ぞくりとしたのが、刀のせいか、安良のせいか、蒼太には判らなかった。

今こうして目の当たりにすると、刀よりも安良の気を強く感じて圧倒される。

恐ろしい。

そして、どこか心地良い――

この者は一体「何」なのか。

確かめたいという思いが恐怖を凌《しの》いだ。

慣れない裾《すそ》をさばいて恭一郎の隣りに座り、見よう見まねで頭を下げる。

「蒼太。私が二十五代目国皇の安良だ」

「さきさ、わ、そうた」

「生まれつき、片目と口が不自由だそうだな」

そういうことにしてあると、恭一郎から言われているので、こくりと一つ頷く。

「お前も剣を嗜《たしな》むのか？」

問われて今度は首を振った。

「剣を手にしたことは？」

また首を振る。

「――ならば、これを手に取ってみよ」

恭一郎がしたように柄を左へ返すと、両手で安良は刀を蒼太に差し出した。

「またとない名刀だぞ。――さあ」

これまで、八辻九生には鞘にしか触れたことがない。いくらなんでも、触れただけで死ぬとは思わぬが、本能による抗《あらが》い難い恐怖に身がすくんだ。

でも、これは「きょう」の刀だ。

「きょう」の刀が、おれを傷付ける筈がない……

おずおず右手で柄をつかむと、安良の手が放された。

ずしりとした重さに、取り落としそうになるのを慌てて左手で支える。

びりっと、何か強い力が身体を駆け抜けた。

「よく見てみよ」

刀の造りについてはよく知らぬが、恭一郎が手入れを欠かさぬのは知っている。研ぎ澄まされた刃に、覗き込む己の影が鈍く映った。

転瞬、脳裏に揺らいだ絵があった。

己と同じように、手元の刀を見つめる一人の男――

驚いて顔を上げると、悠然と笑む安良と目が合う。

「なんぞ見えたか？」

吸い込まれるようだった。

たった今「見えた」男が、目の前の現人神と同じ者なのか見極めようとして、蒼太はじっとその瞳に見入った。

薄闇から真っ暗闇に変ずる深淵《しんえん》。

それを突きぬけた先に宿る、仄かな光――

安良から発せられる気が、風に――それから光になって蒼太に吹きつける。

ごうっと耳鳴りがして、蒼太は思わず目を閉じた。

†

熱気を頰《ほお》に感じて、思わずしがみついた蒼太の頭を、大きな手のひらが撫《な》でる。

しかしそれは、恭一郎の手ではない。

『怖がることはない。……見よ、シェレム』

山幽の名で呼ばれて蒼太が見上げると、目を細めた翁《おきな》の顔があった。

一族の森が麓《ふもと》にある、久峩山の頂上に二人はいた。

己はおそらく、まだ三歳か四歳。翁はいくつか知らぬが、蒼太が知る限り、姿は二十歳《はたち》そこそこの若者だ。

蒼太が育った山幽の森には、二人の翁がいた。

名はウラロクとイシュナ。

二人とも森の奥の方で住み暮らしていたが、ウラロクは二日に一度は表に出てきて、森の様子を見回っていた。

対してイシュナは、下手をすると一月も二月も姿を見かけぬことがあった。深く眠り込んでいるとも、他の森を訪ねているとも、仲間が噂するのを聞いたことがある。

目の前にいるのはウラロクで、二人の内でも長く生きている方だった。

『おきな……』

幼子だった自身の中から、のちに己を森から追い出した男を蒼太は見上げた。

これはなんだ？

おれの頭の中か？

それとも「やすら」が見せている幻影か……？

『見よ』

言われて幼い蒼太は翁の指の先へ目を移し、中の蒼太も否応なくそちらを向いた。

山頂にぽっかり空いた穴は、端から端まで七町はあろうかという大きさだ。暗くて見えない奥底からは熱い空気が立ち上ってくる。

『この山は、生きているのだ』

『いきてる？』

きょとんとして、幼い自分が問い返す。

『そうとも。この山だけではない。中が燃えていなくても、全ての山は生きている。何故《なぜ》ならば山は――大地は全てつながっているのだから……見よ、シェレム』

肩を抱いた翁が身体を回すと、蒼太は今度は山の麓を見下ろした。

上の方は岩だらけだが、すそ野から先は緑が広がっている。ところどころ川や湖が見える他は、森であれ林であれ畑であれ、青々とした景色がずっと先まで続いていた。

『大地はつながっている。そして大地とつながっている全てが生きている』

『ぜんぶ、いきてるの？』

『そうだ』

『もりもいきてる……？』

『ああ、森も生きている』

『もりはどこ？』

『あの辺りだ』

『みえないよ』

『そう、見えない。森は小さいから――本当に小さいからな』

蒼太が不安な顔をすると、翁はくすりとして蒼太を抱き寄せる。

『森は小さいが、大地につながっている。大地に生きる全てのものとも……大地とつながっているものは――草木や動物、鳥、虫、私たちだけでなく、水や空、風までも――全てが生きていて――全てが一つなのだ……』

怖い、と感じたことを蒼太は思い出した。

山の奥底で息づいているものと己の鼓動が重なっていく。

全てが生きていて、全てがつながっている——

何千、何万どころか、蒼太の想像を超える数の、あらゆる生きとし生けるものの息遣いが聞こえるようで、あの時はただ恐ろしかった。

——それは忘れていた己の記憶だった。

翁はどうして、おれにあんなことを告げたのか……

そう思った瞬間、蒼太は過去の己から弾《はじ》き出された。

大地をめがけて、まっすぐに落ちてゆく。

風が、光が、身体中を吹き抜けて、己を白く透明に——

やがて無に——溶かしてゆく……

†

腕をつかまれ、蒼太は我に返った。

恭一郎の手だった。

手から腕へと見上げると、恭一郎の顔が心配そうに覗き込んでいる。

一つ頷くと、安堵の色を浮かべて恭一郎は手を放した。

いつの間にか、刀を取り落としていたようだ。

安良の気は、鳴りを潜めたように淡くなっていた。躊躇いを振り切って見上げると、口元に笑みを湛えた安良が言った。

「お前にはまだ、真剣は重過ぎたようだな。怪我をする前に、父に返してやれ」

再び意を決して、蒼太は八辻の柄に手をかけた。

此度は何も起こらない。

刀の重さも死の気配も、少し前とまったく変わらぬ。

だが、恐れ、忌み嫌いながらも、己がこの刀に惹《ひ》かれ始めていることに蒼太は気付いた。

蒼太が差し出した刀を、恭一郎は静かに鞘へ戻した。

微かな鍔鳴りと共に刀が鞘に納められると、満足そうに安良が頷く。

「鷺沢、役目については、人見を通して、追って沙汰する」

「はっ」

「大儀であった」

再び平伏して、安良が退出するのを待った。

安良の澄んだ気が遠ざかるのと入れ違いに、術の息苦しさが戻ってきた。

——長屋に戻るなり、疲れ切った蒼太は裃を脱ぎ捨てた。

夕餉《ゆうげ》も食さずに、掻巻《かいまき》に包まって目を閉じる。

そして朝まで、泥のように眠り続けた。

第二章

Chapter 2

恭一郎と蒼太が安良へ目通りを果たした頃《ころ》、夏野は故郷の氷頭州府・葉双《はふたつ》にいた。兄・卯月義忠の婚礼のためである。

晃瑠を出たのが六日前、葉双の黒川家にたどり着いたのが一昨日の夕刻だった。

ゆえに夏野は、二人が大老の屋敷に招かれたことも、その足で登城したことも知らぬが、奇《く》しくも蒼太と同じように、慣れぬ衣装に四苦八苦していた。

朝から兄の役宅——東都の御城にちなんで御屋敷と呼ばれている——より二人の女中が遣《つか》わされ、黒川家の女中の春江《はるえ》、母親のいすゞを交えて大わらわで支度が進められた。

着物選びから始まって、やれ帯が、櫛《くし》が、簪《かんざし》がと、女四人が騒ぐのを横目で見ているうちはまだよかったが、昼餉《ひるげ》を経て着付けが始まると、夏野も否応なしに騒ぎの渦中に巻き込まれていく。

「今少し、御髪《おぐし》を伸ばされてはいかがでしょうか？」

「……稽古《けいこ》の邪魔になりますので」

「まあ、このお腰の傷は？」

「未熟者ですから、怪我《けが》をすることもあります」

目を丸くしている二人の女中の傍《そば》から、いすゞがそっと背中を撫《な》でた。

「この背中の傷は……？」

春に狗鬼《こうき》の爪《つめ》がかすったものだ。

傷はとっくに癒《い》えていたが、傷跡はうっすら残ったままだ。

「その……妖魔《ようま》狩《が》りで……」

女中二人が絶句するのへ、夏野は毅然《きぜん》として応《こた》えた。

「私は、侃士《かんし》ですから」

黒川家には今、男がいない。

二年前に病死した前州司《しゅうじ》・卯月慶介《けいすけ》と、その従妹《いとこ》にして妾《めかけ》だった黒川いすゞとの間に夏野は生まれた。

氷頭一の剣士と謳《うた》われ、黒川剣術道場を興した祖父の黒川弥一《やいち》は七年前に他界しており、道場は弟子の一人に受け継がれている。

弥一が亡くなって一年後、夏野の弟・螢太朗《けいたろう》が攫《さら》われ、殺された。ゆえに養子をもらうか、夏野が婿《むこ》を取らぬ限り、黒川家の存続は危ういのだが、夏野が侃士号を賜《たまわ》ったことで、武家の体面は今のところ保たれている。そして、女であろうと妖魔狩りに赴くことは、侃士として、武家として、夏野には当然のことであった。

私には私の矜持《きょうじ》がある――

ついむっとしてしまった夏野の背中に、真新しい肌襦袢《はだジュバン》を着せかけ、いすゞが微笑《ほほえ》む。

「ご苦労様です」

肩を撫でるいすゞの手は温かい。

「母上」

「……ですが、次は気を付けるのですよ」

「はい。――その、どうかご心配なく。私も都で少しは腕を上げましたゆえ」

「まあ、調子に乗って」

くすくす笑ういすゞは、四十路《よそじ》とはいえまだ充分若々しい。

――自分や家のことは案ずるな。あなたは、あなたの思うように生きてみるがよい――

いすゞはそう言って、夏野が一人で東都へゆくことを許してくれた。

家に囚《とら》われずに、剣術や学問に打ち込める自由。

多くの女子《おなご》は、はなから望みもせぬものだろうが、望んだからとて誰《だれ》もが得られるものでもない。

母一人子一人なのに、私の勝手を許してくれる母上には、いくら感謝しても足りぬ。

私はまこと、果報者だ……

「それにしても母上、これは少々……その、派手ではないかと……」

「義忠様からの贈り物ですよ。あなたがとやかく言えるものではありません」

「しかし、祝言には道場の者も参りますし、武士は勤倹質素であれ、というのが先生の教えで――」

夏野が先生と呼んだのは、亡き祖父・黒川弥一のことである。

「侃士といえども女子に変わりはないでしょう。それがなんですか。十八にもなって、まだあんなむさくるしい恰好《かっこう》で。あなたの恥は、義忠様の恥になるのですよ」

……藪《やぶ》をつついて蛇を出してしまったか。

気付かれぬよう溜息《ためいき》をつくと、いすゞの小言に当たり障りのない相槌《あいづち》を打ちながら、夏野は兄が贈ってくれた着物に袖《そで》を通した。

鮮やかな朱色に、金銀の箔《はく》をふんだんに使った大輪の花がいくつも咲いている。織りも縫いも非の打ちどころがない、きらびやかな振袖《ふりそで》だ。

婚礼の儀は役宅ではなく、卯月家の屋敷で行われた。

義忠が妻に迎えたのは、同じ葉双に屋敷を構える萩原《はぎわら》家の長女・美和《みわ》だった。美和の父親にして萩原家当主の宣之《のぶゆき》は椎名《しいな》家から婿入りした者だから、これでまた少し、卯月家と椎名家の絆《きずな》が深まったことになる。

美和は今年既に二十五歳になるという。義忠ももう三十路《みそじ》だから釣り合いはいいが、早くもひそひそと世継ぎを案ずる声が聞こえて、夏野は声がした方をじろりと睨《にら》んだ。

「夏野。おめでたい席で、そのようなしかめ面はよしなさい」

「しかし母上、あまりにも不謹慎な……」

たしなめられて夏野はますます口を尖《とが》らせたが、ふと視線を感じて振り向いた。

大広間の斜め向かいから藍《あい》色の着物を着た女がこちらを見ていて、夏野と目が合うと優美な会釈を寄こした。

なんとも佳麗《かれい》な女だった。

着物も地色こそ藍と地味だが、夏野の振袖同様、金箔に彩られた百合《ゆり》と蝶《ちょう》、更に藍に映える豪奢《ごうしゃ》な金色の帯が目に眩《まぶ》しい。これだけの着物を平然と着こなす女の美貌《びぼう》には、同じ女の夏野でさえ目を見張るものがある。

毒気を抜かれて曖昧《あいまい》に会釈を返すと、夏野は上座の兄を見やった。

もうかれこれ四百年も氷頭州を治めてきた卯月家の当主ともなれば、己の伴侶《はんりょ》とて自由に選べぬ。代々卯月家の右腕である椎名家の縁者を娶《めと》ったのも、政《まつりごと》を一番に考えてのことであろう。

それでも、今宵の義忠は幸せそうだ。

華やかさでは先ほどの女に負けるが、萩原家で不自由なく育ってきただけあって、義忠の隣りで頰《ほお》を染めた美和は清楚《せいそ》で初々しい。

――兄上、美和様、どうかお幸せに……

慣れぬ振袖や長い式次第に閉口しながらも、夏野は二人の末長い幸せを心から祈った。

†

翌日、春江のぼやきに聞こえぬ振りをして、夏野は早速いつもの少年剣士の姿に戻った。

道場で汗を流す前に、訪ねたい場所が一つある。

葉双は州府だが、街道沿いと中心部を除けば田畑が広がっており、晃瑠とは比べものにならぬ田舎町《いなかまち》だ。祖父が遺《のこ》した黒川道場とその向かいにある黒川家の屋敷は、町の中心から広がる家屋敷が田畑に変わる境目辺りに位置している。

屋敷の前の通りを西へ折れると、夏野はずんずん西の端を目指して歩いて行った。

道中、すれ違う者が皆立ち止まり、義忠への祝辞を口にする。

腹違いとはいえ、州司の妹でありながら男装で剣に打ち込む己が、故郷で悪目立ちしていることは重々承知している。

それでもこうして声をかけてもらえるのは、兄上の人徳に他ならぬ――

義忠を誇りに思うと同時に、婚礼の席で美和と並んだ微笑ましい姿が思い出され、夏野は一人にやにやしながら、徐々に細くなっていく道を進んだ。

行き止まりを右に曲がり、桃林を突っ切って更に行くと、目指す家が見えてくる。

入母屋造《いりもやづく》りの茅葺《かやぶ》き屋根は、夏野が知る限り葺き替えられたことがない。

茅は藁《わら》の倍はゆうにもつといわれているものの、屋根だけでなく、家全体が長の時を経てどっしりと黒ずんでいる。

――「雨引《あまびき》のおきね」と呼ばれる老婆の家であった。

「きね殿」

戸口の外から呼ぶと、待っていたかのごとく、しわがれた声が応《こた》えた。

「お入り」

土間から上がってすぐの囲炉裏端《いろりばた》に、きねはいた。

囲炉裏の五徳《ごとく》には、鉄瓶《てつびん》がかけられていて湯気を吹いている。

火は小さいが、天井がさほど高くないせいか、部屋の中は暖かい。

「夏野かい。――誰かと思ったわえ。気取った呼び方をしおって気色悪い」

「どうもすみません……おきねばあさん」

「まだなんだか硬いが、お前ももう子供じゃないからの」

ふふふ、と笑うきねの口元にも目元にも、深い皺《しわ》が刻まれている。

浅黒い肌に真っ白で薄いざんばら髪、あまり歯が残っていない様は一見不気味だが、絶えず湛《たた》えられている笑みは温かく、葉双の者――殊《こと》に子供――はきねを好いていた。

夏野も無論、そんな子供の一人だった。しかし、夏野がこうして、きねと二人きりで顔を合わせたのは実に六年ぶりだ。

一体いくつになるのだろうか？

夏野が物心ついた時には、きねは既に老婆だった。十数年を経た今もおよその印象は変わらぬが、八十歳はとうに超えていると思われる。

「久しぶりじゃの」

「ええ」

「螢太朗がいなくなって以来じゃ」

「はい」

――橋を渡ってはいけない――

葉双の子供たちは、よくきねにそう脅された。

――橋の向こうには、人を攫い、喰《く》らう、妖魔がおる――

弟の螢太朗が攫われた時、夏野は子守を放《ほ》ったらかして、肝試しに興じていた。大川にかかる太鼓橋を、渡って帰る。たったそれだけのことをしている間に、二歳にもならぬ螢太朗は攫われてしまったのだ。

大川は葉双の北の結界を担っている。そこにかかる橋は、むやみに渡ってはいけないと、子供たちは小さいうちから言い聞かせられてきた。実際には橋の北の袂《たもと》で折り返しただけで結界の外に出ることはなく、攫った者も妖魔ではなく人であったが、螢太朗の無事を願う度にきねの脅しが思い出されて、夏野の足は遠のいた。

「無沙汰《ぶさた》をして、申し訳ありません」

「なんの」

手元の薬研《やげん》を脇《わき》へ押しのけて、きねは夏野に座るように促した。

それからゆっくりと、手製の薬草茶を急須《きゅうす》に入れる。

きねの薬草茶は、下手な薬より疲労や風邪《かぜ》に効くと葉双では評判だ。この薬草茶を売って、きねは暮らしを立てていた。

癖のある、だが懐かしい茶の匂《にお》いが漂い始めた。

「……お前のことはいろいろ聞き及んでおるぞ」

「ああ。女だてらに侃士号を賜ったことも、東都まで螢太朗を探しに行ったことも」

「そうですか」

「しかし……」

「螢太朗のことは、残念じゃったの」

茶を茶碗《ちゃわん》に注《つ》ぎながら、目を伏せたきねの口元から一瞬だけ笑みが消えた。

「……ご存じだったのですね」

螢太朗が暗殺されたことは、ごく限られた身内の者しか知らない筈《はず》だ。だが、今更驚くことではなかった。きねほど葉双の歴史や内情を知る者はそういない。

「初めから、あなたに訊《き》けばよかった」

「訊かれたところで言えなかったわえ。義忠と由岐彦《ゆきひこ》に口止めされておったでの……儂《わし》は口が固いんじゃ」

にたりと笑ったきねに、夏野も微笑んだ。

「確かに。それに、晃瑠へ行ったことはけして無駄ではありませんでした」

「今はまつのところに世話になっとるとか」

「ええ」

夏野が晃瑠で間借りしている家の主《あるじ》は指物師《さしものし》の戸越次郎《じろう》。その妻のまつは、兄の子守役だった大野保次《おおのやすじ》の妹だ。

「東都ではよい師に恵まれたようじゃの。剣も――術も」

きねの方から「術」を切り出した。

理術師《りじゅつし》になるには通常、清修塾《せいしゅうじゅく》という塾へ入塾しなければならぬ。

夏野は理一位《りいちい》・樋口伊織によって術の才を見出《みいだ》されたものの、理術師を目指してはいない。塾生でもないのに術を学ぶとなるとどうも誤解されやすいゆえ、夏野は表向き、大雑把《おおざっぱ》に「学問」を学んでいることになっていた。

「相良先生にお会いしたことがあるそうですね」

「ああ、お前が生まれる前じゃったの。やつがまだ十二、三の小僧だった頃じゃ」

「雨乞《あまご》いを手伝ったとか」

相良正和は十二歳の時に、氷頭州の南に位置する長見州《ながみ》の州府・中江《なかえ》から、両親と共に葉双を訪れた。相良の父親は浪人で、相良は生まれた時から貧乏暮らしだったという。

この年は日照り続きで、殊に西国は深刻な食糧不足に悩まされていた。

中江で食い詰めて、相良の父親は葉双にいた親類を頼ることにしたものの、食糧が足りぬのは葉双でも同じだった。親類に冷たくあしらわれ、どうしたものかと路頭に迷いかけた相良家の三人を救ったのがきねだった。

――お前の息子には才がある――

そう父親に告げて、きねは相良を雨乞いのために借り受けた。

「雨乞いを始めてたった二日で、見事雨が降ったと聞きました」

州司からの褒美を分けてもらったと、相良は言った。「実際には、おきねばあさまが全《すべ》てを取り仕切り、私はただ隣りに座っていただけだった」とも。

術の才があると、きねが相良に言ったのは嘘《うそ》ではなかった。

ただ、雨乞いの時に相良が「感じたもの」はあまりにも微弱で、きねの言葉は善意の方便だと当時は思っていたらしい。相良が自ら術に興味を持ち、理術師になるべく切磋《せっさ》琢磨《たくま》して清修塾へ入塾を果たしたのは、それから十年も後のことだった。

「……おきねばあさんはその数十年前にも、ひどい日照りの折に雨を呼んだそうですね。だから雨引と呼ばれるようになった」

「儂はお前くらいの、年頃の娘じゃったわ」

忍び笑いを漏らしたきねの身体《からだ》はすっかり縮んで小さくなっているというのに、その内を満たしているものは大きく、温かい。

「何ゆえ都へ出なかったのですか？　あなたには――雨を呼べるほどの力があったのに」

夏野が問うと、きねはふっふと笑い出した。

「ないわ」

「え？」

「雨を呼ぶ力なんて、儂にはないわえ。帰って相良に聞くといい。おそらく理一位様とて、そのような力は持ち合わせておるまいよ」

「し、しかし――」

「雨はな、夏野、いつかは降るものなのじゃ。儂にできるのは、天の気を読むことくらいなのじゃよ」

「それはつまり」

「空を見たり、風を感じたり……儂はそういうことに長《た》けておるのじゃ。名高い東都の晃瑠で相良に——理術師に師事しておるんじゃろう？　義忠に、樋口理一位様から直々に申し入れがあったとか。会うたことはないが、理一位様のお見立てなら間違いない。夏野、お前もいずれできるようになるわえ」

　空を仰ぎ、風を全身で感じ取る。

　雨雲があるのか、ないのか。

　あるとすれば、どんな風に乗って、どの方角に向かっているのか……

「そうやって雨雲が近くなったのを察してから、雨乞いの儀を申し出る。種を明かせば、そういうことよ……」

　悪びれもせず、むしろいたずらな笑みを浮かべてきねは言った。

　天の気を読む——

　それだけのことでも、できる人間は限られている。

　短い間だったが春には那岐《なぎ》州空木村の伊織のもとで、ここ半年ほどは東都の相良のもとで、急速に術を学びつつある夏野だった。

　——自然が無償でどれほど多くのことを与えてくれるかを、私は既に知っている。

　だが、それらを受け取ることができるかどうかは、人次第……

「都は、儂にはただ遠いところじゃった。儂は雨引で——雨引が合うていたのじゃ。塾なぞ夢のまた夢よ。安良様のおわす御城を一目見てみたいと願うたこともあったが、どうも里が離れ難くての。ここからはお山がよう見えるし……」

きねが「お山」と呼んだのは、四都の真ん中にある霊山・久峩山のことである。きねほどではあるまいが、夏野も「お山」を見ながら育ったゆえか、帰郷の際に久峩山が見えてくるとほっとする。

清修塾で学べるのは、ごく少数の限られた者たちだけだ。塾を出て、国に認められた理術師になるだけが、術を学ぶ者の生き方ではない。才の差こそあれ、きねのように故郷を離れず、日々の暮らしに術を役立てながら生きる者の方がずっと多い筈であった。

「お前は、理術師になりたいのかえ?」

「いえ……」

伊織も相良も尊敬してはいるが、己が理術師になるなど考えたこともなかった。

「術を学んで、どうするんだえ?」

からかい交じりにきねが問う。

「……判《わか》りませぬ。でも、知りたいのです。この世のことを——人の暮らしや政だけでなく、もっと様々なことを……」

妖《あや》かしのことも——

「今はただ、知りたいのです」

「うむ。理術の『理』は『ことわり』の意……儂のような術師くずれでも、こんな老いぼれになっても、この世の理《ことわり》を知りたいと望まぬ日はないぞ」

夏野の茶碗に茶を注ぎ足しながら、「ふふ」と、きねは微笑んだ。

励まされているのだと思った。

「お前はまだ若い。全てはこれからじゃ……弥一のように名人と謳われる剣士になるか、相良や樋口様のように理術を極めてゆくか……」

「おきねばあさん……」

「はたまた、州司代の嫁になるもよし……」

茶を噴きそうになって、夏野は思わず口元を押さえた。

「わ、私は――」

「由岐彦はどうしとるかの？」

「由岐彦殿は――その、み、都で兄上の代わりをご立派に勤め上げておられ――あの、私はその……由岐彦殿とはそのような」

東都で氷頭の州司代を務める椎名由岐彦は、義忠の幼馴染《おさななじ》みだ。夏野より一回り年上で、秀麗な容姿に加え、氷頭で一、二を争う剣士と名高く、政務にも長けている。

この夏、由岐彦から求婚されたことを、夏野は誰にも明かしていない。

「ふ、ふ。そうかえ。由岐彦はどうも押しに欠けるでな……」

「私は――私は剣に生きるのです。それは由岐彦殿もご存じです。私は……私は嫁になぞ参りません！」

「ふ、ふふ……」

頰を火照《ほて》らせ、つい声を高くした夏野を、片手を挙げてきねは押しとどめた。

「客じゃ」

はたして数瞬ののちに表から声がした。

きねの許しを得て引き戸をくぐり、土間へ入って来た女を夏野は見つめた。

昨晩の麗人だった。

褐色の羽織こそ地味だが、その下の煤竹色《すすだけいろ》の更紗《サラサ》小紋《こもん》が艶《なま》めかしい。知る人ぞ知るきねの薬草茶を買いに来たと微笑んだ女の腰には、脇差《わきざし》だが一振りの刀が差してある。

†

何度目かの鍔《つば》迫《ぜ》り合《あ》いで、夏野は再び真琴《まこと》と正面から睨み合った。

二人が打ち合っているのは黒川道場の片隅だが、三本目の打ち合いとなった今、道場の者は皆、手を止めてこの立合稽古の行方を見守っている。

木下《きのした》真琴――それがきねの家を訪ねて来た麗人の名であった。

西都・斎佳で目付《めつけ》を務める木下家の一人娘で、本来ならば、夏野ごときが言葉を交わせる相手ではない。

安良国には、執政の監察役である目付が十三人いる。四人は東都・晃瑠に、残りは西、北、南の三都に、それぞれ三人ずつ配置されていた。各都を治める閣老より俸禄《ほうろく》は少ないものの、目付は大老に直《じか》に仕える要職で、代々名だたる大名家が担ってきた。現当主である木下弘蔵《こうぞう》の用人《ようにん》の梶市介《かじいちすけ》は、義忠と夏野の亡父・卯月慶介の幼馴染みだった。この梶の代わりに、氷頭州まで義忠の婚礼を祝いに来たのだと真琴は言った。

真琴の身分は昨夜のうちにいすゞに教えられていたが、真琴のような者が伴もつけずに一人できねの家に現れたこと、また、真琴が剣士であることを知って、夏野は驚きを隠せなかった。

――ここであなたに会えるとは運がいい。梶に頼まれた茶を仕入れた後には、黒川道場へ伺うつもりだった――

――さようで……――

――黒川夏野殿。あなたの噂《うわさ》はあれこれ聞いている。私は四段の未熟者だが、是非とも一手ご指南いただきたい――

未熟者と真琴は言ったが、いざ道場で立ち会ってみるとなかなか手強《てごわ》い。

武家の誉《ほま》れといわれる侃士号は、国で認可された剣術道場にて、五段に昇段した者に授けられる。

昨年侃士号を賜った夏野は、その後もたゆまぬ稽古を続け、来年には六段に昇段するだろうといわれるほどになっていた。夏野の方が技量は上で、その証《あかし》を立てるがごとく先の二本はすぐさま取ったが、「もう一本お願いいたす」と頭を下げられた三本目で苦戦していた。

夏野よりも疲労しているように見えるのに、どうしてどうして食い下がる。

真琴は夏野よりも半寸ほど背が高く、互角な鍔迫り合いが繰り返された。

今一手が決まらないのは、上段者としての焦りよりも、躊躇《ためら》いがあるせいだった。

長い黒髪をしっかりくくり、稽古着を着ているものの、夏野と違って真琴は見紛うことなき「女」であった。

面具の向こうの長い睫《まつげ》と大きな目。

稽古着から覗《のぞ》く手足の滑らかな白肌。

胴《どう》と垂《たれ》をつけていても、丸みを帯びた細い腰や豊満な胸は隠しようがない。

これまで夏野は、たとえ稽古でも、女と立ち合ったことがなかった。

ましてや真琴は道場の外でも滅多にお目にかかれぬような美女で、姫君と呼ばれてもおかしくない身分である。どうしても思い切った打ち込みを躊躇ってしまう。

木下様も剣士には違いない。

遠慮はいらぬ――

判ってはいるのだが、どうもいつも通りに打ち込めぬ。

加えて、「もしや」という思いが夏野を迷わせていた。

見目姿は少年剣士でも、道場の皆は夏野が女だということを知っている。

この道場を興した弥一の孫であることも。

己が侃士になれたのは、もしやそれらのことが斟酌《しんしゃく》されたゆえではないか――?

竹刀《しない》に見え隠れする真琴の目に、失望の色が浮かんだ。

「つまらぬ」

「えっ？」

ぐっと、一際強く竹刀が押され、夏野は弾《はじ》かれて後ろに飛んだ。転びそうになるところを、かろうじてこらえる。

真琴の囁《ささや》きは、見物している者たちには聞こえなかったようだ。

夏野が急いで構え直す前に、真琴が面具を投げ捨てた。

周囲がどよめく。

紅をつけていなくとも赤い真琴の唇は、きっと固く結ばれている。

強い光を宿した瞳《ひとみ》にまっすぐ見つめられた時、夏野は迷いを捨てた。

——私は、ここにいる誰にも負けぬほど稽古をしてきた。

幼い頃から、昼となく、夜となく、寸暇を惜しんで剣の道に励んできたのだ。

女だからと甘えたことはない。

剣士として、一度たりとも手加減を望んだことも——

同じように面具を取り捨てると、青眼の構えを上段に変えた。

狙《ねら》っていたように飛び込んで来た真琴の竹刀を、三度弾いて飛びしさる。真琴は間髪を容《い》れずに前進し、次々に打ち込んで来る。

打ち合っては離れ、離れては打ち合う。

竹刀の音が響く度に、五感が研ぎ澄まされていく。

風が頬を嬲《なぶ》った。

身を捻《ひね》って肩を打たれるのを避《よ》けると、夏野は左手を離し、振り上げた竹刀を右腕だけで振り下ろした。

面が決まった。

だが音はない。

頭上で寸止めされた竹刀を、真琴がじっと見上げた。

ゆっくり両手を下ろすと、真琴はそのまま膝《ひざ》を折る。

竹刀を下ろした夏野が同じように膝を折る前に、真琴が丁寧に一礼した。

「ありがとうございました」

指南を乞われた者として頷《うなず》きだけで応えてから、夏野も礼を返す。

したたる汗を拭《ぬぐ》うために、どちらからともなく道場の隅へ身を寄せると、呆然《ぼうぜん》としていた男たちは気を取り直したように稽古へ戻って行った。

「噂に違《たが》わぬお方だ。片手で……あの速さで振り下ろし——紙一重で止めるなど……ここに至るまでに、一体どれだけの稽古を積んできたのかと、木下真琴、感服いたしした」

引き締めていた口元を緩め、真琴は優美に微笑んだ。

「木下様こそ、あれで四段とは恐れ入りました」

「いいや。今日ここで私が実力以上のものを出せたのは、黒川殿のおかげだ。……聞くところによると、東都晃瑠では、かの高名な柿崎道場に通っておられるとか」

「柿崎をご存じでしたか」

道場主の柿崎錬太郎《れんたろう》は知る人ぞ知る名人だが、六十六歳ととっくに還暦を越えている上に、道場も都内の他道場に比べると小さい。

「うむ。私は斎佳では新堂《しんどう》という道場へ通っているのだが、同じ一刀流ということもあって、柿崎先生の名はよく耳にする。小さくとも、師範から弟子に至るまで皆強者《つわもの》で、侃士でなければ入門を許されぬと」

「誤解です。門人には侃士でない者もおります」

「それはまことか？」

「はい。また、先生から入門を拒むことはないと聞いております。ただ……柿崎には侃士でも高段者が多く、他の道場よりも稽古が厳しいので、入門しても数日から三月《みつき》ほどで道場を去る者も少なくありません」

「さようか。……のちほど、黒川殿の屋敷を訪ねたいが、構わぬか？　もっと話を聞かせて欲しい。道場のことだけでなく、東都のことも……私はまだ、一度も晃瑠へ参ったことがないのだ」

目を輝かせて真琴が言い出したので、夏野は慌てて屋敷へ走った。

†

道場ではともかく、相手は目付役の一人娘である。

私を氷頭州司の妹と思えばこそ親しく話しかけてくれるのだろうが、万一そそうがあっては兄上に申し訳が立たぬ――

夏野が真琴の来訪を告げると、いすゞと春江が早速もてなしの支度にかかった。道場へ戻り、一通り稽古を終えた後、夏野は恐縮しながら真琴を屋敷へいざなった。稽古の汗を流すために沸かしてあった風呂《ふろ》を勧め、交代で風呂から上がると、春江が少し早い夕餉《ゆうげ》を運んで来る。真琴と向かい合って座ると、改めて礼を交わした。

「お口に合うかどうか判りませぬが……」

「無理を言ったのは私の方だ。お心遣い痛み入る」

再び更紗小紋に着替えた真琴は、目付の娘にふさわしい気品と共に箸《はし》を取り上げた。小鉢に添えられた白くて細い指は、先ほど竹刀を握っていたとはとても思えぬ。

真琴が寝泊まりしているという卯月本家の屋敷には、いすゞが遣いをやったそうである。

「ご従者の坂東《ばんどう》様が、のちほど、頃おいを見計らって木下様をお迎えにいらっしゃるとのことでした」

夏野が伝えると、真琴が艶《あで》やかに微笑んだ。

「その、木下様というのはやめてもらいたい。私はあなたが気に入った。これからは下の名で呼び合うのはどうだろう?」

「それは――仰せの通りに」

「では、夏野」

「真琴様」

春江の話では、真琴は独り身だが、じきに二十五歳になるという。互いの身分と年の差を考えれば、いかに許しがあろうとも、夏野が真琴を呼び捨てにはできぬ。

真琴は一瞬憮然《ぶぜん》としたが、すぐににっこりと頷いた。

「晃瑠の話を聞かせてくれぬか」

剣術と学問に明け暮れている夏野だ。女子が喜びそうな場所も店もよく知らぬが、昨年持ち帰った絵図を交えて、初めて入都した時のこと、五条大路の賑《にぎ》やかさや御城の壮大さなどを話すと、真琴は嬉《うれ》しそうに聞き入った。

夏野がまだ西都・斎佳を訪れたことがないと知ると、真琴の方も絵図だけで伝わらぬ西の都を語り始める。

「夏野も知っての通り、斎佳には大路が八つしかない」

御城がある晃瑠を除いた三都は、堀川が七つ、大路は八つと、晃瑠よりも一回り小さい。都の中心には、御城の代わりに閣老の御屋敷――役宅――があるものの、御城ほどの広さはなく、東都には八社ある神社もそれぞれ四社しか置かれていない。

夏野が頷くと、真琴はいたずらな笑みを浮かべた。

「ゆえに斎佳の女子は、気のない男の誘いを断る時に、『忍海《おしみ》大路《おおじ》で会いましょう』と言うそうだ」

北西の隅から順に名付けられた大路と堀川の名前は、各都に相通じるものである。

ただ、晃瑠よりも一回り小さい三都には、東西に走る九条大路と、南北に走る忍海大路が存在しない。

「成程《なるほど》……」

「男が斎佳の者ならすぐに思い当たるのだが、稀《まれ》に晃瑠から来た男が莫迦正直《ばかしょうじき》に引っかかり、天美《あまみ》大路を越えるまで気付かぬことがあるそうだ」

忍び笑いを漏らした真琴につられて、夏野も笑みをこぼした。

色恋沙汰《いろこいざた》に縁遠い夏野は、今まで逢引《あいびき》に誘われたことがない。

たとえあったとしても、夏野の性格柄、斎佳の女子のように機知に富んだ応えなぞ返さず、きっぱり断りを口にすることと思われる。

それはおそらく真琴も同じで、しかし真琴のような身分の者が、まるで町娘のごとくこのような都の風俗を語るのが微笑ましかった。

「……夏野が通う柿崎道場は、東門の近くにあるそうだな？」

「ええ。忍海大路から半里ほどしか離れていません」

頷いた夏野へ、真琴は眩《まぶ》しげな目を向けた。

「私は、そなたが羨《うらや》ましい」

「真琴様……」

「おきねの家で聞いたぞ。『私は嫁になぞ参りません！』とな」

「そ、それは——」

「私も夏野のように、剣に生きたかった」

冗談めかした言い方だったが、本音らしい。

聞けば真琴は、年明けに婿取りを控えているという。

「それは、あの……」

「私は一人娘ゆえ、私が婿を取り、子を産まねばならぬ。木下本家の血筋を絶やさぬために……つまり、こうして自由にしていられるのもあと僅《わず》かなのだ」

武家としての境遇は夏野も変わらぬのだが、木下家と黒川家では格が全く違う。それに黒川家は既に一度、一人娘のいすゞが、二十も年上の従兄《いとこ》の妾になったことで存続を諦《あきら》めたことがあった。

道場とて、弥一が後継者として国に願い出たのは一番弟子の岡田《おかだ》琢己《たくみ》で、道場が黒川の名を残しているのは、岡田が実直な人柄であり、尚《なお》かつ弥一を崇拝していたからに他ならない。

それでも——下位階級でも——武家生まれゆえに、真琴が自由を欲しながらも家を護《まも》ろうとする気持ちが、夏野にはよく判った。

「そのような顔をするな。婿となる男は勘定奉行の次男で、剣は七段。役者には劣るが美男には違いなく、頭も切れる」

「さようで……おめでとうございます」

「私が聞いたところによると、東都にいる氷頭の州司代も、私の許婚《いいなずけ》に負けず劣らずの男振りだそうだが？」

「それは」

「昨夜、男どもはこぞってそなたを盗み見ていたくせに、誰もそなたの名を口にしなかった。これは誰ぞ決まった者がいるのだろうと、辺りを見回してもそれらしい男は見当たらぬ。坂東が言うには、皆、椎名家に遠慮しているのだろう……と。州司代の名は由岐彦というらしいな。見る目のある男だ。昨夜のそなたは実に美しかった」

「皆が盗み見ていたのは真琴様でございます。殿方だけでなく、女子も皆……私の方はただ、馬子《まご》にも衣装と呆《あき》れられていただけに過ぎませぬ」

「は、は。確かに昨夜のそなたは見事な化けっぷりだった……」

男物ではないが、地味な小豆色《あずきいろ》の袷《あわせ》を着た夏野を、上から下まで見やって真琴は笑った。

――気持ちの良いお方だ。

真琴の方が目上だというのに、雅《みやび》やかな容貌《ようぼう》からは思いも寄らぬ清々《すがすが》しい物言いに、何不自由なく暮らしてきた娘の無邪気さが相まって、なんとも愛らしい。

思わず夏野が微笑むと、襖《ふすま》の向こうから春江が呼んだ。

「坂東様が、木下様をお迎えにいらっしゃいました」

「坂東め。まだ話はこれからだというのに……」

とはいえ、既に五ツを過ぎて表は真っ暗である。

「夏野」

「はい」

「そなた、いつ晃瑠へ戻る？」

「明後日の朝に発《た》つつもりでございます」

「それは好都合だ」

「は？」

夏野が小首を傾《かし》げると、真琴は期待に満ちた目で夏野を見つめた。

「そなたに頼みがある。私を晃瑠へ連れて行ってくれ」

呆気《あっけ》にとられた夏野の後ろで襖が開いた。

「一体、何を……！　真琴様、なりませぬぞ！」

血相を変えて廊下から覗いたのは、白髪が目立つ中年の武士である。

「うるさい。人様の屋敷だぞ。礼儀をわきまえろ、坂東」

「しかし、真琴様」

「もう決めたのだ。私とて剣士の端くれだ。道中けして足手まといにはならぬ。よいだろう、夏野？」

甘い声でねだられて、坂東に続いて夏野も狼狽《ろうばい》した。

「その、真琴様」

「真琴様。殿が此度《こたび》の氷頭行きを許されたのは、老いた梶の意を汲《く》んでこそ……もともとは私一人で参るところへ、真琴様がご無理を」

「違うぞ、坂東。父上は郷里を恋しがる梶を慮《おもんぱか》ると共に、年明けには籠《かご》の鳥となる私に同情してくれたのだ。折角氷頭まで出て来たのだ。このような機会は二度とあるまい。この際だ。音に聞く東都、晃瑠を訪ねてみたい」

「しかし、殿は……」

「父上には、明朝一番に颯《はやて》を飛ばして知らせればよい。お前がおらぬので、父上も梶も難儀しておろう。お前は早々に斎佳へ戻れ。私たちは明後日に旅立つ。心配は無用だ。ここにいる黒川夏野は、あの柿崎先生に師事する侃士だぞ。東都への道中も慣れたものだ」

「柿崎というとあの――なりませぬ！　それはなりませぬぞ、真琴様！」

慌てる坂東をよそに、真琴は弾んだ声で言う。

「五条大橋から眺める御城に、八大神社参り……そなたの話してくれた東都を、是非ともこの目で見てみたい」

「真琴様――」

「そうだ。忍海大路へもゆかねばならぬな。女中たちへのよい土産話《みやげばなし》になる」

そう言ってにっこり笑うと、真琴は夏野の前に手をついた。

「黒川殿、是非とも同行をお許し願いたい」

第三章
Chapter 3

言葉少なになった真琴《まこと》に気付いて、夏野《なつの》は足を緩めた。

——今朝方、約束通り五ツに太鼓橋《たいこばし》の袂《たもと》に行くと、旅装の真琴は既に待っていた。隣りに控えていたのは、坂東《ばんどう》と義忠《よしただ》だ。

真琴に伴を断られた坂東は溜息《ためいき》を繰り返していたが、義忠はやはり見送りに来たいすゞと春江《はるえ》に苦笑してみせ、夏野には一言「任せたぞ」と頷《うなず》いた。

朝のうちに二刻ほど歩いて、道中の茶屋で一服してから、更に一刻半は歩いている。

「この先に東屋《あずまや》がありますので、そこで一休みしましょう」

「そうか」

ほっと安堵《あんど》の表情を浮かべた真琴に、夏野は微笑《ほほえ》んだ。

夏野一人ならば、とっくに通り過ぎていたところである。剣術四段だけあってそこらの女よりは鍛えられているものの、真琴はとにかく旅に慣れていない。

斎佳《さいか》から葉双《はふたつ》までは、荷物のほとんどを坂東が背負い、どんなに歩いても一日五里、時には駕籠《かご》を使っての、のんびりした旅だったとこっそり坂東から伝えられていた。

昨日のうちに荷物をできるだけ減らすよう説き勧めており、真琴の脇差《わきざ》しは夏野が申し出て背負うことにした。日頃《ひごろ》真剣を帯刀していない真琴が、脇差しとはいえ刀を腰にして東都までの道を行くのは到底無理だと、これも坂東から教えられていたからである。

東屋に着くと、座り込んだ真琴に竹水筒を差し出した。

「かたじけない」

はにかんで受け取ると、真琴は遠慮がちに水筒に口をつけた。

「あと一里ほどで花井《はない》という村があります。今日はそこで宿を取りましょう」

「だがそれでは――」

「折角の旅です。ゆるりと参りましょう」

葉双から晃瑠《あける》まで約四十里。今の夏野の足なら四日の道のりだが、夏野とて初めて旅に出た時は、慣れない上に何かと物珍しく、晃瑠まで七日もかかった。

「いや、そうゆっくりしてはおられぬ」

年内に斎佳まで戻ることを考えれば、東都見物に費やせる日数も限られてくる。道中よりも東都をなるたけ長く楽しみたいと、真琴は考えているようだ。

「では駕籠を使いましょうか？」

「夏野も乗るか？」

「いえ、私は徒歩で充分です」

「ならば私も乗らぬ。まだそこまで疲れてはおらぬぞ。日暮れまでは歩こうではないか」

──気が強く、少々意地っ張りなお方で、言い出したら聞かぬことがありますゆえ──

恐縮した坂東の顔が思い出されて、夏野は内心苦笑した。

真琴は確かに高飛車なところがあるが、所作には気品と気遣いが見受けられる。それに此度《こたび》の東都行きはただの我儘《わがまま》という訳ではなさそうだった。

「それならば、明日、早めに出立することにして、今日はとにかく休みませぬか？　旅の初日は足慣らしです。明日からはみっちり歩いてもらいますから……ただし、あまりに遅れるようならば、放《ほう》り込んででも駕籠をお使いいただきますので、ご覚悟を」

冗談めかして夏野が言うと、真琴は微笑みながらも神妙に頭を下げた。

「足手まといにならぬと豪語しておきながらこの体たらく……すまぬ。早く都へ着きたいのは山々なのだが、できる限り自分の足で歩いてみたいのだ」

「でしたら尚《なお》のこと、明日からに備えて宿で疲れを癒《いや》しましょう」

街道沿いでも、花井村はこぢんまりとしている。山を切り開いた土地は農耕には向かないが、乳白色の温泉が出るとあって旅人には重宝されていた。

「それでは、恐れ多いのですが」

「判《わか》っておる。私が姉で、そなたが弟だな」

「はい。女だけですと、どうしても甘く見られてしまいますので……」

道中打ち合わせた通り、姉弟の触れ込みで宿に上がった。兄にも坂東にも費《つい》えを充分もらっているゆえ、女将《おかみ》の勧める奥の二間続きの部屋に泊まることにする。

部屋へ通されると、女将が差し出した宿帳に、真琴が流麗な手で「黒川《くろかわ》真琴、夏野」と書き入れた。

「ふふ。楽しいな、夏野」

女将の足音が遠ざかってから、真琴が笑う。

「はあ」

「あの女将、そなたが男だと疑っておらぬぞ」

「ならばよいのですが。数年前ならいざしらず、この歳《とし》で喉骨《のどぼね》がない殿方は少ないので、そのうち誤魔化しの効かぬ時がくるかと」

「そうしたら、どうするのだ？　女に戻るのか？」

「戻るも何も、私はもともと女です」

「ははは、そうであったな」

真琴は更に笑ったが、ふっと夏野の胸は陰った。

いずれ誤魔化すことができなくなった時——姿かたちも「女」に戻った時——己はこれまでと同じように剣の修業を続けることができるだろうか？

真琴ほどの女っ気はないが、夏野が女だと知らぬ門人はおらぬ。

道場では、腕さえあれば男女を問わず、真剣に競い合えると思っていた。

柿崎《かきざき》先生に師事して以来、我ながら腕を上げたと喜んでいたが、私はただ、取り間違えていたのだろうか？

　皆、私を気遣って、それと判らぬよう手加減しているのではなかろうか——？

　それでなくとも同じ年頃の男に比べ、己の非力を痛感している。力では男に到底敵《かな》わぬと、とうに見極めて、近年は速さと技を磨いてきた。

　そのような小細工が、一体いつまで通用するのか……。

「どうした、夏野？」

「その……真琴様は、奥方様となられても剣術を続けられますか？」

　おそるおそる夏野が問うと、少しだけ困った顔をした後、真琴は微笑んだ。

「私の許婚《いいなずけ》の名は河合《かわい》圭吾《けいご》といって、前にも言ったが剣術七段だ。指南にも長《た》けているゆえ、屋敷で稽古《けいこ》をつけてもらうことはできるだろう」

　才だけで四段になれるほど剣術は甘くない。箱入り娘として育てられていてもおかしくない真琴のような身分の者が、町の道場へ通うのはさぞ難しかったに違いない。

「子が生まれれば、稽古に費やせる時はますます少なくなる。私はもうじき二十五の行き遅れだ。母上は私が剣術を始めてこのかたお冠だし、父上との取り決めもある」

「取り決め、ですか」

「二十五までに侃士《かんし》になれなくば、父上の決めた男を婿《むこ》に取る。人妻が男どもに交じって剣術の稽古なぞ許されぬ。一度婿取りをしたら、道場通いはやめろと、父上に言い渡されている」

「許されぬことでしょうか……？」

真琴に問うても詮無《せんな》いだけだと判っていたが、問わずにいられなかった。

世間には、剣は男のものだという不文律がある。

夏野や真琴のように女で剣を嗜《たしな》む者はごく僅《わず》かで、柿崎や新堂《しんどう》のように女に寛容な道場は更に少ない。剣術道場の九分九厘は女人禁制を掲げている。

ついしんみりとした夏野の傍らで、真琴が噴き出した。

「そなた、嫁になど参らぬと明言しておったが、やはりいずれ誰《だれ》ぞに嫁ぐつもりか?」

「い、いえ、まさか」

「晃瑠で州司代《しゅうじだい》の顔を見るのが楽しみだ」

東都にいる間、真琴は氷頭《ひず》の州屋敷で預かることになっている。

「ですから、それは誤解です」

「ほう。椎名由岐彦《しいなゆきひこ》は文武両道の色男で、御前仕合に選ばれるほどの凄腕《すごうで》だと聞いたぞ。そなたのことだ。そなたより強い男でなければ承知せぬだろう。椎名でなければ、柿崎道場の者か?」

「ち、違います!」

「声が高いぞ、夏野。柿崎には高段者が多いと、そなたが言ったのではないか。柿崎先生がご高齢ゆえに、師範が二人いるとか」

「ええ」

「椎名よりも強いか?」

「それは……判りませぬ」

応《こた》える合間に、ちらりと恭一郎《きょういちろう》の顔が頭をよぎる。

――晃瑠であの男に敵う者はおるまいよ。いや、安良中《やすらじゅう》探してもおらぬやもしれぬ――

由岐彦にそう言わしめた恭一郎も、師範ではないが、柿崎に通っている。

己を見つめてにやにやしている真琴へ、夏野は急いで続けた。

「師範の一人は三枝源之進《さえぐさげんのしん》殿で、じきに五十路《いそじ》になると聞いていますが、以前は北都の大名家で剣術指南役を務めていたそうです。礼儀を重んじる折り目正しいお方で、同じ年頃の奥様がいらっしゃいます」

「ほう」

「今一人は真木馨《まきかおる》殿。六尺ちょっとと大柄で、剣も実に力強いお方です。下の者には『鬼師範』などと恐れられておりますが、助言は的確で、稽古は厳しくとも、皆に慕われておられます」

「ほほう……その真木とやらは独り者か？」

「はい。真木殿は三十路《みそじ》過ぎですが、道場の裏に住み込んでいて、奥様はいらっしゃいません。あ、ですがその、私は――」

「判っておる。鬼師範というのは稽古だけではあるまい。大方その男、美男からほど遠い三枚目であろう」

「はあ……確かに美男とは言い難いお顔ですが……」

「ははは、ますます楽しみになってきたぞ。柿崎にも案内してくれるのだろうな？　私のような者でも、しばしご指南いただけるだろうか……？」

「それは」

「頼む。夏野からも是非、先生に頼んでくれぬか？」

上目使いに夏野を見つめる真琴に、夏野は躊躇《ためら》った。

「その……」

「坂東に何か言われたのか？」

図星だった。

昨日、ばたばたと旅支度を整える中、密《ひそ》かに坂東に頼まれたことがある。

この小柄な初老の従者は、木下家に長く仕える忠義者で、腰の刀は伊達《だて》ではない。己よりも上の剣士だろうと夏野は踏んでいた。坂東が腕のある剣士なればこそ、父親は真琴の氷頭行きを許したに違いない。

——真琴様が柿崎道場へ行く時は、黒川殿が必ず同行してくだされ——

眉根《まゆね》を寄せ、重々しい声で坂東は言った。

——送り迎えは黒川殿が行い、けして目を離さぬように願いたい——

己の通う道場だ。言われなくともそうするつもりであった。

厳めしい物言いが気にかかり、理由を訊《たず》ねてみたものの、「婚礼前に怪我《けが》でもされたら一大事ですからな」と、坂東は渋面で応えたのみだ。確かに柿崎道場には猛者《もさ》が揃《そろ》っているが、稽古中の怪我を恐れているだけとは思えなかった。

「……柿崎にはご案内いたしますが、稽古でしたら、秋吉《あきよし》道場はいかがでしょう？　州屋敷の者が通う道場で、晃瑠では柿崎より名が知られており、屋敷からも近いです」

「ならば何ゆえ夏野は秋吉ではなく、柿崎に入門したのだ？」

「それは」

「強い者から学びたいと思うのは当然だ。私には分不相応だろうが、この機を逃す手はなかろう。私は是非とも、柿崎道場で稽古がしたいのだ」

真琴様は何ゆえ、ここまで柿崎にご執心なのか。

強い者、と真琴は言った。それは道場主の柿崎錬太郎《れんたろう》ではない、特定の誰かを指しているのではないかと、夏野はふと思った。

もしや――

夏野が氷頭剣士が集う秋吉ではなく、柿崎に入門を決めたのは、稽古の様子や柿崎錬太郎の人柄に惹《ひ》かれたからだ。

だが決め手となったのはおそらく、恭一郎の存在だった。

本気で交えれば、師や師範でも恭一郎には敵うまいと夏野は見ている。安良一と噂《うわさ》され、噂では終わらぬ剣才が恭一郎にはあった。

その恭一郎は十代のうちに晃瑠を出て、斎佳へ移った。斎佳にいるうちに今は亡き妻の奏枝《かなえ》と出会い、他州で四年過ごしたのちに再び斎佳へ戻っている。

真琴様はもしや、鷺沢《さぎさわ》殿をご存じなのではなかろうか？

剣士ならば恭一郎を見知っていてもおかしくはないが、由岐彦とはまた違う男振りの恭一郎だけに、つい下世話な想像が夏野の頭をよぎった。

まごつく夏野に、真琴が朗らかに声をかけた。

「ここは湯が有名な村であったな。早速、一風呂《ひとふろ》浴びて来よう」

夏野と目が合うと、真琴は微笑んだ。

「風呂から出たら夕餉《ゆうげ》を運んでもらおう。今宵は五条大路《ごじょうおおじ》のことでも聞かせてくれ」

旅の疲れもどこへやら、浮き立つ真琴に、夏野は曖昧《あいまい》に頷いた。

†

早朝、花井村を出てすぐのこと——

呻《うめ》き声に振り向くと、たった今追い抜いたばかりの老人が膝《ひざ》をついていた。

「お怪我はありませんか？」

迷わず駆け寄って、夏野は老人の肩に手をかけた。

と、左目に影が揺らいだ気がして、思わず手を引っ込める。

はっとした夏野の隣りで、真琴も腰をかがめた。

「立てますか？」

自分たちを見上げて微笑む老人を、しげしげと見つめてみたが、影は映らない。

気のせいか——

夏野は改めて老人の腕を取り、ゆっくりと老人が立ち上がるのを支えた。

蒼太《そうた》の目が宿る左目は、影を映すことで夏野に人に化けた妖《あや》かしの存在を知らせる。だが、しかと黒く陰る時もあれば、ぼんやり霞《かす》んで見えることもあり、その反応は様々だ。

「助かりました」

しわがれた声で礼を言う老人は、一人で歩いていることが不思議なくらい老いていた。瞳こそ黒々しているものの、皺《しわ》だらけの顔と乾いた唇は土色だ。枯れ枝のごとく干からびた手足同様に、着物の上から触れた身体《からだ》が痩《や》せこけているのが判った。齢《よわい》百と言われても驚かぬ衰えぶりだが、腰はさほど曲がっておらず、背丈も夏野と同じくらいある。

しっかりしろ。

老人に会釈を返しながら、夏野は己を叱咤《しった》した。

真琴がいることで、いつもより気を張っていることは否めない。しかし、二人が歩いているのは南北道で、十字に交わる東西道と共に、二大街道と呼ばれる大きな街道である。国の主な街道には妖魔《ようま》除《よ》けの工夫がなされているが、二大街道にはいざという時に避難所となる神社も多く、より安全な行路として旅人に人気だった。中には、晃瑠から維那《いな》へ行くのに東北道を通らず、回り道でも東西道と南北道を使う者もいるほどである。

油断は禁物だが、過分に怯《おび》えることはない。

一瞬でも老人を疑った己が恥ずかしかった。

老人の無事を確かめた後、夏野たちは先を急いだ。冬の空気は冷たいが、晴れ渡った空が清々《すがすが》しい。花井村の湯が効いたのか、真琴も昨日よりは軽い足取りだ。

――三里ほどを歩き、東西道を東へ折れて少し行ったところで夏野は振り返った。

「どうした、夏野?」

「いえ、何も」

どうも、つけられているような……?

東西道に出てから、人通りは明らかに多くなっていた。

思い過ごしであればよいと思いつつ、一休みの度にそれとなく前後を確かめる。

更に三里歩いて、氷頭では州府の次に大きな富沢町《とみさわちょう》で宿を取ることにした。

――老人が同じ宿屋に泊まったことを、夏野たちは翌朝知った。

夏野たちに遅れること一刻、途中で駕籠を使って富沢町にたどり着いたらしい。

「お二人もこちらだと知っておったら、ご挨拶《あいさつ》に伺いましたものを……昨日はお世話になりました。私は稲盛文五郎《いなもりぶんごろう》と申します」

改めて頭を下げた稲盛の口元には、人懐こい笑みが浮かんでいる。

偶然を喜ぶ稲盛と真琴の傍らで、夏野の胸は微《かす》かにざわめいた。

†

何かある――と、確信したのは、葉双を出て四日目の夜だ。

交代で風呂を使わせてもらい、部屋へ戻る途中で、真琴が夏野の袖《そで》に触れた。

真琴の視線を追うと、番頭と共に廊下を渡って来る稲盛が見えて夏野は立ち尽くした。

「これはこれは……またお会いしましたな」

「ええ」と、真琴が慇懃《いんぎん》に微笑んだ。

「これも何かのご縁だ。よろしければ夕餉《ゆうげ》をご一緒にいかがですかな？」

「それが、弟は旅の疲れが出たようで、今宵は早めに休ませとうございます」

「それでは、お姉様だけでも」

食い下がる稲盛を、夏野はきっと睨《にら》んだ。

「無礼な。姉上に酌でもさせるつもりか？」

「まさかそのような……明日果てでもおかしくない老体ゆえ、若いお二人の楽しげなご様子に魅せられ、つい失礼なことを申しました」

如才なく頭を下げる稲盛に、嫣然《えんぜん》として真琴が応える。

「いえ、こちらこそ弟が不躾《ぶしつけ》なことを。疲れで気が立っているのです。どうかご容赦くださいませ。――さ、参りましょう」

真琴に促されて部屋へ戻ると、夏野は声を潜《ひそ》めた。

「偶然とは思えませぬ」

二夜目の富沢町は、街道沿いに約三十軒の宿屋が並ぶ賑《にぎ》やかな町だった。近くには飯屋や居酒屋の他、旅道具を扱う万屋《よろずや》や古着屋があり、少し離れたところには賭場《とば》や置屋まであった。夏野たちが入った宿屋は中の上といったところで、駕籠を飛ばすほどの金があるなら、稲盛が同じ宿屋を選んだのも頷けた。

だが一日挟んで、四夜目の今日足を止めたのは、氷頭州の東隣りにある矢岳《やたけ》州の小さな熊野村《くまのむら》である。南北の山に挟まれた熊野村は、街道沿いだというのに寂《さび》れていて、三軒しか宿屋がない。熊野村の半里西には小鷹町《こだかちょう》、一里東には金谷村《かなやむら》があり、どちらも富沢町には負けるが旅人のおかげで栄えている。

夏野たちの宿屋は三軒の中でも一番鄙《ひな》びた家屋で、真琴が選んだ。

「一度でいい。かようなところで過ごしてみたい」と、押し切られたのである。

稲盛の足では、夏野たちには到底ついて来られぬ。今日もおそらく途中で駕籠を使ったに違いないが、駕籠舁《か》きが旅人に熊野村を勧める筈《はず》がない。

「実は、真琴様には黙っていましたが、東西道に出てからどうも、誰かにつけられているような気がしてならぬのです。もちろん、道行く者の多くが私たちと同じように晃瑠へ向かっているのでしょうが、どうも一人、二人、似たような背格好の者が目について——」

「夏野」

「あの稲盛という男、老人とて油断なりませぬ。身分は知りませぬが、真琴様との夕餉を所望するなど、厚かましいにもほどがあります」

稲盛の衰えぶりからしてまさかとは思うが、「明日果ててもおかしくない」からこそ、若く美しい真琴に邪《よこしま》な想《おも》いを抱いたとも考えられる。

もしくは誰ぞに頼まれたか……

冬の旅装をしていても、真琴の美しさは隠し切れぬ。

道中、すれ違う者のほとんどが、真琴を盗み見ては目を見張る。下卑《げび》た言葉をかけてこぬのは、一つには男装の己が剣を腰にしていること、また一つは頭巾《ずきん》の下からでも滲《にじ》み出る真琴の気品に気圧《けお》されているからだと夏野は思っていた。

「おそらく若い者に後をつけさせ、こうして同じ宿屋に……一体何を企《たくら》んでいるのか」

「夏野、落ち着け」

同じように声は潜めているものの、夏野よりずっと穏やかに真琴が言った。

「あの者はおそらく、坂東の手の者だ」

「あ……」

本来真琴の護衛にあたるべき坂東の手配ならば、合点がいく。

――だが、ならば何ゆえあの者なのだ？

大きく溜息をついてから、真琴が微笑む。

「まったく坂東には困ったものだが、あれにはあれの役目があるゆえ……表だって口出ししてこぬうちは、こちらも放《ほう》っておくことにしよう」

「承知いたしました」

質素だが心のこもった夕餉を済ませると、夏野は早々に己の部屋へ引き取った。

この調子で進めば、晃瑠まではあと二日の道のりだ。

灯《あか》りを消して布団に入ると、天井の闇《やみ》をじっと見つめる。

稲盛は坂東の差し金だと真琴は言ったが、夏野はどうも腑《ふ》に落ちない。

坂東が自分の代わりの護衛役を頼むことは至極もっともではあるが、稲盛は吹けば飛ぶような老体だ。護衛はおろか、見張りとしても役立たぬだろう。

坂東殿に確かめることができれば――

思い悩みながらも、疲れもあって夏野はまもなく眠りに就いた。

まどろみから覚めたのは夜半過ぎだ。

どこからか、細く、弱々しい、すすり泣きが聞こえてくる。

†

布団に入ったまま、夏野はじっと耳を澄ませた。

夢かと疑ったが、どうもそうではないらしい。

物音を立てずに布団から出ると、夏野は続きの部屋への襖戸《ふすまど》をそっと僅かに開いた。

息を止めて佇《たたず》むと、穏やかな真琴の寝息が聞こえてくる。静かに襖を閉めると、今度は縁側へ通じる障子戸を開いて再び耳を澄ませる。

と、微かに縁側が軋《きし》む音がして、夏野は雨戸も開いてみた。

頭一つ分だけ開いた隙間《すきま》から顔を覗《のぞ》かせて、左右を窺《うかが》う。

縁側の向こうは中庭だ。日中から雲一つない空には満天の星が散らばっている。

すすり泣きはいまや途切れ途切れに遠くなっていた。人の気配も感じられず、夏野が戸を閉じようとした時、中庭の向こうで影が揺らいだ。

稲盛だった。

寝間着ではなく、頭巾を被《かぶ》り、羽織を着た稲盛が、昼間とは打って変わった軽い足取りで歩いてゆく。

眉《まゆ》をひそめた途端、左目が疼《うず》き、頭の中に声が届いた。

『……けて……』

立ち上がり、急いで刀を手にすると、忍び足で夏野は廊下へ出た。

稲盛の姿はもう見えないが、女の声は聞こえた。

『助けて……』

泣いていたのはこの女だと、夏野は直感した。

稲盛が女を苦しめているということも。

証拠はない。だが、蒼太の左目がもたらす力を夏野は信じていた。

寝間着の裾《すそ》をからげて腰に刀を差すと、稲盛を追って密やかに縁側を渡る。

中庭に下りて裏庭へ抜けると、四ツ目垣《がき》の向こうに稲盛の背中が見えた。迷わず夏野も、開かれたままの垣根戸をぐぐって外へ出る。

『……助けて……母様……』

――どこだ？

夏野は心で女に呼びかけた。

おぬしは一体、どこにいるのだ……？

女は応えない。

左目を通して「つながっている」蒼太とでさえ、心の呼びかけが通じることは稀だ。山幽《さんゆう》たちの言葉を解したこともあるが、それはまさに「感じ取る」といった形で、聞くことはできてもこちらから語りかけることはできぬという一方的なものだった。

稲盛は振り返ることなく、星明かりに淡く照らし出された街道をしばらく歩き、小道へそれた。

どうやら、北の山に向かっているようである。

女の嗚咽《おえつ》が遠くなり、夏野は足を少し速めた。

女は山幽だろうか？

この山のどこかに囚《とら》われているのか――

足元で小枝が折れる音がして、夏野は思わず身をすくめた。

幸い、稲盛には聞こえなかったようで、夏野に背中を向けたまま、すっかり葉の落ちた木々の合間を宙をゆくごとく縫って進む。

いつの間にか、辺りには薄く霧が漂い始めていた。

どこまでゆくのか……

稲盛を見失わないよう前だけを見て来たが、宿屋を離れて随分歩いたように思う。

『何をするのです……？』

戸惑う女の声がした。

『やめて……この子はただの人の子ではありませんか……』

前方に、やや開けた地が見えてきた。

夜露に濡《ぬ》れた枯葉が、薄闇《うすやみ》にぼんやり浮かぶ。

見つからぬよう、夏野が近くの幹に身を寄せた時、くっと稲盛が含み笑いを漏らした。

「この女子《おなご》が、ただの人の子だと？　笑わせるな……」

低くしわがれた声は、まるで地の底から響いてくるようだ。

「出て来い」

稲盛が、まっすぐこちらへ呼びかける。

鞘《さや》を握り締め、ゆっくり出て行くと、霧の向こうの稲盛と目が合った。

「黒川夏野。お前は一体、何者なのだ？」

口元に不気味な笑みを浮かべて、稲盛が誰何《すいか》した。

†

「お前こそ、何者なのだ？」

稲盛と相対して夏野は問い返した。

「お前は術師か？　それとも……妖かしか？」

値踏みするごとく、稲盛が眉根を寄せた。

稲盛が頭巾を取り去ると、その射るような視線を受けて左目が疼いた。

「そこに何を宿している……？」

ゆらりと、二間ほどに間合いを詰めた稲盛が、覗き込むように夏野の左目を見つめる。

頭巾に隠されていた稲盛の頭には毛髪がほとんど残っておらず、その半分は染みで斑《まだら》になっていた。左の首筋には大きな刀傷もある。

悪寒が背筋を走り、夏野は思わず目を閉じて頭を振った。

「女は——女はどこにいる？」

「女だと？」

「お前が苦しめているのだろう？」

小さくも目を見張った稲盛の口から、くぐもった笑いがこぼれた。

「……面白い。いっそ同志に加えたいところだが、お前のような暗愚は承知せぬだろうな。お前はただの——ものを知らぬ小娘だ」

女の悲鳴が聞こえた気がした。

と同時に、稲盛が枯れ枝のような腕を上げる。

「その左目を寄こせ」

「なんだと？」

「お前では宝の持ち腐れだ」

「黙れ！　女はどこだ？」

脅すつもりで、鯉口《こいぐち》を切って、夏野は柄《つか》に手をかけた。

「お前に儂《わし》が斬《き》れるものか……」

稲盛の手が伸びてくる。

刀を抜こうとして、夏野は己の腕が動かぬことを知った。

見えぬ力にからめ捕られたように、身体がまったく動かない。そらすことのできぬ目が、近付いてくる稲盛の手を見つめている。

乾ききった稲盛の手のひらが、左目いっぱいに広がった。

稲盛の口から囁《ささや》きが漏れ始めた。

——詞《ことば》だ。

理一位《りいちい》・伊織《いおり》が詞を使うのを、夏野は幾度か聞いたことがある。しかとは聞き取れぬが、稲盛の囁きも詞には違いなかった。

左目の奥に激しい痛みが走った。

顔をそむけたくとも、身体が言うことをきかぬ。

薄着で冷気に包まれているというのに、額から汗が伝った。

蒼太の目を取り込んだ時と同じように、頭の中が焼けていくような感覚に陥る。

——ならぬ！

痛みに耐えながら、夏野は閉じることのできぬ左目に気を集めた。

これは蒼太の目だ。

蒼太が私を信じて、預けてくれているものなのだ——

蒼太曰《いわ》く、夏野にその意《い》があ《あや》る限り、夏野の死と共に目は蒼太に戻るらしい。

その気になれば私を殺めることもできるだろうに、蒼太がそうせぬのは、私を信じてくれているからだ……

それが稲盛のような者の手に渡れば、どんな悪事に使われるやしれぬ。

渡さぬぞ！

左目に集めた気が一息に放たれ、稲盛の手が揺らいだ。

ふっと身体を縛りつけていたものが解かれ、夏野は手にかけていた柄を引き抜いた。

居合抜きにされた刃を、稲盛が飛びしさってよける。

僅かによろけた稲盛の手のひらに、赤い線が滲んだ。

「小賢《こざか》しい」

斬られた手のひらをもう片方の手で押さえ、稲盛は歯噛《はが》みした。思ったより深く斬りつけたようだ。滴る血が、稲盛の足元を汚していく。

息をついて剣を構え直すと、足元からざわりと嫌な気配が伝わった。

「血の臭《にお》いに誘われて来たか……」

何が、と夏野が問う前に、ぼこっと地面の一部が盛り上がった。

左目が陰るのと同時に夏野は後ろへ飛んだ。

黒く細いものが足元をなぎる。

土中にいるものが、妖魔《ようま》なのは間違いない。だが姿を見極める前に、新たに気配を感じて今度は横へ飛ぶ。

背後にあった木の幹に、ざっくり刃傷が刻まれたのを見て、夏野は青ざめた。

「土鎌《つちがま》だ。足を狙《ねら》って群れて狩る」

ぼこり、ぼこりと、稲盛と夏野の間の地面が次々盛り上がる。

ふん、と鼻を鳴らして、稲盛が踵《きびす》を返した。

土鎌……

足を狙って――群れて、狩る――

転瞬、稲盛とは反対方向に踵を返し、夏野は来た道を駆け出した。

†

稲盛を追うのに夢中で、村の結界を出ていたことに気付かなかった。

ざざっと、落ち葉を鳴らしながら土鎌たちが追って来る。

地を蹴《け》る後から、次々刃風が鳴った。

横から回り込んできた影を、走りながら斬りつける。手ごたえは感じたが、仕留めたかどうかを確かめている暇はない。

一つ、二つ……

駆けながら、背後の気配を夏野は数えた。

三つ、四つ……

湧《わ》き出た土鎌は全部で七、八匹いた。

どうやら二手に分かれて、稲盛と夏野をそれぞれ狩ることにしたようだ。

一匹一匹は狸《たぬき》ほどの大きさに見えたが、四対一ではあまりにも分が悪い。身体が土に隠れていて、姿かたちが判らぬのも恐怖を煽《あお》る。

土中にいるというのに、その速さは夏野の足に負けず劣らずだ。もぐらのように掘り進むのではなく、影のごとく形を変えながら浅いところを這《は》っているように見えた。

露《あら》わになった木の根の合間を走る影が、夏野の右手に回り込む。

小道を駆け抜けながら、木の根ごと斬り払うと、気配の一つが遠くなった。

林を抜けると、三匹の殺気と速さが増した。「鎌」が薙《な》ぎ払われる音が聞こえる度に肝が冷える。

足をやられたら終わりだ。

転んだ途端に、群がる土鎌に切り刻まれる……

思い浮かんだ嫌な光景を、頭を振って追い払う。

結界はどこだ?

目を凝らすも、前に見えるは闇ばかりだ。

来た道を戻っていると思っていたが、見当違いだったのか。

息切れと共に、不安と焦りが大きくなってゆく。

横から鎌が飛んできた。

勢いよく刀で払うと、夏野は今一度、目を凝らして熊野村を探した。

林を抜けてから霧は晴れてきているというのに、道の先にある筈の村が見えない。

――違う。

見えぬのではない――

星明かりのもとで目を凝らすと、村の南にある山の頂がぼんやりと見える。

頂だけ――

山の手前は闇に包まれたままだ。真っ暗闇が、二町ほど先に迫っていた。

稲盛の術に、妖かしの目が触発されたのだろうか。常人の目には見えぬ結界が、暗闇となって道の先に立ちはだかっている。

闇となった結界を見たのは、これで二度目だ。

春に空木村《うつぎむら》で初めて、妖魔の目に映る結界を見た。

中からは細かな文字の羅列が幾重にも重なって見える結界は、外から見ると――妖魔の目を通すと――漆黒の深淵《しんえん》となって妖魔を恐怖させる。

結界には妖魔を殺めるほどの力はないが、触れただけで術が妖魔の身体を蝕《むしば》み、自由を奪う。結界に施された術は、妖魔の本能に働きかけて死の警鐘を鳴らすのだと、夏野は空木村で伊織から聞いた。

結界を目の前にして、左目がざわめく。

夏野の中で、蒼太の妖魔の本性が抗《あらが》っていた。

あの向こうには村がある。

あの闇が、私を捕えることはない――

そうと判っていても、本能的な死への恐怖が夏野の足を鈍らせる。

隙を狙って払われた鎌が、足元の宙を切り裂いた。

迷うな。

走れ――

闇に飛び込んだ夏野を浮遊感が包んだ。

大地が消え去り、ぽっかり闇が口を開く。

すっと、闇に引き込まれる感覚に身体が泳いだ。

落ちる――!

目を閉じた瞬間、横倒しになった身体が地面を滑った。

すぐさま立ち上がり、握ったままの刀を構えると、薄闇の向こうで、獲物《えもの》を見失って這いまわる土鎌が見えた。

土鎌はしばし結界の前をうろついていたが、ほどなくして去って行った。

肩で息をしながら、夏野は刀を鞘に納めた。

瞬きを繰り返すうちに、結界は薄くなり、やがて見えなくなる。

息を整える間、夏野は北の山を見つめ続けた。

いくら耳を澄ませても、もう女の声は聞こえてこない。

母の助けを呼んだあの女子は、どこの誰なのか?

そして、稲盛文五郎と名乗ったあの老人――

並ならぬ術師のようだった。

土鎌にやられたとは思えなかった。己の力を信じていなければ、夜中に結界の外に出るなぞ、到底できるものではない。

「稲盛様なら昨夜のうちにお発《た》ちになりました」

番頭にそう告げられたのは翌朝だ。

「なんでも小鷹町に大事な物を忘れたそうで。夕餉の後でしたが、まだ西へ向かう方もいらっしゃったので、提灯《ちょうちん》をお貸しして送り出しました」

夕餉の後ということは、夏野が夜半に起き出した時には、稲盛は既に宿屋を出ていたことになる。

私をおびき出すために戻って来たのか……？

さもなくば、宿で見たのは幻術だったやもしれぬ。

「夏野、どうした？」

昨夜の出来事を真琴は知らぬ。

密やかに宿屋に戻り、手足の汚れを拭《ぬぐ》って布団にもぐり込むと、夏野は何食わぬ顔で朝を迎えた。土に汚れ、袂を切られた寝間着には、多めの金を添えてきた。

番頭にも心付を渡して表へ出ると、今日も一面、空が青い。

「いえ、何も。さあ姉上、今日も一日しっかり歩きましょう」

「うむ。頼りにしておるぞ、弟よ」

おどける真琴に微笑で応えると、行李《こうり》を背負い直して夏野は歩き始めた。

第四章
Chapter 4

「樋口《ひぐち》様が？」と、夏野は問い返した。

「うむ。安良様の勅命だそうだ」と、相良《さがら》。「近々、間瀬《ませ》に向かうと仰《おつしや》っていたが、今しばらくは晃瑠にいるようだから、道場へ行ったついでにでも寄ってみたらいい」

樋口伊織の父親が宮司《ぐうじ》を務める志伊《しい》神社は、柿崎道場の隣りにある。一昨日、東都へ戻って来た伊織は、敷地内の宮司の屋敷に寝泊まりしている筈《はず》だった。

伊織が東都にいるというのは、夏野にとって朗報だ。

道中の熊野村での出来事を、是非とも伊織に聞いてもらいたかった。

「黒川殿のことも気にかけておられたぞ。おぬしの目覚ましき成長を伝えると、とても喜んでいらした」

「目覚ましきなどと……誇張されては困ります」

「誇張なものか。黒川殿は覚えが良いだけでなく、勘も良い。このまま私の弟子にとどめておくには惜しいのだがね」

相良が苦笑を浮かべるのへ、夏野は小さく礼を返した。

清修塾《せいしゅうじゅく》を目指さぬかと、相良から既に幾度か打診されていた。

もう一、二年も学べば入試はまず問題ないだろう――と相良は言う。入試には州司か閣老の認印が必要だが、理一位《りいちい》の伊織が推す夏野なら、東都の閣老が喜んで認めるに違いないと力説するのである。

夏野とて、もっと身を入れて術を学びたいのは山々だが、そのために剣を捨てるつもりはない。塾に入れば初めの二年は寮住まいで、剣の稽古《けいこ》をする暇はなくなる。

「ところでその、木下様の娘御だがね、黒川殿の手に余るようなら、私が喜んでお伴をするよ。芝居《しばい》見物でもよし、八大神社参りでもよし――大川下りにはちと寒いか」

「まことですか？」

位はないが、理術師《りじゅつし》と世間から敬われる相良は、学者の中でも粋人で、都の遊び方を心得ている。美食家で洒落《しゃれ》っ気があり、くだけた物言いの好人物だ。

「芝居は是非観《み》に行きたいと仰っていました。助かります。早速、真琴様に伝えます」

「大層美しい姫君です――そう言ったのは、黒川殿だぞ」

「先生……」

夏野が呆《あき》れてみせると、相良は悪びれもせずにやりとした。

「若く美しい女子《おなご》がいると聞けば、一目見たいと願うのが男というものだ。これもまたこの世の理《ことわり》と思えばこそ、私はあえて抗《あらが》わぬ」

笑いをこらえて一礼してから、夏野は相良の屋敷を後にして、真琴の待つ氷頭州屋敷へと足を向けた。

夏野たちが晃瑠へ着いたのは、昨日のことだ。定石通り、前日に堀前宿場の小鷺町《こさぎちょう》で一泊し、ほどよく身なりを整えた上で、翌朝、西門から入都した。

華やかな店が並ぶ五条大路の賑《にぎ》わいに、真琴が何度も足を止め、昼過ぎには屋敷に着く筈《はず》が夕刻となった。

由岐彦と三人で夕餉《ゆうげ》を済ませ、その後は真琴にせがまれて州屋敷に泊まった。

夜が明けて、夏野は真琴が起き出す前に言伝《ことづて》を頼んで州屋敷を出た。一旦《いったん》戸越《とごし》家に戻り、稽古《けいこ》着《ぎ》に着替えてから相良家を訪ねた。

真琴が斎佳に戻るまで、しばらく顔出しできぬと踏んでのことだ。晃瑠でも真琴の伴をするよう兄からも坂東からも言いつかっており、昨夜は由岐彦からも同様に頼まれた。真琴に何かあれば、氷頭州の体面にかかわる一大事だ。当の真琴も夏野を頼りにしている。

州屋敷に戻ると、女中の紀世《きよ》が迎え出た。

「夏野様。木下様が待ちかねておられますよ」

「それはすまぬ。相良先生とつい話し込んでしまった」

紀世に案内された部屋では、真琴が真新しい稽古着に着替えて待っていた。

「おかしくないか？」

「いえ」

そう応《こた》えたものの、似たような稽古着を着ているがゆえに、女としての真琴と己の違いを一層見せつけられたようで、夏野はどぎまぎした。

真琴の長い黒髪は後ろにくくってある。

脇差《わきざ》しを腰にすると、真琴がにっこり微笑《ほほえ》んだ。

「では、参ろうか」

†

塩木大路《しおきおおじ》を南に下って、五条大路で東へ折れた。

同じ五条大路でも、御城の西と東ではまた少し様相が違う。

店がずらりと立ち並んでいるのは西側と変わらぬが、土産物屋《みやげものや》や小間物屋などを交えた賑やかな西に比べて、御城の東から梓川《あずさがわ》までは落ち着いた様相の大店《おおだな》が多い。

稽古前と真琴も心得ていて、中まで入り込みはしないものの、気になる店の前ではどうしても足が鈍くなる。目付の娘なれば、このように自分の足で町を歩く機会もそうなかろうと、夏野は黙って真琴の足に合わせた。

茶屋で一服したのち、舟で梓川を渡ると、柿崎道場を目指して歩き出す。

天美大路まで来て志伊神社が見えてくると、真琴は急にそわそわしだした。

「折角だ。先にお参りをしてゆかぬか？」

「ご随意に」

あれほど柿崎道場行きを楽しみにしていたというのに、真琴は何やら硬い面持ちで志伊神社の鳥居をくぐった。

境内《けいだい》からでも、隣りの道場の竹刀《しない》を打ち合う音が聞こえる。合間に門人を叱《しか》り飛ばす馨の怒号も耳に届いて、夏野は思わず首をすくめた。

「あれが、前にお話しした鬼師範です」

「さようか……」

道場の方を見やって、真琴は不安そうに胸に手をやった。

武者震いだろうか？

それとも――

真琴はやはり、恭一郎に会いに来たのではないかと夏野は思った。

きっかけはなんであれ、斎佳で真琴は恭一郎に出会い、恭一郎を慕うようになったのではなかろうか。一度は妻を娶《めと》った恭一郎だが、六年前に死別して今は独り身である。

大名家の娘にしては珍しく、真琴は芯《しん》が通っていて度胸もある。親の決めた婿《むこ》よりも、想《おも》いを懸ける男と添い遂げたいと考えていても不思議ではない。

そう考えれば、坂東様が気を揉《も》んでいらしたのも頷《うなず》ける……

一人で合点する一方、恭一郎はどうするだろうかと、にわかに夏野の胸も騒ぎ始めた。

山幽《さんゆう》の妻・奏枝と死別してから、もう六年だ。

玄人《くろうと》相手に遊びはするが、格別浮いた噂《うわさ》は耳にせぬ。表向きは蒼太というこぶ付きのやもめであり、恭一郎自身には後妻を娶る気も、婿に行く気もなさそうである。

だが、庶子でも大老の血を引く恭一郎だ。身分からしても、目付の娘婿としてうってつけの相手と思われる。恭一郎さえその気になれば、木下家が承知せぬことはないだろう。勘定奉行の次男なぞ、大老の息子に比べれば二の次、三の次だ。

鷺沢殿は、今日は道場にいらしているだろうか……

高利貸の取立人をしている恭一郎は、日によっては道場に顔を出さぬこともある。

真琴は巾着《きんちゃく》から一分銀を取り出すと、惜しげもなく賽銭箱《さいせんばこ》に落とした。

国中に点在する神社は、現人神《あらひとがみ》・安良を祀《まつ》っている。それらは国を護《まも》る安良へ感謝を捧《ささ》げる場であると共に、都外にあるものは避難所として、都にあるものは術の拠点として親しまれていた。

私利私欲に安良が応えることはないと判っていても、人々の心の拠《よ》り所《どころ》でもある神社で、私事を願う者は少なくなかった。

真琴が何を祈っているのかは知る由もないが、真琴の横で夏野も両手を合わせた。

剣や術の上達など、私欲を挙げればきりがない。

皆が幸せでありますように――

漠然とそう祈ってから、ゆっくり顔を上げる。

ふと気配に気付いて振り向くと、社務所の傍らに蒼太が佇《たたず》んでいた。

夏野と目が合うと、真琴を警戒しながら、おずおず近付いて来る。

「なつ」

「蒼太。手習いか？」

「ん」

「こんなところで、油を売っていてよいのか？」

「かわ、や」

どうやら小便に立った際に、夏野の姿を見つけたらしい。

「知り合いか？」と、真琴が問うた。

「ええ、蒼太といって……」

言いかけて、はたと迷う。

——鷺沢殿にお子がいると伝えて、差し支えないだろうか？

真琴の真意が判《わか》るまでは、下手《へた》なことは言えぬと、夏野は言葉を濁した。

「……道場の門人のお子なのです。あちらの社務所の向こうが、手習指南所となっておりまして……」

「黒川殿」

今度は反対側から声がかかって、夏野はぎくりとした。

「きょう」と、蒼太が先に応える。

拝殿の隣りの屋敷から出て来たのは、恭一郎だった。

「あの」

「鷺沢ではないか」

言葉に詰まった夏野をよそに、真琴が言った。

一瞬目を見張った恭一郎は、近付いて来ると、恭《うやうや》しく頭を下げた。

「これはこれは木下様。まさか東都でお目にかかろうとは」

「小癪《こしやく》な物言いはやめぬか」

「……道場ならまだしも、八大神社の境内だぞ」

苦笑を浮かべて、恭一郎はくだけた口調になった。

やはりこのお二人は知己であった──

しかも、ただの知り合いではなさそうである。

真琴と夏野を交互に見やった恭一郎に、夏野は手短にいきさつを語った。

「──それでは、これから稽古にゆくのか？」

「そうだ」

つんとして真琴は応えた。

照れているようには、どうも見えぬ。好いた男というよりも、仇《かたき》を前にしているように、恭一郎に対する真琴の所作は冷たい。

「文句があるか？　お前ほどの才はないが、私も剣士には違いないぞ」

「いや……」

意味深長に、恭一郎の方はにやにやしているだけだ。

「きょう。あと……で」

「うむ。しっかり学んでこいよ」

「ん」

ちらりと真琴へ目を向けて、蒼太は手習いに戻って行く。

「……あれはもしや、お前の子か？」

「そうだ」

「随分大きいな。今いくつだ？」

「十一だ」

「とすると——亡妻を娶る前の子か？」

「そういうことになるな」

「呆れた男だ。母親はどうした？」

「もうこの世にはおらぬ」

「言葉が不自由なようだが？」

「生まれつきだ」

冷ややかな真琴の問いに、飄々《ひょうひょう》と恭一郎が受け応える。

二人のやり取りを、夏野は傍らではらはらしながら見守った。

「あまり似ておらぬが、本当にお前の子か？」

「俺《おれ》の子で間違いない」

「お前のことだ。他人の子を引き取る筈がないな」

「その通りだ。よく判っておるではないか」

「あの」

　小さな声で、夏野は二人の話に割って入った。

「真琴様、そろそろ稽古に行きませぬか？」

「ああ、そうしよう」

「ちょうどいい。俺も道場へゆくところだった」

　恭一郎が言うと、真琴は何やら不服そうな顔をしてから、黙って歩き始めた。

　神社の庭には道場へのくぐり戸が設けてあるが、礼儀を重んじて表門の方へ回る。

　庭で稽古をしている若い門人が、真琴に気付いて目を見張った。

　ちょうど入り口の近くにいた三枝源之進が、稽古の手を止めて夏野たちを見た。

「三枝師範、柿崎先生は今日は……？」

「のちほど顔を出すとは仰っていたが、まだいらしておらぬ。――こちらは？」

　己の後ろで硬くなっている真琴の気持ちをほぐそうと、夏野は振り向いて、一つ頷いてみせる。

「こちらは斎佳のお目付、木下様の娘御で……」

「木下ではないか？」

　一際大きな声がした。

　道場の奥で、馨が呆気《あっけ》にとられて立ち尽くしている。

　と思うと、稽古相手に断りもなく、ずかずかと近付いて来て渋面を作った。

「お前、何故《なぜ》ここに――その恰好《かっこう》はなんだ？」

「け、稽古に来た。柿崎先生のもとで是非……」

「笑わせるな！　ここはお前のような者が来るところではない！」

消え入りそうな真琴の声は、いつにも増して厳しい馨の声に打ち消された。

†

梓川沿いの盛り場・今里《いまさと》にある宿屋の富長《とみちょう》は、料亭を兼ねていて、料理も酒もなかなか旨《うま》いと評判だ。

夏野が富長へ着くと、恭一郎と馨は既に飲み始めていた。

蒼太は恭一郎の傍らで、せっせと豆腐の田楽《でんがく》を頬張《ほおば》っている。

案内の仲居が去ると、夏野は膝を詰めて馨の前に座った。

「真木殿、いくらなんでもあれはひど過ぎます」

「何がだ？」

「とぼけないでください。真琴様は遠路はるばる斎佳からいらっしゃったのに、あのような仕打ちはあんまりです」

――馨に怒鳴り飛ばされた真琴だったが、微《かす》かに声を震わせながらも、毅然《きぜん》として「少しでよいから、噂の柿崎道場で稽古をつけていただきたい」と申し出た。

それならば――と、四半刻《しはんとき》余り馨が稽古をつけたのだが、それは凄《すさ》まじいものであった。

無論、馨と真琴では段違いの腕前ゆえに、手加減されてはいたのだが、休む間も与えず、打ち負かしては怒声を飛ばす。滅多なことでは口出しせぬ三枝が「もうよかろう」と声をかけた時には、真琴は立っているのがやっとであった。

神妙に一礼した真琴に付き添い、着替えもせずに夏野も一緒に道場を出た。とても歩いては帰れぬ真琴のために、五条大路に出てから駕籠《かご》を拾った。

州屋敷で、紀世に手伝わせて湯浴みはどうにか終えたものの、「夕餉はいらぬ」と、沈《ちん》鬱《うつ》な面《おも》持ちで真琴は部屋にこもってしまった。

富長でのちほど伊織と飲むことは、稽古の前に恭一郎から告げられていたので、真琴を送った後に夏野だけが引き返して来た。

伊織はまだ着いておらぬが、それならそれで、今のうちに馨に物申したかった。

「稽古をつけてくれ、と言ったのはあいつだ。うちの稽古が厳しいのは斎佳でも聞き及んでいただろう。同情は無用だ」

「しかし」

何度も打ち負かされながら、無言で馨に立ち向かって行く真琴を見ながら、夏野は己の誤解に気付いた。

真琴が想いを懸けていたのは恭一郎ではない。

馨を想い慕って東都まで会いに来たのだと、遅まきながら悟ったのである。

「しかしもかかしもないわ。とにかく、望み通り稽古はつけてやったのだ。もう二度と連れて来るな」

「そんな。真琴様は――」

言いかけて、夏野はうつむいた。

東都見物や稽古は口実だ。

婚礼前の真琴が、どれほど思い詰めて東都までやって来たのか。

真琴の心中を思うと、色恋に疎《うと》い夏野でさえ胸が締め付けられる。

黙った夏野を庇《かば》うように、恭一郎が穏やかに口を開いた。

「目付の木下様は、来春、隠居なさると聞いている。ということは、木下の婿取りも近いのではないか？」

「そう。そうなのです。年明けにはお婿様を迎えると」

「婚礼前の娘がのうのうと東都見物か。はしたないにもほどがある」

むすっとしたまま、馨は杯《さかずき》を干した。

「真木殿」

夏野が口を尖《とが》らせた時、仲居が伊織を案内して来た。

仕方なく気を取り直して伊織と挨拶《あいさつ》を交わすと、夏野は熊野村での出来事を語った。

「土鎌《つちがま》か……名は耳にしたことがあるが、あまり知られておらぬ妖魔《ようま》だな。狗鬼《こうき》や蜴鬼《やくき》と違って、滅多に人里に近付かぬようなのだ。黒川殿のように、旅路で襲われて無事だった者も少ない。どんな様相だったのか、詳しく聞かせてくれ」

学者らしい好奇心を見せて伊織が問うた。

「それが、お恥ずかしいことながら、逃げるのに精一杯で、正体を確かめるにはとても至らず……申し訳ありませぬ」

「謝ることはない。まるで影のように土中を這《は》い、時折鋭い刃《やいば》を向けてくるとか」

「はい、まさに」

「つち、か、ま……」

田楽を食べ終えた蒼太がつぶやいた。

「そうだ。蒼太、お前は知らぬか？」

恭一郎に問われて、蒼太が夏野を見やる。

目が合うと、ふっと左目に土鎌の残像がよぎった。

「く、ろ。ま……る、い」

言いながら、蒼太が両手で輪を作る。

「一尺ほどの大きさだな。黒くて丸いのは判ったが、他にないか？」

期待に満ちた眼差《まなざ》しを向ける大人たちを見回して、蒼太は傍らの風呂敷《ふろしき》包みを開くと、筆巻きと半紙を取り出した。

筆先を舐《な》めて、さらさらと半紙に円を描《か》き始める。

「ん」

心持ち得意げに掲げられた半紙には、尻尾《しっぽ》の折れたおたまじゃくしのようなものが、ぽつんと描かれている。

「て……かた、な」

折れた尻尾の部分を指して蒼太が言う。

伊織が恭一郎を見た。

「……お前に似て、絵心はないようだな」

「そうか？　影に刃――お前の言った通りに描かれているではないか」

笑いをこらえながら恭一郎が応える。

二人のやり取りを聞いて、訝《いぶか》しげに蒼太は半紙を夏野に見せた。

「うむ……確かに、このように黒くて、その名の通り鎌のような刃を持っていた……よく描けているぞ、蒼太」

夏野が苦心して言い繕うと、馨がたまりかねて笑い出した。

憮然《ぶぜん》とした蒼太の背中に恭一郎が触れた。

「気にするな。俺には剣、お前には見抜く力がある。それでよいではないか。絵心などなくとも暮らしには困らぬ」

「そうだそうだ。笑って悪かったな、蒼太」と、馨が頭を掻《か》いた。「まだ食い足りぬだろう。ここは饅頭《まんじゆう》はないが、柿《かき》でももらうか？　黒川も夕餉はまだだったな」

今一度己の描いた土鎌を見つめて、ぷいと半紙を投げ出すと、蒼太は応えた。

「いな、り」

伊織が微苦笑を浮かべながら襖戸《ふすまど》を開け、手を叩《たた》いて仲居を呼ぶ。

蒼太のために稲荷寿司《いなりずし》と柿を、夏野のために膳《ぜん》を、それから新たに酒を頼むと、戻って来て再び夏野の前に座った。

「その稲盛という男だが、心当たりがなくもない」

「やはり、術師――ですか？」

「……一昔前に、どう門を突破したのか、御城に忍び込んだ者がいた。その者の名が、稲盛文四郎《ぶんしろう》だ」

「文四郎――文五郎……一字違いか。偽名としては今一つだな」

馨が顎《あご》を撫《な》でながら言った。

「うむ。その稲盛という男は、塾の入試を三度受けたが、三度とも僅かに届かず入塾は叶《かな》わなかったそうだ。それを不服とした稲盛は、中奥にまで入り込み、接見中の安良様に直訴した。己こそ、理一位にもふさわしき者なのだ、と」

「まさか、そのような無礼を――」

夏野が絶句すると、伊織は皮肉な笑みを浮かべた。

「稲盛は、力ずくで御城の門を破ったのではなかった。術師としての資質は充分に備えていたのだろう。しかし安良様は直訴を認めず、稲盛には即座に追手がかかった。西の城壁まで追い詰められて、稲盛は護衛に斬《き》りつけられた。《左の首筋に刀を打ち込まれ》と記録には書かれている」

稲盛の首筋に今もくっきり残っている刀傷を、夏野は思い出した。

「その後、稲盛は最後の力を振り絞り、城壁を乗り越え、大川に飛び込んだ」

「なんと」

馨が驚きの声を漏らした。

無理もない。

大川が走る御城の西側は、一際高く土が盛られており、川面《かわも》まで少なく見積もっても七丈はある。追い詰められていたとはいえ、死の覚悟なくして飛び込めぬ高さであった。

生来身の軽い山幽《さんゆう》の蒼太でさえ、目を見張って伊織の話に聞き入っている。

「亡骸《なきがら》は上がらなかった。が、稲盛の死を疑う者はいなかった。首の傷は深く、大川に飛び込む前に既に瀕死《ひんし》の状態だったようだ。――二年後、理術師《りじゅつし》二人、理二位《りにい》一人が怪死を遂げた」

「逆恨みか」

恭一郎が言うのへ、「おそらく」と、伊織が頷く。

「三人とも、稲盛が受けた入試に携わった者たちだった。だが、呪《のろ》いではないかと噂こそすれ、稲盛が死の淵《ふち》からよみがえったとは、誰《だれ》も信じなかった」

「実はまんまと逃げおおせていたのだな」

「しかし、黒川殿が出会ったのが、同じ者だとは……」

「心当たりがあると言ったのはお前だぞ、伊織。名前といい、首の傷跡といい、その不届き者と合致するではないか。黒川が道中出会ったのは、齢百《よわい》かと思うような爺《じじい》だったそうだぞ。そいつが大川に飛び込んだのは、何年前だ？」

なじるような馨に、真顔で伊織が応えた。

「……稲盛文四郎が大川に飛び込んだのは、二十三代安良様が御年四十四の時、つまり暦で九百五十五年——百二十八年前のことだ。稲盛は当時二十一歳だったと記録書にあるゆえ、黒川殿に文五郎と名乗った者が文四郎であったら、今年で百と四十九歳になる」

†

酔いの回った馨は伊織に任せて、富長の前で別れた。

恭一郎は蒼太と夏野を促して、借りた提灯《ちょうちん》を片手に梓川を北へ向かって歩き始めた。

「鷺沢殿、あの、こちらだと回り道に」

「まだ宵の口だ。腹ごなしにも酔い覚ましにもちょうどいい」

月はなくとも、川沿いの店や屋敷から漏れる灯《あか》りが川面に映り、鈍い光を放っている。

北へ上がって四条梓橋《しじょうあずさばし》を越えれば、戸越家はすぐだ。

晃瑠では、相変わらず辻斬《つじぎ》りが横行していた。

犠牲者は早々に二十人を超え、このままでは「百人斬り」も冗談ではなくなると、町奉行所も躍起になっている。そんな中、文字通り三日にあげず斬り続ける下手人は、相当の手練《てだ》れだと思わざるを得ない。

一見、少年剣士の夏野だが、見る者が見れば女だと判らぬこともない。宵の口とはいえ、一人で夜道を帰すには不安があった。

「……ありがとうございます」

「なんの。なぁ、蒼太」

「ん」

先導するように、恭一郎と夏野の少し先を行く蒼太がちらりと振り向く。

山幽の蒼太は人よりずっと夜目が効く。

よどみない足取りで前をゆく蒼太の背中が頼もしく、つい笑みをこぼすと、つられたのか夏野も隣りで微笑した。

「……木下はどんな様子だった？」

「そうか」

恭一郎が問うと、夏野は一瞬驚いた顔をしたが、すぐに応えた。

「お疲れなのはもちろんですが、とにかく気を落としておられました」

「真琴様は、柿崎を訪ねる日をそれは楽しみにしておられたのです」

「だろうな。木下はどうやら、今も変わらず馨一筋らしい」

「やはり……」

薄々勘付いていたようだ。

まっすぐな、心優しい娘だ――

六尺超えの馨を前にして、声を震わせ真琴を庇った先ほどの夏野が思い出されて、恭一郎は微笑んだ。

「真木家の当主は町奉行所の定廻《じょうまわ》り同心で、馨は四男だ。今でこそ、次男三男が婿へ行き、馨も家を出たからましになったが、大飯食らいの息子ばかり四人も抱えて、内証はけして豊かではなかった」

真琴にかかわる話だと、夏野は耳を澄ませて聞いている。

「奥様は琴が得意でな。武家の娘を相手に、屋敷で琴を教えて暮らしの足しにしていたそうだ。その噂を聞いた木下様の奥方様が、幼き木下を琴の稽古に真木家に通わせるようになった。俺はいまだ聞いたことがないが、あの娘、その名に恥じぬ琴の名手らしいぞ」

「そうでしたか……」

「うむ。それでだな――」

恭一郎が斎佳に越したのは十九歳の時だ。

晃瑠で通っていた神月《こうづき》剣術道場の主《あるじ》・神月彬哉《あきや》の紹介で、斉木《さいき》剣術道場に入門した。その斉木道場に道場破りのごとく現れ、恭一郎に挑戦してきた男が馨であった。勝負がきっかけで友となった二人は、剣の稽古はもちろん、盛り場や花街でもつるむようになった。

恭一郎は、馨が当時師範代を務めていた新堂剣術道場で、真琴と出会った。恭一郎がちょうど二十歳《はたち》、真琴に至ってはまだ十三歳の小娘だった。

「木下家に頼まれて、真木家では用心棒代わりに、琴の稽古の送り迎えに馨をつけていた。一度、人攫《ひとさら》いに攫われそうになったのを、馨が防いだこともあったそうだ」

馨は何も言わぬが、新堂道場の門人たちから聞いたことである。

目付の調べで失脚した者が逆恨みして、駕籠を使ってまだ九歳だった真琴を攫おうとした。伴の女中が泣き叫ぶ中、馨は瞬時に駕籠舁《か》き二人と下手人一人を斬り伏せたという。

「――幼い娘が、馨を慕うようになったのも不思議はあるまい？　どう親にねだったものか、十二になった時、木下は新堂道場へ入門し、剣を学び始めた。送り迎えはやはり馨が仰せつかっていた。人攫いの一件以来、木下様は一層馨を頼りにするようになったようでな。手間賃も弾んでもらえて、馨のいい実入りになっていた。それから……いろいろあって、俺が那岐から斎佳に戻って来た時も、馨は送り迎えを続けていた」

「真琴様は真木殿を、今でも……」

沈んだ声で夏野がうつむく。

夏野も武家の娘なれば、承知していることだろう。

目付の一人娘と、定廻りの四男が結ばれることはまずない。真琴には、婚礼の日取りまで決まった相手がいるのだから尚更《なおさら》だ。

命を懸けて想い合う二人なら駆け落ちという手もあるだろうが、真琴はともかく、恭一郎は馨に「その気」がないことを知っている。その気がないからこそ、馨はわざと厳しく接して、真琴に想いを断ち切らせようとしたのだ。

「木下はあれで己の分をわきまえている。今更、馨とどうこうという思いはあるまい。自由な身であるうちに晃瑠を見物したいというのも頷けるし、木下様もご承知の上に違いない。さもなくば、いくら木下がごねたところで、力ずくでも東都行きを止められた筈だ」

「……もう、道場には連れて来るなと真木殿は仰いましたが、私は——」
夏野の声には、真琴を思う気持ちがこもっている。
「馨に完膚なきまでやられていたからな。今頃《いまごろ》懲りているやもしれぬが、木下が望むなら
また連れて来ればいい。馨は相手にしないだろうが、先生や三枝師範には、俺から話をし
ておこう」
奏枝を失って、斎佳で自堕落な暮らしをしていた恭一郎のもとへ、どう屋敷を抜け出し
たのか、真琴が怒鳴り込んで来たことがある。
恭一郎のためではない。馨を想ってのことだった。
——馨がおぬしのために奔走しているというのに、この腑抜《ふぬ》けた様はなんだ？　それで
もおぬしは馨の友か！——
小娘がしゃらくさいことを、と、取り合わずに追い払ったことは記憶に苦い。
その罪滅ぼしではないが、せめて真琴が東都にいる間は、多少の便宜《べんぎ》を図ってやりたい
と恭一郎は思っていた。
といっても、俺にできることなどそうないが……
「ありがとうございます」
少しばかりだが、夏野が声を弾ませた。
「木下が相手では遠慮する者も多かろうが、十日ほどのことであろう？　文句を言う野暮
なやつはおらぬさ」

「遠慮というと——稽古を手加減されるということですか？　真琴様は四段と伺っておりますが」

「確かに、十年前とは比べものにならぬほど腕を上げている。同じ四段の飯島《いいじま》とならいい勝負になるやもしれぬが、柿崎ではせいぜい三段といったところだろう。うちには三段より下の者はおらぬし、木下もあのなりだ。皆、手加減せざるを得まい。馨とて、あれでも随分手心を加えていたぞ」

　激しい打ち合いを繰り返したが、竹刀ごと退けることが多く、馨が真琴を打ち据えたのはほんの数回。道具の上からで、充分手加減されていた。さもなくば、竹刀とはいえ大怪我を負ったやもしれぬほど馨は剛腕だ。

「それは……しかし——」

「うちは剣術莫迦《ばか》が多いからな。木下の相手を嫌がる者もおろう。稽古相手がおらぬようなら、悪いが、黒川殿が付き合ってやってくれ。俺が相手してもよいのだが、木下はまず承知すまい」

「何ゆえですか？　鷺沢殿ほどの剣士と立ち合う機会はそうありませぬ。道場でも、皆は常から鷺沢殿との稽古を待ち望んでおります」

　まったく腑に落ちぬといった顔で、夏野が恭一郎を見上げる。

　ここにも剣術莫迦がいたか——と、恭一郎は内心苦笑した。

　奏枝の死後、やくざ者同様の暮らしをしていた恭一郎に活を入れたのは馨だった。

恭一郎のためにやくざ者と渡り合い、結句、馨は斎佳のやくざ者に追われることになってしまった。「ほとぼりが冷めるまで」と斎佳を出て、晃瑠の柿崎のもとで師範を務めることになったのが四年前なのだが、いまやすっかり東都に居つくつもりになっている。真琴にしてみれば、恭一郎は、馨を斎佳にいられぬようにしたならず者で、今日の様子からしても、いまだ女子らしい恨みを抱いているようである。

——それをこの娘にどう説いたものか。

恭一郎が曖昧《あいまい》な笑みを浮かべた時、ふいに前をゆく蒼太が足を止めた。

「蒼太、どうした？」

恭一郎が訊《たず》ねても、耳を澄ませてじっとしたままだ。

四条梓橋からそう遠くない。

「蒼太？」

回り込んで、蒼太の様子を窺《うかが》った夏野が、はっとして立ち尽くした。

左目を通して「つながっている」二人である。

なんぞ見えたのか——

そう思った瞬間、嫌な気配を感じて、恭一郎は二人の前に回った。

恭一郎には、蒼太のような「見抜く力」なぞない。

が、常人に比べ、勘働きは良い方であった。

とっさに左手が鯉口《こいぐち》を切っていた。

掲げた提灯で行く手を照らすと、薄闇《うすやみ》から静かに駆けて来る者がいる。

頭巾《ずきん》を被《かぶ》った侍だった。

提灯も持っていなければ、頭巾も羽織も黒である。

恭一郎より拳一つほど背は低いが、腰の大刀は長めで、足取りもしなやかだ。

すれ違いざま、ぴりっと空気が張り詰めた。

この男、遣う――

男の足音が遠ざかって行くのを振り返らずに聞きながら、恭一郎は鯉口を戻した。

「鷺沢殿」

囁《ささや》くように夏野が呼んだ。

剣士として、または術を学ぶ者として、尋常ならぬ男の気を感じ取ったのか、提灯で照らした夏野の顔は青ざめている。

「あの男……何者でしょうか?」

「判らぬ。だが凄腕には違いない」

いや。俺はどこかで、あの男を見たような気もする。

灯りからそむけられた顔は見えなかったが、今になって、身体《からだ》つきや足取り、刀に、覚えがあるように思えてきた。

「――ち」

ぽつりと蒼太がつぶやく。

「うん？」

「ち……にお、い」

男が駆けて来た先の闇を見つめながら、蒼太が言った。

「血の臭いだと？」

恭一郎が眉《まゆ》をひそめると同時に、夏野が声を上げた。

「まさか！」

駆け出した夏野を追って、蒼太と恭一郎も地を蹴《け》った。

四条梓橋を通り過ぎ、更に北へ向かう。途中で蒼太が夏野を追い越したが、二人とも迷わずに駆けて行くところを見ると、蒼太にも行き先が判っているのだろう。

余計な口を挟む暇はない。

大事が起きたことだけは確かであった。

四条大路を越えたところで二人の足が止まった。

四条大路には、梓川にかかる橋がない。その代わり渡し場があるのだが、北に行くにつれて店よりも家屋敷が多くなっており、渡し場の他、川沿いは闇に包まれている。

消し炭の臭いがした。

二人の後ろから恭一郎が提灯をかざすと、二間ほど離れた川辺に女が倒れているのが見えた。傍らには、燃え尽きた提灯が落ちている。

「しっかりしろ！」

駆け寄った夏野が抱き起こしたが、女が既にこと切れているのは明らかだ。

胸から広がるどす黒い染みを認めて、恭一郎は悟った。

あの男が辻斬りか――

着物も髪も乱れておらぬ。

心臓を、ただ一突き。

女はおそらく、何が起きたかも判らぬ間に、あの世へ逝ったに違いない。

「渡し場の者を番屋に走らせよう。町奉行所には番屋から知らせてもらえばいい。蒼太、お前は黒川殿とここにいろ。すぐに戻る」

提灯を置いて、たった今通り過ぎて来た渡し場へ戻ろうと、恭一郎は踵《きびす》を返した。

「鷺沢殿」

震える声に振り返ると、女を抱いたままの夏野の目から涙が溢《あふ》れ落ちた。

灯りに浮かび上がった女の顔が、まだあどけないことに恭一郎は気付いた。

「……屋敷の者なのです」

「なんだと？」

「多美《たみ》という名の……州屋敷の……女中の一人……」

「そうか……」

そっと歩み寄った蒼太が、夏野の肩に触れた。それから恭一郎へ一つ頷く。

「……すぐに戻るゆえ」

夏野の嗚咽《おえつ》を背中に聞きながら、恭一郎は渡し場を目指して走り出した。

†

殺された女中の多美は、紀世と同い年のまだ十六歳の娘であった。

生まれた年も同じなら、奉公勤めを始めたのも同じ十二歳の時で、紀世とは姉妹のように仲が良かった。なればこそ、夏野もよく見知っていたのだ。

由岐彦から真琴の世話を仰せつかっていた紀世だが、明け方に多美の死を知ってからはとても仕事が手につかず、今は女中部屋に下がらせてある。

「まさかあの娘が殺されようとは」

朝餉《あさげ》を前に、真琴が溜息《ためいき》をついた。

「ええ、この屋敷の者が襲われるなど、思いも寄りませんでした」

箸《はし》を動かす元気もなく、夏野は応えた。

昨夜、恭一郎の知らせで、渡し場の者が番屋に走った。

道中でちょうど定廻り同心と出会ったそうで、四半刻《しはんとき》と経たずに同心が現れ、更に半刻《とき》のうちには二番町奉行の加賀《かが》が直々に出張って来た。

夏野の口から多美が氷頭州屋敷の者だと知ると、手下に命じて亡骸を幸町《さいわいちょう》にある五番町奉行所まで運ばせた。州屋敷のある本町は、御城周りを取り仕切る五番町奉行所の管轄だからだ。縄張り意識がないこともない五つの町奉行所だが、いまや各々の体面にこだわってはいられず、総力を挙げて辻斬り探しに挑んでいるところであった。

「おといの朝から親代わりの祖母が危篤で、宿下がりを許されていたそうです。お多美の弟の話では、祖母が昨日の夕刻に持ち直したので、これなら大丈夫と見極めて、屋敷に戻ると言い出したと。もう遅いからと弟は止めたそうですが、他の女中に申し訳ないからと、一人で家を出たそうで……」

「お紀世はさぞつらかろうな」

「はい。見ているだけでこちらが苦しくなります」

紀世ほど親しい仲でなくとも、見知った者――しかも己より若い者が殺されたとあって、夏野はどうにもやりきれない。

辻斬りの噂は聞いていたものの、十万からの者が暮らす東都である。己が侃士《かんし》ということもあって、どこか他人事《ひとごと》のような気がしていた。

蒼太の顔を覗き込んだ時、多美の顔が揺らいで消えた。

すれ違った、あの黒ずくめの男こそ辻斬りだと、夏野も恭一郎も疑っておらぬ。

なんと卑怯《ひきょう》な！

武器も持たぬ女子ばかり狙うとは――

悲しみはいまや怒りに変わっていたが、後は町奉行所に任せるしかない。あの男のことは恭一郎が既に、五番町奉行の瀬尾《せのお》に話している。

男が凄腕の剣士だということは、恭一郎も認めた通りだ。

すれ違った時に、夏野にも判った。

悔しいが――今の己では到底討ち取れぬだろうということも。

多美の死で屋敷中に重苦しさが満ちているが、時の限られている真琴を慮《おもんぱか》って、夏野は由岐彦に断り、真琴を外へ連れ出した。

真琴はしっとりとした滅紫色《けしむらさきいろ》の小紋《こもん》に頭巾、夏野も今日は女物の柴染《しばぞめ》の袷《あわせ》を身につけている。ただし護衛役を兼ねているため、多少ちぐはぐだが、由岐彦から借りた脇差しを腰にしていた。

風がやや冷たいが、相変わらずの晴れ空だ。

塩木大路を南に下がり、右手に御城を見ながらゆっくり歩く。通りの賑わいにどこかほっとして真琴を見やると、真琴もようやく微笑んだ。

「お紀世を力づけてやりたいが……」

かような時に土産など不謹慎だろうかと、不安そうに真琴が訊ねる。

「それでしたら、あちらの菓子はいかがでしょう」

夏野が案内したのは、香雪堂《こうせつどう》という干菓子の店である。

「以前お紀世へ土産にしたところ、大層喜んで、のちほどお多美と分けていました」

親指の先ほどの、様々な花を模した白い干菓子が目に美しい。

お多美の霊前にも供えてもらおうと、己の分と合わせて、真琴は小箱を三つ買い求めた。

夏野も後から一つ、同じ箱を包んでもらう。

「遠慮せずともよいではないか」

おぬしもいるか、と問われた時に、夏野は首を振っていた。

「これはその、蒼太に――」

「蒼太？　ああ、鷺沢の子か」

微かに気色ばんで、真琴が言った。

――俺が相手してもよいのだが、木下はまず承知すまい――

そう言った恭一郎が思い出される。

何ゆえ真琴様は、鷺沢殿を嫌っておられるのか……

「蒼太は甘い物が好物なのです。ゆえに晃瑠の菓子屋に精通しておりまして、この店も蒼太が教えてくれたのです」

八文、十六文といった遣いの駄賃を地道に貯《た》めては、蒼太はあちこちの菓子を買い食いしている。

「あの鷺沢が子育てとは笑止千万だ。しかも、惚《ほ》れて娶った妻との子ではなく、若気の至りでできた子で、十年も経《た》ってから引き取る羽目になったとはな……いやしかし、子は親を選べぬ。蒼太とやらも気の毒にな」

斎佳にいた時分にできた子だと皆には言っているが、夏野は、蒼太が恭一郎とは血のつながりのない山幽だと知っている。

再び歩き出しながら、夏野は用心深く応えた。

「蒼太は鷺沢殿を慕っておりますし、鷺沢殿も蒼太を大切にしていらっしゃいます」

「そうか？　あの男、昼間から酒を飲み、花街に出入りするような与太者だぞ」

「それは昔のことでございましょう」

恭一郎が、斎佳でどのような暮らしをしていたのか夏野は知らぬが、妻を亡くした後に、しばし荒れていたことは、折々の馨との話から推察していた。

「今は違うのか？」

「今は日中は勤めに出ておられますし、道場にもよくいらっしゃいます」

「勤め？　どこぞに仕官しておるのか？」

「あ、いえ――」

恭一郎は今、高利貸の取立人をして暮らしを立てている。しかし、それはそれでまた真琴の非難の的になりそうである。

――そういえば。

多美の件で忘れていたが、昨夜伊織から告げられたことがあった。

続く妖魔《ようま》の襲撃に対策を講じるために、安良に呼び戻された伊織だが、恭一郎にも同じく、伊織の用心棒たるべく、安良直々に命が下されたという。

恭一郎だけでなく、蒼太までもが安良に目通りしたと聞いて驚いたが、二人は表向きは大老の第一子と初孫だ。

何より恭一郎の腕が公に認められたことが、夏野には嬉《うれ》しかった。「流石《さすが》、安良様だ」と、恭一郎を起用した安良の慧眼《けいがん》に恐れ入ったものである。

「鷺沢殿は此度《こたび》、御上《おかみ》の命にて、樋口様の警固にあたることになりました」

「理一位様の用心棒か。他の役目なら、親の七光か友の慈悲に違いないが、用心棒なら適役だと言わざるを得ん」

むすっとしているものの、真琴も剣士としての恭一郎は認めているようだ。

ほっと胸を撫《な》で下ろした夏野の顔を、真琴が覗き込んだ。

「おぬし、先ほどから鷺沢を庇《かば》ってばかりだが、もしやあの男に気があるのか？」

「まさか。やめてください、真琴様。私はただ剣士として……」

「そうか？　夏野は蒼太とも仲が良いようではないか」と、真琴はにやにやした。

「それはその――」

蒼太の目でつながっているとはとても明かせぬ。

また、それだけの仲だとも、夏野自身が思いたくなかった。恭一郎には敵《かな》わなくとも、そこらの者よりずっと、蒼太の心意気や優しさを理解しているつもりだ。

「蒼太とはその、どことなく気が合うのです。歳《とし》も鷺沢殿ほど離れておりませぬし……つまり、鷺沢殿にとっては私も蒼太と変わらぬ子供なのです」

己で言っておきながら、ふと侘《わび》しさが胸をかすめた。

「ははは……いくら何でも、おぬしと蒼太を同じに思ってはおるまいよ」

「それはもちろん、蒼太は鷺沢殿のお子ですから、私とは比べようがありません。二人はまことに、互いの信頼篤く――」

言いかけた夏野を、くくっと、真琴が苦笑で遮った。

「夏野。おぬしはよくよく面白い娘だな」

「はあ」

「あの椎名になびかぬ訳だ。あはは、はは……」

「ゆき——椎名様とは、何も——」

「よいよい。これは向後が楽しみだ。夏野、私が斎佳へ戻っても、たまさかには便りをくれぬか？」

「ええ、ご迷惑でなければ喜んで」

「迷惑なものか。おぬしのことももちろんだが、晃瑠や屋敷の皆の者のこと——」

「道場のことも……」

余計な口を利いたかと尻すぼみになったが、真琴は困った目をしながらも微笑んだ。

「馨のことを聞いたのか？」

「真琴様」

「馨からではないな？　鷺沢か？」

「はい……」

「口の軽い男だ。まったく鼻持ちならん。——鷺沢のせいで、馨は斎佳におられぬようになったのだぞ。夏野はあの男を崇敬しておるようだが、私にとっては仇も同然なのだ」

子供のように、真琴は紅色の口を尖らせた。

「さ、さようで……」

「そもそも鷺沢が斎佳に来なければ、今頃馨は新堂道場で師範を務めていた筈なのだ。それが、あの男が来てから、馨は斉木道場に顔を出すようになり――」

男同士で遊ぶようになると、真琴が楽しみにしていた送り迎えはなおざりになった。馨に想いを寄せていた真琴にすれば、恭一郎に馨を取られたような気がしたのだろう。

「しかもあの男、女に惚れたと思ったら、馨に一言もなく女を連れて出奔しおって……馨はあやつを庇っていたが、とんだ友もいたものではないか」

恭一郎が奏枝と暮らした四年の間に、真琴は年頃の女子に成長し、ますます馨に惹《ひ》かれていったようである。

「妻女をあのような形で亡くしたことは気の毒だが、捨て鉢になってやくざ者に身を落としたのは鷺沢の勝手だ。馨は面倒見のよい男だからな……どうしても放《ほう》っておけなかったのだ。鷺沢のために人斬《やし》りまでして、一月《ひとつき》も牢《ろう》に入れられていたのだぞ」

恭一郎を使っていた香具師の元締めに直談判し、元締めの敵を討ち取ることで、恭一郎を手放すことに同意させたのだという。乱闘の後に自ら町奉行所に出頭した馨は、討ち取った相手が極悪非道な悪党だったことが調べで判り、一月後に釈放された。

「……真木殿は、心優しく、人情豊かなお方です。稽古が厳しいのは、それだけあの方が剣を重んじていらっしゃるから……」

夏野が言うと、ややあって真琴はうつむいた。

「すまぬ。大人げなかった。好いた男の――鷺沢の悪口など、聞きたくなかったろう」

「ですから」

夏野が反論する前に、真琴が続けた。

「私は……鷺沢が妬《ねた》ましいのだ。馨が命懸けになったこともそうだが、身分にこだわらず、あのように自由に生きている鷺沢が妬ましくて仕方ないのだ。私には到底真似《まね》できぬことゆえ――」

「真琴様……」

慰めの言葉が見つからぬ夏野に、真琴は恥ずかしげに微笑んだ。

「つまらぬ話はもうよそう。今日はこれから、どこへ案内してくれるのだ？」

「このまま六条《ろくじょう》大路まで下がり、幸町を抜けて、五条大橋を渡りませぬか？」

小さく笑みを返して、夏野は付け足した。

「六条大路も五条に負けず賑やかですし、今日は晴れておりますから、大橋から眺める御城はさぞ素晴らしいかと」

「それはよいな」

五条大橋を渡った先には、夏野が贔屓《ひいき》にしている茶屋・和泉屋《いずみや》もある。

相良が言っていた芝居《しばい》見物や八大神社参りなどのことも話すと、真琴は乗り気になっていた日取りだの弁当だのを気にしだす。はしゃいだ笑顔の中には、空元気が見え隠れしていたが、真琴は道場での馨の仕打ちや、多美の死で昨日からずっと塞《ふさ》ぎ込んでいた。

真琴が東都に滞在できるのは、およそ半月。

できるだけのことをして差し上げたい――

今日はのんびり散策に終始するとして、明日また、さりげなく道場へ誘ってみようと夏野は思った。

邪険にしていたものの、真木殿とて真琴様を嫌ってはいまい。道場ではただ、皆の手前、ああするしかなかったのだろう。

それにもしや。

もしや真木殿も、真琴様を想っていらっしゃるのでは……？

とすると、叶わぬ身分違いの恋である。

鷺沢殿のことで斎佳を離れる羽目になったと真琴様は仰ったが、晃瑠に越すことで真木殿は、真琴様への想いを断ち切ろうとしたのではなかろうか？

などとつい、一人歩きな想像が膨らんでゆく。

「どうした、夏野？」

「いえ、何も。さあ参りましょう」

五条大橋は相変わらずの混みようだった。

晴れた空を背にした御城が絶景で、都外からの行楽客は言わずもがな、行商人や役人などの都人まで足を止めている。北側の欄干に空いたところを見つけて真琴と二人でもたれると、夏野も大川の向こうに堂々と佇《たたず》む五層の天守をしばし眺めた。

ふと視線を感じて振り返ると、通行人に見え隠れして、橋の反対側に伊紗《いさ》がいた。

夏野と目が合うと、真っ赤な唇の端を上げてにやりとする。

伊紗は仄魅《しきみ》という名の妖魔で、符呪箋《ふじゅせん》によって恭一郎に羈束《きそく》されている。

夏野が知る限り、東都で住み暮らす妖魔は蒼太の他、この伊紗だけだった。

仄魅は人に化けるのがうまく、生き物の――殊に人の精気が好物で、伊紗は借金もないのに、晃瑠では茶屋とは名ばかりの置屋に居ついていた。

伊紗が勤める嶌田屋《しまだや》は、五条大橋を西へ渡った少し先の、茜通《あかねどお》り沿いにある。借金を持たぬ伊紗は、夕刻までは自由に街をうろつくことが多かった。

しかとは知らぬが、伊紗は既に数百歳と思われる。

土鎌や――もしや稲盛文四郎のことも知らぬだろうかと思ったものの、往来で、真琴と一緒とあっては話しかけるのははばかられた。

「知り合いか？」

夏野の様子に気付いて、真琴が訊ねた。

「はい。その、鷺沢殿の知己で……」

「あれは堅気ではないな」

「ええ、まあ」

「鷺沢め。相変わらず玄人女と遊んでおるのか。子供がいるというのに情けない」

恨みつらみが再燃したのか、言い捨てて真琴は口を結んだ。

伊紗と、ということはなかろうが、恭一郎が玄人遊びをしていることは否めない。

なんと言ったものかと、思い悩む夏野に艶《あで》やかな笑みを投げ、伊紗は夏野たちとは反対に、橋を東へ渡って行った。

†

道場へ現れたのは、いつも遣《つか》いに来る若い出仕ではなく、伊織自身であった。

恭一郎が辻斬り事件に遭遇した三日後のことである。

高利貸・さかきでの仕事は、伊織が東都へ戻って来る前に、主の榊清兵衛《さかきせいべえ》に丁寧に断りを入れてある。急な申し出に榊は驚いたが、御上の御用を務めることになったと告げると、大喜びで祝儀まで出してくれた。因業爺《いんごうじじい》と噂される榊だが、店の者は身内同様に手厚く扱っている。ゆえに、恭一郎の「出世」を我が子のことのように喜んだのだった。

取立人を辞めてから、恭一郎は毎日道場に顔を出していた。

じっくり稽古をしていると、改めて剣の面白さを実感する。人に教える器ではないと己の分をわきまえている恭一郎だが、師範として日がな一日竹刀を振っていられる馨や三枝が何やら羨《うらや》ましくなってきた。

馨に散々しごかれた真琴も、一日挟んで、また道場へ顔を出すことにしたらしい。連れて来た夏野は、恭一郎と目が合うと小さく頭を下げた。

恭一郎の予想通り馨は度外視しているが、恭一郎が頼んでおいた三枝は、四段の若い者をうまく回して真琴の相手をさせていた。

門人の中でも、同じ二十歳で四段の飯島多助《たすけ》と三矢勇吾《みつやゆうご》は仲が良い。昇段間近と言われている三矢はむっつりと、もとより人の好《よ》い飯島は照れながら、だがどちらも嬉しげに真琴の相手をしているところが、恭一郎には微笑ましい。

伊織が現れたのは、ちょうど真琴が三矢から、思わぬ一本を奪った時であった。

「恭一郎」

夏野と二人で真琴の稽古を見物していた恭一郎は、友の声に振り向いた。

「お前も稽古に——という訳ではなさそうだな」

狩衣《かりぎぬ》をまとった伊織は帯刀しておらず、その硬い顔が大事を告げている。

「稽古中すまぬが、急を要する。ちと屋敷まで来てくれ」

恭一郎に否やはない。

急ぎ三枝に断りを入れると、くぐり戸を使って志伊神社へ抜けた。

屋敷に上がると、伊織は迎え出た女中を手で押しとどめ、慌ただしく奥の座敷に恭一郎をいざなった。ぴしゃりと襖戸を閉めると、顎《あご》をしゃくって座るように促す。

「何事だ？」

「間瀬へゆく」

「いつ発《た》つ？」

「今、これからだ」

——少し晃瑠で調べを進めたい。間瀬行きはおそらく、年明けになるだろう——

そう三日前に富長で伊織に言われて、霜月《しもつき》末日で取立人を辞めていた恭一郎は拍子抜けしたばかりである。護衛役としての給金は師走《しわす》から支払われると告げられたので、とりあえず稽古に励もうと思っていた矢先であった。

「まこと、急だな」

「今朝方、間瀬に住む土屋《つちや》昭光《あきみつ》理一位から颯《はやて》が届いた。書付によると、どうも身の危険にさらされているらしい」

「そうか」

「土屋様がお住まいの村には武家がないゆえ、州府から人を送ってもらうように手配りしたが、何分、土屋様はご高齢だ。とにかくこの目で無事を確かめ、大事が起きる前に、晃瑠か維那へ移るようお勧めしたい」

「うむ」

もとより間瀬州に着いたら、まずは土屋を訪ねようと話していた。土屋も無論、妖魔の襲撃に心を痛めている一人で、高齢ゆえに自ら調べ歩くことはできずとも、弟子を使ってあれこれ探らせていると聞いたからだ。

伊織が旅支度を整える間に、恭一郎は手習指南所へ蒼太を探しに行ったが、宮司の遣いで五和《いつわ》神社へ向かったという。まだ昼にもならぬ時刻だが、少なくとも八ツまでは戻らぬだろうと諦《あきら》めて、恭一郎は道場へ足を向けた。

——馨か黒川殿に、蒼太を頼まねばなるまい。

思案しながら道場へ戻ると、恭一郎に気付いた夏野と目が合った。

馨は平常通りの大音声で、門人たちを鼓舞している。

「黒川殿」

声をかけると、夏野は不安げな顔で恭一郎を見上げた。

「何か、大事が……？」

「うむ。それで、俺は伊織とこれから都を発たねばならぬ」

「今すぐ、ということですか？」

「そうだ。それでだな……隣りに蒼太を迎えに行ったのだが、今は遣いに出ていておらぬのだ。八ツには戻ると思うのだが……」

「では、私が迎えに参ります」

即座に察したようで、夏野が言った。

「しかしおぬしはこれから、木下と都見物にゆくのだろう？　のちほど馨に伝えてもらえれば、馨がなんとかしてくれるだろう」

「真木殿のところに寝泊まりさせるのですか？」

眉をひそめて夏野が問うた。馨が住む道場裏の小屋は古い上に、恭一郎の長屋に負けず劣らずの狭さで、馨は恭一郎より一回り大きな図体をしている。

「その方が安心だが、蒼太がよしとするかどうか……まあ、長屋で一人でも平気だろう」

「そんな。子供一人では、やはり不用心です」

「だが他にしようがあるまい。日中は隣りにおろうし、先生がいればこちらにも顔を出すだろう。時々でよいから、気にかけてやってくれまいか？」

「蒼太を家に置けないか、次郎《じろう》さんとおまつさんにお願いしてみようと思います。蒼太が嫌がるようなら無理強いはしませんが、一人で長屋に置いておくのは不安です」

蒼太の実年齢は十六歳と、夏野とあまり変わらぬのだが、妖魔ゆえに、姿かたちは子供のままだ。勘働きと身の軽さは人よりずっと秀でていても、都で一人にしておくのが不安なのは恭一郎も同じだった。

「それに、うちの方がご飯も美味《おい》しいものを用意できますし……」

「そうか？　馨はなかなか器用でな。台所での手際も悪くはないぞ？」

夏野が料理を得意としないのを承知で、恭一郎はからかった。

「そ——それは、私は米もうまく炊けぬ不器用者ですが、おまつさんの料理は絶品です」

恥じ入りながらも、戸越家を推す夏野に思わず笑みがこぼれた。

「ならばそう、蒼太を説得してみてくれ。おぬしと蒼太には特別な絆《きずな》がある。馨もよくしてくれるだろうが、おぬしと一緒なら俺もより安心だ」

「はい。次郎さんもおまつさんも気さくなお人柄です。蒼太のこと、きっと承知してくださいます」

「早ければ十日ほどで、遅くとも年内には一度戻って来るつもりだ。宮司様に言付けておくゆえ、かかりは樋口家から受け取ってくれ。面倒をかけるが、どうか蒼太のことをよろしく頼む」

恭一郎が頭を下げると、恐縮しつつ――だが、はきとして夏野が応えた。

「承りました。蒼太のことは私が黒川家の名にかけてお世話いたしますので、ご案じなされませぬよう。鷺沢殿は、どうか心置きなくお役目に専念なさってください」

大げさな――

内心苦笑しつつも、若く一途《いちず》な夏野の厚意がありがたい。

「かたじけない」

真率に今一度頭を下げて、恭一郎は伊織が待つ屋敷へ踵《きびす》を返した。

第五章
Chapter 5

「きょう」が行ってしまった……

五和神社での遣《つか》いを済ませて、ぷらりぷらりと散策しながら戻って来た蒼太は、夏野から話を聞いてうつむいた。

捨てられたのではない、と判《わか》っている。

ただ、術の束縛のない都の外なら、普段役立たずの己とて、何かの折に恭一郎を手助けできたやもしれぬと思うと、遣いに出ていたことが悔やまれた。

しらずに左手が、着物の上から守り袋をまさぐっていた。

伊織が術を施したこの守り袋を身につけることで、人目を誤魔化している蒼太だが、伊織が仕込んだ人形《ひとがた》の他に、今はもう一つ、薄く固い物が入っている。

安良から賜《たまわ》った、鉄製の通行手形であった。

小判よりやや薄い長方形の鉄片には、細かな文字で、紙の手形と同じような文言が己の名と共に刻まれている。裏には特殊な印が彫り込まれていて、こういった手形は本来、伊織のようなごく限られた身分の者にしか与えられぬらしい。

安良に目通りした数日後に、恭一郎から手形を手渡され、失《な》くさぬように守り袋に入れておくことにした。

伊織の護衛を任された恭一郎が、特別手形を賜るのは至極当然なのだが、息子の蒼太にまで付与されたのは何ゆえか。

手形を渡した大老は腑《ふ》に落ちない顔をしていたらしいが、やはり安良は蒼太の正体に気付いていたのだと、蒼太と恭一郎は頷《うなず》き合った。気付いた上で、蒼太が恭一郎と共にいることを安良は認めてくれたようである。

この手形を使えば恭一郎を追えぬことはないだろう。

しかし手形があっても、一人で門を抜けるには不安があった。また、そこまでしては、まるで己が親離れできぬ甘え子のようである。

「それでだな……戸越家の二人には話してあるから、鷺沢殿が戻られるまで、私としばし共に暮らそう」

夏野に覗《のぞ》き込まれて、蒼太は顔を上げた。

と、すぐに傍らから馨が口を挟んだ。

「いやいや、弟子が何人も出入りするような家は、蒼太には煩《わずら》わしかろう。俺《おれ》のところなら気楽でよいぞ」

道場の西側に設けられた座敷の中で、長火鉢を挟んで夏野と馨の目が合った。

「お弟子さんたちは通いですから日中しかおりませんし、真木殿のお家は、蒼太を置くには手狭でございましょう？」

「恭一郎の住処《すみか》とて、九尺《くしやく》二間《にけん》の長屋だぞ。さほど変わらん」

「食事の支度もお手間でしょうし……」

「なんの。一人分も二人分も手間は同じだ」

柿崎が火鉢で温めてくれた蒸《ふ》かし饅頭《まんじゆう》を手に、蒼太は二人を交互に見やった。柿崎はのんびりと弟子たちの話の行方を見守っている。

「そ、育ち盛りの蒼太には、おまつさんの行き届いた手料理の方が」

「普段、恭一郎がこいつに食わせているものに比べたら、俺の飯の方が倍はましだ。俺のところは一汁一菜だが、あいつは無精者で一汁か一菜のどちらかしか添えぬからな……おおそうだ、俺のところなら、毎晩、饅頭もつけてやるぞ」

「真木殿、菓子で蒼太をつるのはおやめください。そのように甘やかすのは蒼太のためによくありませぬ」

きっぱり言い切っておきながら、夏野はすぐに小声で付け足した。

「蒼太、その……私とて、饅頭代くらいは持ち合わせておるぞ」

馨と柿崎が同時に噴き出した。

「わ、笑いごとでは——私は、鷺沢殿に蒼太のことを頼まれて——」

忍び笑いを漏らしながら、柿崎が口を挟んだ。

「真木、黒川、その辺りでやめておけ。——蒼太、お前はどうしたいのだ？」

柿崎の問いに、夏野と馨がじっと蒼太を見つめる。

饅頭を食《は》みながら、再び蒼太は目を落とした。

恭一郎がいなくとも一人で長屋へ帰るつもりだったが、人の子供が一人で暮らすのはどうもまずいようだ。改めて、育たぬ己の身体《からだ》を蒼太は恨めしく思った。

「かおる」か、「なつの」か……

馨のところは手狭だが、男同士の気安さがある。手習指南所は隣りだし、こうして道場へ遊びに来るのも容易《たやす》い。蒼太に甘い馨のことだ。菓子もたっぷり食べさせてもらえそうだが、馨があまり余分の金を持たぬことを蒼太は知っている。己のために無理をさせるのは気が引けた。

一方、左目で「つながっている」夏野とは、春先からますます親しみを覚えるようになっていた。しかし、少年の恰好《かっこう》をしていようとも夏野はやはり女である。鳴子村《なるこむら》でのように数日のことならともかく、そう何日も暮らしを共にするのは、どうも気まずいように思われた。加えて同じ屋根の下に、見知らぬ他人も住んでいるのである。

「蒼太、どうじゃな？」

柿崎に催促されて、蒼太は顔を上げ、もう一度夏野と馨を見比べた。

迷った末に、夏野を選ぶことにした。

恭一郎が出立前に、夏野に己のことを言付けて行ったと聞いたからである。より旨《うま》いものにありつけそうだという打算も、無きにしも非《あら》ずだ。

「……なつ」

蒼太が言うと、夏野がぱっと顔を輝かせた。

馨は気を悪くした様子もなく、反対ににやりとして言った。

「俺より黒川を――女を選ぶとは、お前はやはり恭一郎の子だな」

「真木殿」

たしなめる夏野をよそに、からかい口調で馨は続けた。

「お前もいずれ知るだろうが、女というのは実に厄介な生き物なのだ。女心はうつろいやすく、常にかくも不可解で……」

「真木殿」

じろりと睨《にら》まれて、馨が大げさに首をすくめる。

六尺超えの大男ゆえに、その所作が可笑《おか》しくて蒼太は口元を緩めた。

饅頭を食べ終えると、柿崎に礼を言い、蒼太は夏野と外へ出た。

†

七ツの鐘が鳴ったばかりであった。

五条梓橋《あずさばし》を渡り、一度長屋へ戻ると、身の回りの物を風呂敷《ふろしき》に包んで蒼太に背負わせる。

蒼太がちらりと掻巻《かいまき》を見やったのを見て取って、夏野は微笑《ほほえ》んだ。

「そいつは私が持ってゆこう」

生前の奏枝が、我が子のために作ったという掻巻は蒼太のお気に入りである。大きめの風呂敷に掻巻を包むと、蒼太がほっとした顔を見せた。

きっちり戸締りをして表へ出ると、木戸を抜ける前に一人の男と鉢合わせた。

「おう、蒼太じゃねぇか。なんだか夜逃げみてぇだな」

長めの羽織を粋《いき》に引っかけて、男はにやりとした。

目の下には濃い隈《くま》、顎《あご》には二寸ほどの目立つ傷跡があり、どう見ても堅気ではない。

「た、き」

「──おめぇが黒川かい？」

「はい。黒川夏野と申します」

男の様相にはたじろいだが、変わらぬ蒼太の様子に落ち着きを取り戻して名乗った。

「滝勇次《たきゆうじ》だ。じゃ、蒼太はおめぇが預かるんだな？」

「はい」

「そいつぁよかった。今日は、昼過ぎに鷺沢に起こされてよ」

恭一郎は念のため、長屋の住人たちに蒼太のことを頼んで出かけたようだ。

蒼太への心遣いをひしひしと感じて、恭一郎がいない間は己が蒼太を護《まも》らねばと、夏野は改めてしかと思い定めた。

「俺ぁこれから出かけるが、家のことは案ずるには及ばんぜ。お天道様が高いうちだって、ここに忍び込む度胸のあるやつはいねぇよ」

「はあ」

この長屋は、町では「幽霊長屋」とも「無頼長屋《ぶらいながや》」とも呼ばれている。

聞いたところによると大分前に四人の人死にを出して以来、まともな店子《たなこ》は居つかぬらしい。立地は悪くないのに、八軒中五軒しか埋まっておらぬ長屋の、他の住人と夏野が顔を合わせるのは初めてだ。

「ほんじゃあ、蒼太のことは頼んだぜ」

からからと笑いながら、滝は木戸を出て六条大路の方へ去って行く。

「強面《こわもて》だが、朗らかなお人だな。しかし、昼過ぎまで寝ているとは……」

一体、何をして暮らしを立てているのだろう？

そう思ったのが顔に出たのか、蒼太が言った。

「ばく、ち」

「さ、さようか」

事も無げに応《こた》えた蒼太が、己より世慣れしているように思えて、夏野は取り繕うように撥巻を抱え直した。

「……無頼長屋というのは、まんざら嘘《うそ》ではなかったのだな」

「ん」

「もしや、幽霊も出るのか……？」

「……しら、ん」

並んで香具山橋《かぐやまばし》を渡り、梓川沿いを北へ向かう。

四条梓橋が見えてくると、蒼太が対岸を見やった。

ちょうど、夏野たちが辻斬《つじぎ》りに出会った辺りである。

あの夜、辻斬りの気配を蒼太はいち早く察していた。

「……あの男の居所は判らぬか？」

蒼太特有の「見抜く力」なら、辻斬りの隠れ家を突き止めることができるやもしれぬと、幾分期待を込めて夏野は問うた。

「しら、ん」

ぷいっと、川向こうから顔をそむけて蒼太が応える。

「そうか。晃瑠は広いものな……」

四条梓橋の手前で西へ折れると、戸越家のある月形通りはすぐそこだ。西を見やると、傾きかけた太陽がちょうど御城にかかっていた。眩《まぶ》しさに手をかざすと、ふいに殺された弟の螢太朗が思い出されて、夏野は涙ぐみそうになった。

子攫《こさら》いや辻斬りに加え、事故や天災、妖魔《ようま》の襲撃など、不慮の別れや死は珍しくない。

ただ多くの者は実際に事が起きるまで、そういったことは考えもしないものなのだ。

皆、事が起きて初めて、それまでの安穏とした日々が、いかに貴重で幸運なものだったかを知るのだ……

「なつ」

小声で呼んだ蒼太が見つめる先を目で追うと、左目に影が揺らいだ。

橋の袂《たもと》に佇《たたず》む女は伊紗だった。

その隣りに総髪の若い男を認めて、夏野は蒼太を庇《かば》うべく一歩前へ踏み出した。

男の名は槙村孝弘《まきむらたかひろ》。人に化け、人の名を名乗っているが、蒼太と同じ山幽《さんゆう》だ。孝弘に会うのはこれが二度目で、夏に孝弘が蒼太の力を試した時以来である。

己の後ろで、蒼太が全身を研ぎ澄ませているのが感ぜられる。

「夏野に蒼太じゃないか。奇遇だね」

そう伊紗は言ったが、本当に偶然だろうかと、夏野は訝《いぶか》った。

「また会ったな」

孝弘が、夏野と蒼太を交互に見やって心持ち目を細める。

「私と伊紗だけだ。他には誰《だれ》もおらぬ。蒼太に黒川夏野、達者なようで何よりだ」

「此度《こたび》は何を企《たくら》んでいるのだ？」

夏野が問うと、孝弘は微苦笑を浮かべて肩をすくめた。

「そう構えずとも、晃瑠での用はもう済んだ。私はこれから晃瑠を発《た》つ。……伊紗、また何か判ったら知らせよう」

「ありがたいね」

伊紗へ頷くと、孝弘は夏野たちへ今一度目をやってから橋へ足を向けた。

振り返ることなく、四条梓橋を東へ渡って行く孝弘の背中を、蒼太がじっと見つめている。声をかけようとした夏野の左目が疼《うず》き、じわりと胸に蒼太の気が流れ込んできた。

孝弘という同胞を目にして、故郷を思い出したのだろうか。

痛恨と望郷がない交ぜになった蒼太の想《おも》いが切なく、夏野は目を落とした。

「……折角だから、何か馳走《ちそう》しようかね」

夏野たちの返事を待たずに伊紗は歩き出した。蒼太と二人して黙って後をついて行くと、伊紗は橋の袂から少し離れた梓川沿いの飯屋の暖簾《のれん》をくぐった。

「あら、瑪瑙姐《めのうねえ》さん」

迎え出た仲居が、それぞれ荷物を持った夏野たちを見て目を丸くする。

「なんですか、この子たちは？」

「ちょいと訳ありでね。酒と――何か甘い物をこの子らに頼むよ」

「姐さんはいつも訳ありね」

苦笑する仲居に案内された二階の座敷で荷物を下ろし、夏野は蒼太と並び、火鉢を挟んで伊紗と向き合った。

「槙村は何をしに晃瑠へ来たのだ？」

「怖い顔をするのはおよしよ」と、伊紗はくすりとした。「前に話したじゃあないか。あの男は誰かを探しているんだと」

孝弘については夏の一件ののち、恭一郎が伊紗に問い質《ただ》していた。

伊紗は孝弘と長い付き合いのようだが、孝弘が山幽であることと、誰かを探しているということの他は知らぬそうである。

「私はまたてっきり、蒼太か旦那《だんな》に会いに来たのかと思ったけどね……」

「それはつまり、やつが探しているのは、蒼太か鷺沢殿だということか？」

「さあね。だがこれだけは言える。あの男が探しているのは、並ならぬ力を持つ者さ」

恭一郎は安良国一と評される腕と天下の名刀を持つ剣士、蒼太は妖魔の王に勝るとも劣らぬ力を秘めていると見込まれた山幽である。

「それもまあ、私の勝手な推し当てだがね。あの男は余計なことは一切言わないし、私ももう聞かないことにしている」

「また……しあせ、う」

蒼太が伊紗を見上げて言った。何か判ったら知らせよう——そう、去り際に孝弘が言ったことから、伊紗にも用があったに違いない。

「ああ、それは……」

伊紗が言葉を濁した矢先、仲居が二階へ上がって来た。伊紗の前に銚子《ちょうし》と杯《さかずき》、夏野たちの前には茶碗《ちゃわん》と団子を置いて行く。

蒼太が早速団子に手を伸ばしたのを見て、伊紗がふっと微笑んだ。

「もう隠すこともないね。槙村が誰かを探しているように、私も探しているのさ」

「伊紗も？」

「そうさ。もう長いこと、ずっと探しているんだよ。だが槙村のおかげで、ようやくそいつの行方がつかめそうだ。やつの居所が判り次第、私は都を発つつもりだよ」

「都を発つ？　お前の探している者とは一体――」

「……私が探しているのは術師だよ」

空の杯に手酌する伊紗の口元からは、いつの間にか笑みが消えていた。

「その昔、理術師《りじゅつし》になりたくてなれなかった――稲盛文四郎という男さ」

「稲盛――」

驚愕《きょうがく》を隠せなかった夏野に、伊紗も目を見開いた。

「お前は、稲盛を知っているのだね？」

「先日私が熊野村で相まみえた老人がそうではないかと、樋口様が仰《おつしや》っていた。私から、蒼太の目を取り上げようとしたのだ……」

夏野が稲盛の様相を告げると、伊紗が声を震わせた。

「その老体は稲盛に違いないよ」

「稲盛におびき出された時、私は女子《おなご》の声を聞いた。あれはもしや――山幽の女子ではないか？　稲盛は山幽を身の内に宿しているのでは――？」

己が昨年討ち取った術師は山幽を取り込んでいた。そのことを思い出しながら、声を高めぬよう、だが勢い込んで夏野は問うた。

「……稲盛がその身に宿しているのは山幽じゃあない」

「しかし、稲盛はなんらかの術で、人の寿命を越えて生き長らえている……」

夏野を見つめて伊紗は笑んだが、泣いているように見えなくもなかった。

「……私の娘さ」

「え？」

「稲盛がその身に取り込んだ妖《あや》かしは、私の、たった一人の娘なのさ……」

†

個々の生命力が強いからか、妖魔は人間ほど子をなすことがないと聞く。

「望めば授かるってもんでもないからね。一族で子数を抑えているのは山幽だけさ。私は齢《よわい》三百を経て、ようやく娘を授かったものだよ」

伊紗は「娘」と呼んだが、伊織の話や相良から借りた書によると、仄魅《しきみ》には雌雄《しゆう》がなく、子も一人で孕《はら》む。人に化ける時は十中八九、女の姿をしているらしく、伊紗も雌《めす》だと思っていたが、白い、鼬《いたち》のようとも、猫のようともいわれている仄魅の生来の姿を、夏野はまだ見たことがない。

仄魅同士が群れるのは稀《まれ》だが、親子はつかず離れずで暮らすのが常のようだ。子供が生まれて喜んだのも束《つか》の間《ま》、伊紗が三百歳を過ぎて初めて授かった娘は、二十歳《はたち》にもならぬうちに稲盛に取り込まれてしまった。

稲盛がちょうど二十歳の時――百二十九年前のことであった。

「あの子は、どこか変わった子でね。生き物の精気を吸い取るのを嫌がった。ただの好物だからね。それだけでは生きられないし、なきゃないで死ぬこともない……でも、あれを味わえるのは私らだけだ。あれはとてつもなく旨《うま》くて――殊《こと》に人のものはこたえられない旨さなんだよ。だから私らは、時々旅人に紛れて人を惑わすのさ」

だからといって、人里に紛れ込むものは滅多にいない、と伊紗は言う。

灰魅は幻術を操る他、人に抗《あらが》うすべがない。人里で正体がばれれば万事休すだ。伊紗が人里にもぐり込むようになったのは娘を奪われてからで、それまでは街道沿いを夕刻歩く、命知らずの旅人から精気をいただいていたという。

「そこそこ大きくなると、あの子は事あるごとに私に言うようになった。人の精気は確かに美味《おい》しいけれど、あれを吸い取る時に頭が真っ白になるのが怖いのだと。自分が自分でなくなっちまうような気がする——ってね。だから旨いんじゃないかと私は言ったんだけど、生意気盛りは聞きゃしなくてね……」

それだけではなく、娘は何ゆえ母親が人を毛嫌いするのかが理解できなかった。

「人は欲深く、自分勝手で浅ましい。他人を妬《ねた》み、ひがみ、食う物に困ってもいないのに、同じ人間を陥れ、同族殺しも厭《いと》わない。見下げ果てた生き物だろう……そう言ってもね、ちっとも聞き入れやしなかった」

「それはあんまりな言いようではないか……」

夏野が力なく言い返すと、伊紗は薄い笑みを浮かべた。

「だが、そういった者が多いのは本当だろう？」

多い……のだろう。

他の動物や妖魔は——異種間であっても——食べるという理由を除いて、他のものを殺すことがまずないのだから。

「……そんな顔しないでおくれよ、夏野。だってあの子は言ったんだよ。私の言ってることは間違いで、人にも心優しい者は——ただ私利私欲のために誰かを傷付けたり、殺したりしない者だって、たくさんいるってね……」

己がどんな顔をしているのか判らぬが、「そんな顔」をしているのは伊紗ではないかと夏野は思った。

「だから私は叱《しか》りつけたのさ。お前のような娘が仄魅の——私の子である筈《はず》がない、ってね。私らにとって人は、鼠《ねずみ》や雛鳥《ひなどり》と同じ、ただの餌《えさ》なんだ。そんなに自分が正しいと思うなら好きにするがいい。十日でも一月《ひとつき》でも人と暮らしてみりゃあ、お前にも判るさ……」

そうして母親と喧嘩《けんか》別れした娘は、一人で旅人に——運悪く、ちょうど通りかかった稲盛文四郎に——近付き、囚《とら》われの身となった。

——叱るのはいいけど、突き放しちゃ駄目だよ。子供ってのは、ちょいと突き放しただけで思い詰めちまう——

蒼太が晃瑠を出て行こうとした時に、伊紗が恭一郎に言った台詞《せりふ》を思い出した。伊紗も子供を亡くしたことがあるのではないかと勘繰っていたものの、まさかこのような形で生き別れていたとは思いも寄らなかった。

「私はあれからずっと、あの男を——稲盛を探していた」

結界を越えるため、伊紗は孝弘を通じて、隠れ蓑《みの》の木汁と術師の血を混ぜて固めたものを手に入れた。神社や御城のような禁域には入れぬが、結界を越える時にこれを少し舐《な》めると、あの暗闇《くらやみ》が透けて見えるらしい。

「通り抜ける時に血という血が冷えて、身体中にしびれが走るけどね……」

しかしながら、今のところ死ぬことも見つかることもなく、結界をやり過ごしているそうである。

「そうだったのか……」

「晃瑠へもぐり込んだのは、お前も知っての通り、蒼太の首を狙《ねら》ってのことさ。紫葵玉《しきだま》を持っていれば、それを餌に稲盛をおびき寄せられると思ってね」

「それは何ゆえに？」

「稲盛に取り込まれて、もうじき百三十年だ。あの子の身体はとうに朽ちてしまっている。稲盛は娘の――妖魔の命の力で生き長らえているんだが、あちこちにがたが出ているらしいのさ。鴉猿《あざる》どもは、紫葵玉を人里を洗い流すために使いたいようだが、稲盛の狙いは違う。紫葵玉には森の水だけでなく、森に生きるものの命の糧がつぎ込まれていると、槙村が教えてくれた」

つまり紫葵玉は稲盛にとっては、若返りとまではいかぬとも、命を長らえるためにいくばくか助けになるらしい。

「私が鷺沢の旦那に捕まっちまったのは慮外だったがね。だが反対に、お前や蒼太の傍《そば》にいれば、あいつの方から近付いて来ないかとも思ったのさ」

「それはつまり」

「たとえ目だけでも、人が妖かしを身体に宿すっていうのは生半なことじゃあないんだろう？　あいつが知ったら必ず様子を見に来ると思ってね。あいつの耳に入らないかと、槙村にそれとなく噂《うわさ》を流してくれるよう頼んでおいたんだが、その前にあいつは鴉猿どもと一緒に、山幽の森を襲って紫葵玉を奪った」

「稲盛が！」

——間瀬州の人里が二つ、山幽の森が一つ、おそらく同じ者たちに襲われた——

以前孝弘が言ったことを思い出して、夏野は慄然《りつぜん》とした。隣りの蒼太も息を呑《の》んで伊紗を見つめている。山幽の森を襲ったのが稲盛ならば、春から続いている妖魔たちの襲撃にも稲盛が関与しているに違いない。

妖魔に通じる者がいるのではないかと、襲撃の知らせが届く度に東都でも噂になりつつあった。国に散らばる術師について、各都の清修寮が探りを入れ始めたと、相良からも聞いている。

だがまさか本当に、人里を襲う妖魔に手を貸す人間がいようとは——

小野沢村《おのさわむら》での惨劇を思い出して、夏野は身震いした。

「そんな……」

「槙村が確かめて来たことだ。あいつが嘘をつく理由もないね」

「しかし伊紗、紫葵玉を奪うだけなら、稲盛は森を襲うだけでよかった筈だ。そしてその目的は既に果たされている。だが稲盛は、森を襲う前にも、後《あと》にも、人里を襲い続けている。それは一体何故《なぜ》なのだ？」

「さあね。稲盛は理術師と安良に相当な恨みを抱いていると、槙村が言っていたよ。人が人を憎む……実に人らしいことじゃあないか」

くっと皮肉な笑みを浮かべた伊紗を、夏野は睨んだ。

「ただ、今まで潜《ひそ》んでいたくせに急に動き出したのは、何か安良をやり込める方法を思いついたんじゃないのかい？」

「安良様を……？」

戸惑う夏野をよそに杯を飲み干してしまうと、伊紗は腰を上げた。

「そろそろ店に戻らなきゃ。お前たちも、もうお帰り」

「いさ」

それまで黙っていた蒼太が伊紗を見上げた。硬い顔の蒼太へ向けられた伊紗の目や笑みはただ温かく、先ほどまでの皮肉さは見られなかった。

「……槙村は悪いやつじゃあないよ、蒼太。今日だって、晃瑠を去る前に一目お前の姿が見たいと、わざわざここらで待っていたのさ」

――ということは、やはり偶然ではなかったのだ。

「まさか本当にお前が通りかかるとは驚いたけど……山幽同士は、言葉を交わさずとも通じ合えるというものね。羨《うらや》ましいことさ……」

飯屋を出ると、五条大路へ向かう伊紗はすぐに夕刻の人混みに紛れていった。

娘を取り込んだ稲盛を探してきた伊紗と、伊紗の娘の妖力で生き長らえ、妖魔と共に人里を襲い続ける稲盛。そして「並ならぬ力を持つ者」を探しているという槙村……

否応なく、何か大きなものに巻き取られてゆくような錯覚に夏野は喘《あえ》いだ。

「なつ」

呼ばれて我に返ると、己を見上げる蒼太と目が合う。

鳶色《とびいろ》の右目に映る己を見た途端、言葉よりも早く蒼太の労《いたわ》りの気持ちが流れ込んできて、夏野は慌てて風呂敷包みを抱え直した。

「かたじけない」

礼を言うと、訳が判らぬというように蒼太が眉をひそめる。

思わず夏野は笑みをこぼした。

「さ、私たちもゆこう。一旦《いったん》、荷物を下ろして、夕餉《ゆうげ》の前に湯屋《ゆや》へ参らねばな」

「ゆや……？」

蒼太がますます眉根を寄せた。

「日が落ちたら一層冷えてくるだろう。夕餉を済ませたら、書でも読みながら、炬燵《こたつ》でくつろごうではないか」

「こ、た……？」

†

布団をめくって、蒼太は中を覗いてみた。

四角く組まれた櫓《やぐら》の中に、小さな火入れが鎮座している。

「こた……?」

「なんだ、蒼太は炬燵を知らぬのか」

首を傾《かし》げた蒼太の後ろから、十能《じゅうのう》を手にした夏野が笑った。

夏野が間借りしている、戸越家の二階部屋である。部屋だけで六畳と、土間を入れた長屋と同じくらいの広さがあった。家具も、簞笥《たんす》と文机《ふづくえ》と行灯《あんどん》の他は、この「こたつ」とやらだけで、女の部屋にしてはすっきりしているようだ。

「今、火を入れるから……」

櫓の横格子を上げて火入れを取り出し、炭を入れてから櫓へ戻すと、ほどなくして布団の内側が温まってくる。

「ぬく、い」

顎まで布団を引き寄せ、蒼太はつぶやいた。

「だろう?」と、夏野は嬉《うれ》しげだ。

かくも目覚ましき道具があることを、蒼太は今まで知らなかった。長屋にも火鉢はあるが、炬燵の温かさと快適さは比べようがない。

うちには何ゆえ「こたつ」がないのか——

恭一郎が帰って来たら真っ先に問うてみようと思いつつ、蒼太は手習指南所で借りて来た絵草紙を開いた。

行灯もまた、恭一郎の物とはまるで異なる。白く薄い紙が張られた角行灯は、前を開いて火を灯《とも》すと、開いた戸にも灯《あか》りが照り返して明るさが増す。夏野が毎夜、九ツ近くまで書を読んでいると聞いて、蒼太は何やら羨ましくなった。

「……あ、め?」

「うん? ああ、それは『かんう』だ。秋や冬の寒々しい雨のことだ」

恭一郎と同じように、蒼太の知らない言葉を夏野は丁寧に教えてくれる。

「かす、の、しう?」

「ははは、『かす汁』の粕《かす》は酒粕のことで、屑《くず》とは違うぞ。この粕と味噌《みそ》で作る汁物は、まこと、身体が温まる」

「さけ……すか、ん」

「私も酒は好かぬが、粕汁は酒とは似つかぬし、旨いぞ。蒼太がいるうちに、おまつさんに頼んで作ってもらおうか」

「……ん」

明るく振る舞ってはいるものの、伊紗と別れた後の夏野は、あれこれ思い悩んでいるようである。

蒼太とて同じだった。

――「いなもり」という「じゅつし」が森を……

森を襲った一味に人が混じっていたと聞いた時は驚いたが、仲間が鴉猿や狗鬼《こうき》ごときにやられる筈がないと心のどこかで信じていた。鴉猿は力は強いが足は鈍いし、狗鬼はすばしこいが山幽の足も負けず劣らずで、森の地の利は山幽にある。妖魔を――伊紗の娘をその身に取り込むほど腕のある稲盛こそが、鴉猿たちをそそのかしたのだろう。

だが、下手人が判ったからとて森は戻らぬ。

むしろ蒼太は、既に東都を発った孝弘が気になった。

ムベレト……

孝弘の山幽の名は、以前会った時に孝弘自身が教えてくれた。これは孝弘が己を信じてくれた証《あかし》だと蒼太は思っている。

名前や血を使えば、術師はより確実に妖魔を羈束できる。国中の様々な情報に通じているという孝弘は、おそらく恭一郎が理一位を友に持つことも承知の上だったろう。蒼太を信じていなければ、山幽本来の名は明かせまい。

――悪いやつじゃあないよ――と、伊紗は言ったが……

もうかかわらない方がよいと思う反面、今一度会いたいと願ってもいた。

――「きょう」の剣《ひ》に似ている……

恐ろしくもどこか惹かれる恭一郎の愛刀と、多くを語らずに去った孝弘が重なる。

互いに上の空で、蒼太は絵草紙を、夏野は学問書を繰るうちに夜が更けていった。

四ツの鐘が鳴り始めたのを潮に夏野が炬燵を片付けた。

布団の支度をする夏野をよそに、掻巻に包《くる》まって蒼太は目を閉じた。

いつもと違って、掻巻がほかほかと温かい。

夏野が炬燵の端で温めておいてくれたのだ。

「お休み、蒼太」

「ん」

まだ何やらごそごそしてる夏野に背中を向けて、蒼太は部屋の隅でまどろみ始めた。

†

ぽーんと身体が投げ出されたかと思うと、蒼太は森の中にいた。

降り立ったのは、森の南にある小さな陽《ひ》だまりだ。

五つの大木に囲まれていて、ぽかりと空が見えるこの場所は蒼太のお気に入りだった。

森で暮らしていた頃《ころ》は、毎日のようにここで昼寝をしながら、大地の音に耳を澄ませてみたものだ。

これは、夢だ……

判っていても、懐かしさで胸が一杯になる。

昔そうしたように、蒼太は陽だまりにそっと身を横たえた。大地に耳をつけて、地中から伝わってくる様々な音に——気に——意識を傾ける。

とくとくと、地中深くを水が流れてゆく音は、母親の鼓動のように心地良い。

木々の葉が集める光が、幹を伝って下りて来るのが感ぜられる。

近くでは仲間たちの、遠くでは動物たちの足音が、微《かす》かな波動となって絡み合い、大地の奥に消えて行く。

『大地はつながっている』

いつの間にか翁《おきな》のウラロクが傍らにいた。

『お前にも聞こえるだろう……大地とつながる全《すべ》ての生き物の息遣いが……』

ああ、これはあの続きか。

あの「やすら」の前で見た幻の続き――

思い出した途端、蒼太の手には恭一郎の刀が握られていた。

起き上がって辺りを見回すものの、ウラロクの姿はもう見えぬ。

不穏な気配に空を見上げると、青空はみるみる曇り、黒く厚い雲で覆われていく。

ぽっと、一粒、蒼太の額の上で雨が弾《はじ》けた。

と、大粒の雨が一斉に降り出して、蒼太は近くの大木に身を寄せた。

雲の中から不気味な音が響き始め、次第に大きくなっていく。

『シェレム』

姿は見えぬのに、ウラロクの声だけが辺りにこだました。

『……そうに……このような力……けして……』

切れ切れのウラロクの声が、蒼太の不安を煽《あお》った。

恐怖の闇《やみ》が身体に流れ込んでくる。

みんなはどこだ？
闇の支配から逃れるべく、刀を片手に蒼太は走り出した。
背後から大きな黒い影が押し迫る。
——黒耀《こくよう》様？
いや、これは——
稲光りがして落雷が地面を揺るがした。
雷に裂けた大木が、細い木々をなぎ倒しながら、蒼太の背中に倒れて来る。
振り返りもせずに蒼太は走り続けた。
みんなは。
森のみんなはどこだ——？
二つ、三つと、幾つかの影が固まって、散り散りに森から逃げて行く光景が見えた。
頭上の雲が再び、低い音と共に青白い光を発し始めた。
刀を捨てるべきだと判っているが、蒼太の意に反して手が開かない。
ようやく小道を走り抜けると、蒼太は立ち尽くした。
今になって、焦げた臭《にお》いが鼻に届く。
森は既に焼け落ちていた。
雨で火が消えた焼け跡のところどころに、微かな油の臭いを蒼太は嗅ぎ取った。
込み上げてくるものを抑えながら、蒼太は仲間の姿を探した。

真っ黒に焼け焦げた亡骸《なきがら》が一つ、蒼太の眼前でばらりと崩れて土に還っていった。

焼け跡近くの林の中で、折り重なるように倒れていた二人の仲間の胸には、刺し傷がありありと残っている。

刀傷だと思った瞬間、耳元で知らぬ声が囁《ささや》いた。

『この刀こそ……死をもたらす……』

驚いて振り向くも、辺りには誰も見当たらぬ。

沛然《はいぜん》と降り続ける雨の中で、己の鼓動だけが頭の内に大きく響いた。

握り締めたままの恭一郎の刀には、いつの間にか血糊《ちのり》が付いていた。

これは――誰の――？

刃《やいば》をかざすと、以前揺らいだ男の顔が、よりはっきり映って見えた。

見覚えはないが、いまや蒼太は確信していた。

――この男が「やつじきゅうせい」……

と同時に、ずしりと刀が重さを増して、耐え切れずに蒼太は膝《ひざ》を折った。柄から離れぬ手が地につくと、覗き込んだ己の顔が刃に映る。

刀がこれまでに奪った命と、これから奪う命を感じて、蒼太は慄《おのの》いた。

ずぶ濡《ぬ》れの蒼太の身体を、背後から忍び寄った闇が包み込む。

重さを増した刀が静かに地中に沈んでいく。

蒼太の拳《こぶし》が、肘《ひじ》が、刀と共に土中に引きずり込まれていく……

泥の感触を頬《ほお》に感じた時には、蒼太は既に闇の中にいた。

『シェレム』

暗闇に、ウラロクの悲痛な声が遠く響く。

『お前の力が……この世を滅ぼす……』

†

はっと蒼太は目を覚ました。

静まり返った闇に耳を澄ませるも、物音一つ聞こえない。

九ツか八ツか……夜更けには違いなかった。

嫌な夢を見た。

汗をかいた身体が冬の冷気に触れ、蒼太は身震いをして掻巻を引き合わせた。

己を震わせているのは寒さばかりではない。

山幽の森が襲われ、紫葵玉が奪われた。

そう、孝弘ことムベレトから告げられた時、蒼太は小野沢村の惨劇を思い浮かべた。

だが今は、夢とはいえ、己が「見た」ものに確信を抱いている。

森を襲った稲盛と鴉猿はまず火を放ち、それから何らかの方法で、仲間の動きを封じてから刺殺したのだ。

ムベレトは、翁の一人が死したと言った……

夢の中の翁・ウラロクの声を思い出して、蒼太は暗然とした。

故郷の森にいた翁は二人。

ウラロクとイシュナ、どちらが紫葵玉を護っていたのか、蒼太は知らぬ。

しかしおそらく……死したのはウラロクだろうと、蒼太は思った。ただの勘だが、己の勘は滅多に外れぬ。

死して尚《なお》、夢を通じて、ウラロクは己に何かを伝えようとしているように思えた。ところどころ聞き取れぬ箇所もあったが、最後に聞こえた言葉が頭から離れない。

――お前の力が……この世を滅ぼす……――

おれの力……

春にはとっさの念力で狗鬼の首をもいだ蒼太だが、あれはいわば火事場の莫迦力《ばかぢから》で、今のところ自在に使えるものではない。夢に見たり頭に浮かんだりする「見抜く力」は、他の仲間には見られなかった蒼太特有の力だが、これとて千里眼にはほど遠く、こんなものに「世を滅ぼす」威力があるとはとても思えぬ。

夢の中のウラロクは、何ゆえ、あのような予言じみたことを言ったのか……

思い巡らす前に、悲痛に満ちたウラロクの声が蒼太の胸を締め付けた。

蒼太がカシュタを殺《あや》めた後、黒耀に裁きを乞《こ》うたのは翁の二人だ。結句、蒼太は角と左目を取り上げられ、森からも追放された。その仕打ちを恨まなかったと言えば嘘になる。

ウラロクが死んだ――

そしてイシュナは今、どこにいるのか……

焼け野原と化した森が目蓋《まぶた》に浮かんで、蒼太の口から微かな嗚咽《おえつ》が漏れた。

一人で逃げていた時は、己を森から追い出した仲間を恨みながら、それでも時折無性に森を恋しく思った。

恭一郎と出会ってからは、森のことは忘れて生きようと心に決めたものの、森が蒼太の生まれ故郷であることに変わりはない。このような形で故郷が失われたことが、蒼太にはやはり悲しかった。

もうあの森には誰もいない。

みんないなくなってしまった……

「……蒼太？」

いつの間に目覚めていたのか、暗がりの中、夏野が小声で呼んだ。

「寒いのか？」

「さう……く、ない」

ぎゅっと、掻巻を握り締めて蒼太は応えた。

「そうか？　随分と冷え込んできたゆえ……」

少し困った様子の夏野の声に、気遣いを感じた。

夏野とは、目を通じて「つながっている」。予知を共にすることもあれば、まるで山幽同士のように口に出さずとも思いが伝わることもある。

夏野がどこまで「見た」のかしらぬが、言外に夏野の思いやりが溢《あふ》れていて、蒼太を一人の幼子に返す。

小さく一つ、くしゃみが聞こえた。

「うむ。やはり冷えるな」

おどける先から、二つ、三つとくしゃみが続く。

もそっと、搔巻に包まったまま、蒼太は二尺ほど夏野の方へ身を寄せた。

「……なつ……さう、い」

「うむ。今夜は格別寒い」

もそもそと更に近付いて、夏野の布団の縁《へり》で止まる。

「なつ……かせ、いく」

それがただの言い訳だと蒼太は承知していた。

心細さのあまり、夏野の温かさに甘えたくなったのは己の方だ。

「それは困る。私は今、風邪《かぜ》を引いている暇などないのだ」

小声で囁《ささや》きながら、夏野は搔巻の上からそっと自分の布団をかけてくれた。

長屋でも、ひどく冷え込む時は恭一郎が同じようにしてくれる。

背中の後ろ――触れるほど近いところに夏野がいた。

それだけで、胸を締め付けていたものが和らいで、蒼太を安堵《あんど》させる。

「蒼太といると温かいな」

己の気持ちそのままに夏野が言った。

「こうしていれば風邪を引かずに済む。ありがとう、蒼太」

「……れい……いら、ん……」

「蒼太は優しいな……」

「おれ……やさ……く、な、い……」

それだけ言うと、ぎゅっと引き寄せた掻巻に顔をうずめた。

散り散りに逃げて行った仲間たちが、今どこにいるのか蒼太は知らぬ。

森は失われてしまったが……

おれには「きょう」がいる。

「なつの」もいる。

――おれは「ひとり」じゃない……

†

微かだが、穏やかな寝息が聞こえてきて、夏野はほっとした。

夢の中で夏野は、焼け野原に立ち尽くす蒼太を見た。

恭一郎の八辻九生《やつじきゆうせい》を片手に、かつての仲間を探しながら、さまよう蒼太……

蒼太が見つけた、二つの亡骸の胸には刺し傷があった。

刀か匕首《あいくち》か――刃物が使われたことは確かだ。

目覚めた時はただの夢かと思ったが、らしからぬ蒼太の様子を感じ取り、夏野は瞬時に悟った。

己が蒼太の夢を垣間見《かいまみ》ていたこと。

あの光景が本当にあった出来事であること――

山幽は樹海に住む妖魔だ。

あちこちに「森」と呼ばれる集落があるようだが、どの集落もあまりにも深い山奥にあるために、人はおろか、他の妖魔でさえ近付くことは難しいと蒼太から聞いていた。

森が襲われたとは聞いていたが、まさかあのように……

追放された身とはいえ、生まれ故郷の惨事を「見た」蒼太の心痛がひしひしと伝わってきて、夏野の胸をも締め付けた。

どう慰めたものやら見当もつかず、思いあぐねた矢先にくしゃみが出た。くしゃみは偶然だったが、蒼太の方から寄り添って来たことに夏野は安堵した。

人の暮らしに疎《うと》いゆえに、ついつい蒼太を子供扱いしてしまう。見た目も中身も夏野より幼い蒼太だが、人の男児でも十歳を過ぎれば、子供というより少年だ。

人里で暮らす妖魔として、迷いつつも懸命に生きている蒼太の存在は、同じように迷いながら己の行く先を模索している夏野の励みでもあった。

身をすっぽりと掻巻に包み、夏野には背中を向けているものの、少しでも蒼太に頼りにされたことが夏野は嬉しかった。

掻巻越しに、蒼太の体温だけでなく、ゆったりと落ち着いた波動が伝わってくる。その背中を撫《な》で、抱きしめたくなるのを抑えて、夏野は隣りで目を閉じた。

——お前の力が……この世を滅ぼす……——

夢の中で、苦しげにつぶやいた男の声が思い出される。

あれは蒼太のことだろうか……？

——もしもそうなら、槙村の探す「並ならぬ力を持つ者」というのはやはり……

懸念は尽きぬが、急速な眠気が憂《うれ》いを凌《しの》ぎつつあった。

ゆっくりと息を吐き、夏野は身体を包み込む心地良い波動にただ身を任せた。

そうとも。

——案ずるな、蒼太。

今はただ眠れ——

†

恭一郎が伊織と共に、土屋の住む間瀬州積田《つみた》村に着いたのは、出立してから二日後の夕刻だった。

四十里弱の道のりを、二日半で来たことになる。

冬の旅路とあって、積田村の結界に入ってからは、恭一郎の足も鈍くなった。聞けば、理《り》一位《いちい》・土屋昭光の屋敷は、村の東の出入り口から更に半里ほどの林の中にあるという。

「理一位様はよくよく不便な場所を好むのだな」

「お前の物差しで人を測るな。それに佐内《さない》理一位は一笠《いちかさ》神社に——東都におわすぞ」

「それはそうだが、お前を含む他の四人は、皆、辺鄙《へんぴ》な田舎《いなか》暮《ぐ》らしではないか」

「辺鄙でも、我々には滅法至便な土地なのさ」

「どこがだ？　俺にはさっぱり判らん」

林の中を歩きながら、皮肉を込めて恭一郎は言ったが、伊織は苦笑で応えたのみだ。

おまけにようやくたどり着いた屋敷では、土屋が既に間瀬州府・牛伏《ごふく》に発ったことを聞かされた。留守居の用人《ようにん》が申し訳なさそうに二人を労《ねぎら》い、女中に申し付けて、風呂と夕餉の支度を整えさせた。

土屋は酒どころか茶も飲まぬらしい。

夕餉に添えられた茶碗には白湯《さゆ》が入っていて、恭一郎を啞然《あぜん》とさせた。

「酒は頭を鈍らせるからな。下戸《げこ》でもないのに酒を飲まぬ理術師は多いぞ」

「ほう。俺はまた、理術師は皆、お前のような大酒飲みだと思っていたぞ」

「俺はそこそこ嗜《たしな》むが、酒豪というほどではない」

「よく言う」

「俺のような堅物は、たまさかには酒で頭をくつろがせた方がよいのだ。この世には目を凝らさねば見えないものが多いが、目を閉じてこそ見えるものも少なくないからな」

「抜かせ。酒飲みの方便にしか聞こえん」

恭一郎が呆《あき》れると、伊織はくすりとした。

「うむ。確かに方便には違いない。だがな、恭一郎。俺が酒を飲むのは、気の置けない者といる時だけだ。この俺が心許せる者は、この世にそう何人もおらぬぞ」

「白湯しか飲んでおらぬのに言いやがる……」

友の言葉に苦笑して、恭一郎は白湯をすすった。

「それはさておき」

土屋は用人や女中に多くを語らずに屋敷を出たようだ。度重なる妖魔の襲撃について、土屋なりに探りを入れていたようだが、土屋が手足として使っていた弟子たちは、土屋について州府へ向かったと用人は言った。

――私がここにいると、皆に危険が及ぶ――

そう告げて、昨日のうちに慌ただしく出立したそうである。

「明日また十里か……」

州府の牛伏は積田村から、北へ約十里のところに位置している。急ぎ足で来たために疲れはあるが、十里を歩けぬ恭一郎ではない。

ただ、牛伏は積田村よりもずっと維那に近い。積田村でさえも、晃瑠よりは維那に近いため、維那行きはまあまあ覚悟して来たが、土屋が牛伏に向かったからには、晃瑠に連れて戻るよりも維那に送り届ける方が理に適《かな》う。

高齢の土屋は駕籠《かご》に乗せるとしても、道中そう飛ばせぬゆえに、牛伏から維那までおそらく四日ほどかかる。また、理一位が二人も訪ねるとあっては、維那では数日から十日ほど足止めされることだろう。

とすると、晃瑠へ戻るのはやはり年の瀬になりそうだった。

「こんなことなら、蒼太を連れて来ればよかったな」

今更言っても詮無《せんな》いことだが、つい恭一郎はぼやいた。

「うむ」と、予想に反して伊織も頷く。「蒼太なら、俺には判らぬ何かを察したやもな」

身の危険にさらされていると土屋は伝えてきたが、書付くらいしか運べぬ颯《はやて》では、委細が判らなかった。

「土屋様も、せめてお前に、置文でもしていてくれたらよかったものを……」

「それだけ急いで発たれたのだろう。さもなくば、万が一にも他の者に知られてはならぬことか……念のため、俺はのちほど土屋様の部屋と書庫を調べてみるつもりだ」

土屋の颯に、伊織も颯で応じた。土屋は旅立つ前に、伊織が積田村に向かっていることを知った筈だ。覗き見や奪われることを恐れて置文はできずとも、伊織にしか判らぬ方法で、手がかりを残していった可能性は充分にある。

「ご苦労なことだ。ならばやはり、蒼太を連れて来るべきだった」

探し物を得意とする蒼太を思い出して、恭一郎は笑った。

「まったくだ」と、伊織は真顔で応える。

村ではなく、土屋自身が狙われているようなのが、二人にはどうも気にかかる。間瀬州では既に四つの村が、那岐州の小野沢村同様に妖魔に襲われていた。襲っているのは狗鬼か蜴鬼《やくき》、人影に似たものを見たという証言もあることから、またしても鴉猿が関与していると考えられた。

もしくは――

「黒川殿が出会った術師だが……文五郎と文四郎、お前は同じ者だと思っているのではないか？」

恭一郎が訊《たず》ねると、伊織は箸を止めて恭一郎を見やった。

「……百ならともかく、人の――我らの身体は、百五十年も到底持たぬ」

「だが妖魔なら……妖魔を取り込んだ者ならどうだ？」

一瞬の驚き顔ののち、伊織はまじまじと恭一郎を見つめてにやりとした。

「お前はつくづく勘が働く男だな。どうだ？　お前も俺のもとで術を学んでみぬか？　黒川殿ほどではないが、お前にも充分見込みはあるぞ」

「寝言は寝て言え。理一位ともあろう者が……それで、どうなのだ？」

「妖魔を取り込んだ者なら充分ありうる。お前の推察通り、黒川殿が出くわしたのは稲盛文四郎だと俺は思っている」

「とすると、稲盛という男、相当な腕を持つ術師ではないか？」

「そうなるな。生半な人間では、妖魔を取り込んだままにしておけぬ。俺の大叔父の話をしたことがあったろう」

「ああ。捕えた妖魔を己の内に取り込み、一年と経《た》たずに狂い死にしたという……」

「そうだ。俺が知る限り、妖魔を取り込んだ人間は――それがたとえ、ほんの一部だとしても――ほぼ同じ末路をたどっている。黒川殿のような者は例外中の例外なのだ。昨年富《と》樫《がし》に加担した、山幽を取り込んだ湊《みなと》とて、いずれは狂い死にしたか、自我を潰され山幽に身体を乗っ取られたことだろう」

「妖魔が身体を乗っ取れば、その身体は妖魔のごとく、生き長らえることができるのではないか？」

「かもしれぬな。しかし黒川殿の話では、稲盛は齢百に見えるほど、衰えた姿をしていたそうではないか。稲盛に囚われているらしい女の声も聞いたとか。この女こそ、稲盛が捕え、己の一部にしてしまった妖魔だと思うのだ」

「つまり稲盛はあくまで取り込んだ側であり、乗っ取られてはおらぬ、と。生きてはいるが、老いているのはそのせいか」

「……記録が事実ならば、致命傷を負ったにもかかわらず、稲盛が生き延びることができたのは、それより前に妖魔を取り込んでいたからではなかろうか。もしかしたら、殺された理二位は、それを知って稲盛に入塾を許さなかったのやもしれぬ。しかしそれほどの術を操る者ならば、入塾できなかったことを恨みもしよう」

「稲盛は、蒼太の目を欲しがったと、黒川殿は言っていた」

「足腰はまだ丈夫なようだが、これより姿かたちが衰えては人前に出られまい。新たな生《いけ》贄《にえ》を探しているのやもな」

「余程、この世に未練があるのだな……」

恭一郎が言うと、伊織はふっと口元を緩めた。

「お前は、長生きしたいとは思わぬのか?」

「無論、今は蒼太がおるゆえ、できるだけ行く末を見守ってやりたい。だが、そのうちあいつも独り立ちするだろうし、老いれば剣も使えぬようになる。さすれば、あえて生き長らえたいとは思わん」

「は、は……」

伊織に笑われて、恭一郎は憮然とする。

「恭一郎、お前はまことの変わり者だ。稲盛に会った暁には、是非とも問うてみるがいい。何ゆえ、そうまでしてこの世にしがみついていたいのか――」

「変わり者はお前の方だ。伊織、お前は……稲盛に会ってみたいのだろう?」

この世の理《ことわり》を探ってやまぬ理一位なれば、伊織は人一倍好奇心が強い。妖魔を取り込んで狂いもせず、常人の倍も生きている者に興を覚えぬ筈がなかった。

「ばれたか。これだから、お前は怖い」

「一筋縄ではゆかぬ相手だぞ?」

「安良一の用心棒がついておるゆえ、稲盛ごとき恐るるに足らぬ」

「俺の仕事を増やしてくれるな」

「だがお前も、稲盛を疑っている」

にやりとして伊織が言った。

伊織も疑っている……

春に那岐州小野沢村を襲った鴉猿と狗鬼は、恭一郎と夏野が討ち取った。鴉猿が所持していた、符呪箋《ふじゅせん》や術師の血は伊織が慎重に始末した。

その後の妖魔の襲撃も、似たような手口が使われているようだが、鴉猿たちが全てを取り仕切っているとは考え難い。もしも妖魔に手を貸す人間がいるならば、それは術師で、稲盛のような後ろ暗い者に違いない。

「まずは土屋様をなんとかせねばならぬが、俺たちの推量が当たっていれば、そう遠くない先に稲盛とまみえることになりそうだな」

不敵な笑みを浮かべた伊織は、頼もしいのか不謹慎なのか恭一郎には判じかねた。

「刀で斬れるものならいくらでも斬って捨てるが、術のことはお前に任せたぞ」

「うむ。……しかし惜しいな。お前が術を使えるようになれば、鬼に金棒ではないか」

「ならば、反対にお前が今少し剣に身を入れてみろ。俺は剣だけで手が一杯だ。大体、術の助手が欲しいのであれば、空木なんぞに引っ込んでいないで、晃瑠へ戻って来て黒川殿を仕込め。あの娘は、俺よりずっと見込みがあるのだろう？」

「うむ。それも一案だな」

恭一郎の嫌みは歯牙《しが》にもかけず、伊織はにっこり頷いた。

第六章
Chapter 6

——男女七つにして席を同じうせず——

戸越《とごし》家のまつはそんなことをぶつぶつ言いながら、蒼太《そうた》が夏野《なつの》の部屋に寝泊まりするのを快く思わぬ様子だったが、二日もすると、すっかり蒼太を贔屓《ひいき》するようになった。

無愛想で舌足らずでも、蒼太は嘘《うそ》をつかぬし、思っていたよりも恭一郎《きょういちろう》の躾《しつけ》が行き届いていて、蒼太なりに気を遣《つか》っているのが見て取れる。

「たい、こ……うま、い」

「お代わりするかい？」

「ん」

出汁《だし》と醬油《しょうゆ》と砂糖でじっくり煮たまつの大根煮は、ほどよく味が染みていて口の中でほろりとくずれる。夏野の好物でもある一品だ。

蒼太が人見知りなことは夏野が前もって告げていたので、まつも心得ていて、お代わりを入れた鉢を盆の上に載せたまま、蒼太の方へ押しやった。

「かたじ、けな、い」

ぺこりと蒼太が頭を下げるのを見て、まつだけでなく次郎《じろう》までもが目を細めた。

持ち方に癖はあるが、箸使《はしづか》いももう慣れたものだ。飯と大根を交互に口に運ぶ蒼太を横目に、夏野も夕餉《ゆうげ》を平らげた。

「明日は州屋敷に参るぞ」

片付けながら夏野が言うと、蒼太は不満げに口を結んだ。

「お屋敷が嫌なら、ここで私らと食べてもいいんだよ」

にっこりとまつは微笑《ほほえ》んだが、蒼太は眉根《まゆね》を寄せてうつむいた。

「なつ……」

「やっぱりなっちゃんがいいのかい」

残念そうにまつが言うと、次郎が笑った。

「たりめぇだ。お前とお夏じゃ勝負にならねぇ」

「まあ……ひどい亭主もいたもんだ。俺《おれ》と一緒になってくれと、頭下げてきたのはあんたじゃないか」

「そりゃあ、あれだ。お夏とお前を見比べて、お前を選ぶ物好きが、この晃瑠《あける》に少なくとも一人はいるってこった」

にやりとして次郎がのろけた。

「あらやだ。やめてくださいよ、子供の前で恥ずかしい」

「おめぇが先に言い出したんだぞ」

ぷいっと二人が互いにそっぽを向くのへ、つい噴き出しそうになる。夕餉の礼を言うと、夏野は蒼太をいざなって二階へ上がった。

恭一郎と伊織《いおり》が晃瑠を発《た》って五日が過ぎた。

日中、伊織から宮司《ぐうじ》へ届いた颯《はやて》は間瀬《ませ》州府《しゅうふ》・牛伏《ごふく》より飛んで来た。書付によると更に辺りを旅するようで、帰りは早く見積もっても年末になるという。

二人があれほど性急に晃瑠を発った理由を夏野は知らぬが、妖魔《ようま》がかかわっていると推察している。伊紗《いさ》から聞いた稲盛《いなもり》の話を早く知らせたくも、二人が一所にとどまっておらぬ限り、帰りを待つ他はない。また、このような大事を文《ふみ》で知らせるには不安があった。

伊紗のことも気がかりではあったが、夏野は今のところ真琴《まこと》の世話で手が一杯だ。

毎朝、州屋敷まで迎えに行き、真琴と共に柿崎《かきざき》道場へ向かう。朝のうちに道場で一刻半ほど稽古《けいこ》をした後は、夕刻まで東都見物だ。既に相良《さがら》の手配りで二度の芝居《しばい》見物を終え、明日からは八大神社参りと忙しい。

真琴はここぞとばかりに羽を伸ばしているが、いまだ辻斬《つじぎ》りが捕まっておらぬため、由《ゆ》岐彦《きひこ》と相談の上、陽《ひ》が落ちる前には真琴を州屋敷に送り届けることにしていた。

夏野はしばらく真琴と共に州屋敷に寝泊まりしていたが、蒼太を預かることになってからは、毎日戸越家へ帰宅していた。蒼太にも、暮れ六ツが鳴る前に戸越家に戻って来るよう言い聞かせてある。

「明日は朝から、一笠《いちかさ》から志伊《しい》までの四つの神社を回るのだ。先生の御《ご》新造《しんぞう》様——新見《にいみ》殿もご一緒されるゆえ、志伊神社を訪ねたのちには道場へ立ち寄る。先生には話してあるから、蒼太は手習いが終わったら、いつも通り道場へ参れ」

「ん」

早速炬燵《こたつ》にもぐり込みながら、蒼太が応《こた》える。

――あれから蒼太と同じ夢を見ることはないものの、毎晩こうして炬燵でくつろぎながら、書を読んだり、語り合ったりしている。

安良《やすら》国の絵図を広げて、蒼太から聞いた話をつなげてみると、どうやら蒼太の生まれ育った森は久峩山《くがやま》の麓《ふもと》にあるらしい。

妖魔の襲撃は、間瀬、黒桧《くろべ》、松音《まつね》の三州に多いと聞いている。

世間では一味を先導しているのは鴉猿《あざる》だと決めつけていて、まさか術師が――人間が加担しているとは誰《だれ》も思っていない。

「……稲盛の目的はなんだろう？」

「しら、ん」

「妖魔に人里を襲わせて、やつになんの益があるというのか」

「よま……ひ、と、き……らい」

「そうだが、稲盛は人だぞ」

「ひ、と……ひと、き、ら、とき、あう」

判《わか》り切ったことを聞くなとばかりに、蒼太はそっけなく応えた。

稲盛は、理術師《りじゅつし》と安良様を恨んでいる……

人が人を嫌う——憎む——時もある。

夏野も判ってはいる。だが、小野沢村《おのさわむら》の惨状を思い出すと、妖魔ならともかく、人間が同じ人間に対して、あんなにもむごいことができるものだろうかと寒気がする。

妖魔ならともかく……？

そんなことを考えた己を、夏野は瞬時に恥じ入った。

良い者もいれば悪い者もいる。

人も——妖魔も。

人が、妖魔が、と一括《ひとくく》りにしてしまうのは軽率だと夏野は己を戒めた。

だが……

——人が人に対して、どれだけ非道になれるか——

伊紗が皐月《さつき》に漏らした言葉は、今も夏野の胸に引っかかったままだ。

蒼太や伊紗から聞く限り、妖魔たちは同族でも他種族でも滅多に殺しはしないらしい。もとより妖魔は、不死身ともいえる治癒力《ちゆりょく》を備えている。稀《まれ》にいがみ合うことがあっても、争いの末に死に至ることがまずない。また、それぞれの種族の間では、一定の秩序が守られているようで、余程の理由がない限り争いごとは起きぬという。

妖魔は食べるために人を襲う。それとて野山に餌《えさ》がありさえすれば、結界を破ってまで人を食したい妖魔はおらぬと、恭一郎だけでなく伊織や相良にも教えられた。

ただし鴉猿は例外だ。鼠《ねずみ》と牛を足して割ったような顔貌《がんぼう》で、人とあまり変わらぬ大きさの身体《からだ》を持つ鴉猿は、恭一郎の亡妻曰《いわ》く、人が術と剣を得て定住地を持つようになったことにいたく腹を立てている。鴉猿は人間に自分たちよりも劣っていることを思い知らしめるために、結界を破る方法を見つけては人里を襲ってきた。

――ゆえに鴉猿どもが、狗鬼《こうき》や蜴鬼《やくき》をけしかけて、人里を襲うのは珍しいことではないが、此度《こたび》は人が――術師がかかわっている……

稲盛が致命傷を受けながら御城から逃げ延びたのも、百歳をとうに過ぎて尚《なお》生き長らえているのも、その身に伊紗の娘を囚《とら》えていればこそだ。

私が聞いた女子《おなご》の声は、伊紗の娘――

妖魔を取り込んだ者は十中八九狂い死にすると伊織は言っていたが、片目だけとはいえ、夏野のような例もある。

伊紗は、稲盛を見つけてどうするのだろう？

どうやって、娘を取り戻すのだろうか――

眼前に稲盛の手が迫った時の痛みを思い出して、夏野は思わず目を閉じ、頭を振った。

――蒼太の目は私の死後、蒼太のもとへ戻る。

ならば、稲盛を討ち取れば、伊紗の娘も解き放たれるのだろうが……

娘の身体はとうに朽ちている、と伊紗は言った。

稲盛を討ち取り、自由の身になったとして、伊紗の娘はどこへゆくのか？

戻る身のない、伊紗の娘の魂はどこへ――

ふと隣りを見やると、浮かない顔で蒼太が己を見上げている。

いつになく暗い鳶色《とびいろ》の瞳《ひとみ》が、知りたくもない「答え」を映しているようで、夏野は僅《わず》かに目をそらし、努めて明るく声をかけた。

「蒼太は山育ちなのに、何ゆえそのように寒がりなのだ？　葉双《はふたつ》の冬は晃瑠よりは暖かいが、それでも火鉢や炬燵がなくては耐えられぬ」

「……も、り……あた、かい」

綿入れを着込んで、首から下を炬燵布団に隠した蒼太は、仏頂面で応えた。

「ん？　だが、冬は寒かろう？」

「あた……かい」

面倒臭そうに片手だけ布団から出し、手振りを交えて蒼太が説く。蒼太の言葉を、夏野は注意深く聞き取った。

春より強まった絆《きずな》のおかげか、今では夏野も恭一郎と同じくらい蒼太の人語を解するようになっている。また、蒼太も少しずつではあるが、言葉が上達しつつあった。

そんな蒼太の話によると、樹海の中でも山幽《さんゆう》の住む特定の地は、季節を問わず、ほどよく暖かいらしい。

「地中に温水でも流れているのか？」

「しら、ん」

改めて、蒼太が指で円を描く。

「そと……さう、い」

どうやら樹海の中にも結界のようなものがあり、その中こそが「森」と呼ばれる山幽の住処《すみか》になっているようだ。

森の水を凝縮させて作り出されるという紫葵玉《しきだま》について、伊織が語ったことを夏野は思い出した。

――そのようなものを作ることができる翁《おきな》と呼ばれる者たちは、知る知らぬにかかわらず、術を操る者だろう――

翁はやはり、術を操るのだ。

「それはつまり、結界ではないのか？　山幽の森は結界に護《まも》られているのでは……？」

「け、かい……ちか、う」と、蒼太は険しい顔をした。

蒼太にとって「結界」は、人里や都を囲んだ妖魔を拒む黒い壁のことだ。

「いや、結界とは違うやもしれぬが、結界のようなもの……」

夏野が言うと、蒼太は眉根を寄せて考え込んでから言った。

「みえ、な、い。でも……な、か……とそ、と」

境は見えなくとも、中と外が分かれているというのである。

常人に人里を囲む結界が見えぬようなものだろう、と夏野は推察した。

人里を護る「結界」とはまた違うのだろうが、山幽の森も、なんらかの――おそらく我らが術と呼ぶ――力に護られている……

「翁と呼ばれる者が、森の内と外を分けたのではないか？」

夏野が身を乗り出すと、蒼太は手を引っ込めてうつむいた。

「しら、ん……おき、な……しん、だ」

「すまぬ」

「ひと、い、にけ……た。も……り、も、ない」

「蒼太、すまない」

調子に乗って、蒼太につらいことを思い出させてしまった。

蒼太の生まれ育った森には、二人の翁がいた。森が襲われ、焼き払われた時、二人の内一人が死して、紫葵玉が奪われた。もう一人の翁は逃げ延びたようだが、三十人ほどいた蒼太のかつての仲間は、その半数が殺され、残りは離散している。

鷺沢《さぎさわ》殿なら、蒼太をもっと力づけてくださるだろうに――

「……あと六日もすれば、真琴様を辻越《つじこし》まで送ってゆかねばならぬ」

絵図を示しながら夏野は言った。

氷頭《ひず》州と石動《いするぎ》州の境にある辻越町は、東西道と南北道が交差する町である。州屋敷に届いた坂東《ばんどう》からの文には、辻越町で迎えの者が真琴を待つ旨が書かれていた。

真琴は坂東が密《ひそ》かに護衛を続けていると疑っていない。ゆえに帰りは一人で駕籠《かご》を使うと言い張っていたが、夏野や由岐彦――氷頭州司代――としては坂東の姿を見ていない以上、真琴を一人で帰す訳にはいかなかった。

「蒼太も一緒にゆくか？　さもなくば、真木《まき》殿に……」

「きょう？」

蒼太が牛伏の辺りを指し示した。

「うむ。確かに今日届いた颯は牛伏からだ。しかしお二人は旅の途中だ。いつまでも牛伏にはおられまい」

「おれ……み、け……る」

事も無げに蒼太が言った。

鷺沢殿がどこにいようと、蒼太になら見つけられるのか――

安良のもたらした理術と剣。

それらを極めた伊織と恭一郎を、己が気遣うのはおこがましい。

――だが、妖魔が絡んでいることならば、きっと蒼太はお二人の役に立つ。

この私とて、少しはお力に……

「なつ、と、ゆく」

少しでも早く恭一郎に会いたいのか、目を輝かせて蒼太が言う。

†

朝も早くから州屋敷に集い、女三人で晃瑠の八大神社参りに出た。

全《すべ》てを一日で巡るのは難しいため、二日に分けて行くことにして、一笠、二人《ふたいり》、三吹《みふき》神社を訪ね、志伊神社にたどり着いた時には八ツを少し過ぎたところであった。

「木下《きのした》様、お参りを済ませたら道場で一服いたしましょう」

「ええ。しかし、私のために夏野に稽古を休ませて、先生に怒られやしないかと冷や冷やします」

「ご心配なく。先ほど少し多めに、柿崎の好きな菓子を仕入れておきましたから」

真琴と千草《ちぐさ》が顔を見合わせてくすくす笑うのへ、夏野もつられて微笑んだ。

新見千草はまだ三十代だが、還暦をとっくに過ぎた柿崎錬太郎《れんたろう》の内縁の妻だった。腕の立つ縫箔師《ぬいはくし》と評判の千草には、贔屓の客が幾人もおり、道場主の柿崎よりもずっと実入りがいい。ゆえに柿崎は話の種に「儂《わし》は千草を囲っておるのではない。儂が千草に囲われておるのさ」と、己を揶揄《やゆ》することもある。

並んで参詣《さんけい》を済ませ、道場へ向かおうとした矢先、出仕の一人が駆けて来た。

「お待ちください、黒川《くろかわ》様。宮司様がお呼びです。どうか、こちらへ……」

「宮司様が？」

志伊神社の宮司の樋口高斎《ひぐちこうさい》は、伊織の実父だ。伊織同様、妖魔を見抜く力に長《た》けていて、蒼太の正体も承知している。

伊織からまた颯でも届いたのかと、真琴と千草には先に道場へ向かってもらい、夏野は出仕について樋口家の屋敷に上がった。

「お連れいたしました」

出仕が部屋の外から声をかけると、微《かす》かな足音がして宮司自らが襖戸《ふすまど》を開いた。一礼した出仕が慌ただしく去ってから、宮司は夏野を招き入れた。

「なつ」

道場にいると思った蒼太が、火鉢の前に座っている。その向かいから、まだあどけなさの残る、夏野より幾分若い少年がこちらを見ていた。

「黒川殿。こちらは——」

宮司を遮って、蒼太が口を挟んだ。

「かす、は」

「うん？」

「きょう、の、おと、と」

「鷺沢殿の……」

言いかけて、夏野はあたふたと膝《ひざ》を折った。

「こ、神月一葉《こうづきかずは》様……！」

平伏するも、動転してしまい言葉が続かぬ夏野の上に、穏やかな声がかかった。

「黒川殿、どうかお顔を上げてください」

おそるおそる面《おもて》を上げると、微笑む一葉と目が合って、夏野は更に狼狽《ろうばい》した。

「とんだご無礼を——」

「私こそ、驚かせて申し訳ない。しかし、あなたが黒川夏野殿……」

「はい」

「黒川殿のことは兄上から伺っておりましたが、てっきり男の方だと思い込んでおりました……」

脇差《わきざ》しを腰にしているものの、真琴や千草の件とあって、今日の夏野は巷《ちまた》の女子と変わらぬ装いをしている。

……鷺沢殿は一体、私のことをどのように一葉様に告げたのか。

大いに気にかかったが、一葉にはとても問えぬ。

「兄上の留守中、蒼太を預かってくださり、かたじけのうございます」

頭を下げられて、夏野も慌てて礼を返した。

「私の方こそ、鷺沢殿には常日頃《つねひごろ》からお心遣《こころづか》いいただき、感謝にたえません」

「黒川殿は蒼太とも仲が良いそうで——羨《うらや》ましい限りです」

一葉は恭一郎が蒼太を置いて行ったと知り、様子を見に市中に出て来たそうである。

「蒼太は懇意にしている剣術仲間のもとにいると、兄上の文にはあったのですが、まさかその……あなたのような方とは思わず——あ、これは失言でした。けしてあなたを侮っているのではありませぬ……」

嫌みは微塵《みじん》も感ぜられぬ一葉の言葉が面映《おもは》ゆい。

懇意にしている剣術仲間——

己の剣は恭一郎の足元にも及ばぬが、他の門人とは一線を画してもらえたことが夏野には嬉《うれ》しかった。

妖魔のことには触れずに、昨年恭一郎と蒼太に出会ったこと、道場での恭一郎や戸越家での蒼太の様子を、一葉に問われるがままに語った。蒼太はぽつぽつと口を挟んだが、宮司は静かに若い三人のやり取りに聞き入っていた。

四半刻《しはんとき》もすると、一葉の方から暇《いとま》を切り出した。

「宮司様に聞きました。斎佳《さいか》から客人が来ているそうですね。おもてなしの邪魔をしてしまい、どうもすみませぬ。それからこれはつまらぬものですが、戸越家への手土産《てみやげ》になればと思い――」

一葉が言い終わらぬうちに、差し出された箱に蒼太が手を伸ばした。

「き、わ」

「これ蒼太！」

薄い紙に包まれた箱には、「季和《きわ》」と朱色の印が入っている。どちらの漢字も、蒼太が己の名前の他に早くから覚えたもので、贔屓の菓子屋の名であった。

「わ、げ、つ」

「中身がなんであろうと、まず次郎さんに届けてからだ」

夏野がたしなめると、蒼太は渋々、箱を夏野に渡した。

笑いをこらえながら一葉が目を細める。

「元服してから、ほんの少しですが、私も自由に出歩けるようになりました。また折を見て、蒼太の様子を窺《うかが》いに参りたいと思います。黒川殿にはご迷惑をおかけしますが、どうかお許しいただきたい」

「そんな……私ごときにこのような過分なご挨拶《あいさつ》、もったいのうございます」

夏野と一葉は互いに礼を交わしたものの、蒼太の方はやや不満げだ。

「しん、ぱ……いら、ん」

子供扱いされているのが、どうも気に入らないようである。

「はは、そうだな」と、一葉が笑った。「兄上も安良様も、私よりずっと蒼太をあてにしておられる」

「安良様が……？」

「ええ。蒼太は口下手な分、物事を見抜く力に長けていると兄上は言っていましたが、安良様も同様にお考えのようで、できるだけ樋口様のお傍《そば》にいられるよう、蒼太にも兄上と同じ特別手形を手配してくださったそうです。つまり蒼太には、理術の才があるのではないかと……」

「さようでございますか」

一葉の言葉には微かに羨望《せんぼう》が混じっていたが、それは嫉妬《しっと》とはまったく別の感情で、照れ臭げな笑顔から、蒼太の誉《ほま》れを心底喜んでいるのが見て取れた。

政《まつりごと》の世襲には、まま首を傾《かし》げたくなるが、一葉を前にして夏野は安堵《あんど》した。

大老はまこと、お世継ぎに恵まれた——

政にかかわるからには、今後、清濁併《あわ》せ飲まねばならぬ時もこようが、「公明正大」と名高い現大老に劣らぬ資質を一葉も充分持ち合わせているように思えた。

「私も、安良様や父上、兄上、そして樋口様をお手伝いしたいのは山々なのですが、若輩者の私にできることなどしれております。ですからせめて、その、こうして蒼太が元気に暮らしているのを、父上や兄上にお伝えしたいと――」

恥じ入りながら言う一葉に、夏野は改めて深く一礼した。

†

安良様はお気付きなのだろうか……?

蒼太と二人で道場へのくぐり戸を抜けながら、夏野は一葉の言葉を思い返した。

恭一郎と蒼太が安良に目通りしたのは、たった一度、ほんのひとときのことだと聞いている。伊織はその時まだ空木村《うつぎむら》にいて、目通りに同席していない。

独特の「見抜く力」を持つ蒼太は、術の才があるといえぬこともないが、むしろ安良は蒼太を妖魔――それも山幽――だと見抜いた上で、一連の襲撃を探るのに役立つと踏んだのではないかと夏野は思った。

――人も妖魔も基は変わらぬ――

伊織の教えが脳裏をかすめる。

安良がもたらした術も剣も、人を護り、妖魔を退けるために用いられているが、それらをもって人が妖魔を襲ったことはかつてなかった。懲りない鴉猿たちが思い出したかのように結界を破ったり、旅人が飢えた妖魔に襲われたりというようなことを除けば、安良が国皇《こくおう》となってこのかた、人と妖魔の間ではそこそこの秩序が保たれてきたのだ。

現人神《あらひとがみ》の安良には――おそらく、人と妖魔の基が同じと知るがゆえに――人を護りつつも、妖魔を滅ぼす意志はないようだ。

――安良様は、人と妖魔が共に暮らす世をお望みなのではないだろうか。

人と妖魔が、殺し合うことなく、互いが互いを認め合う世を……

安良が人に加勢してくれたおかげで、この千年というもの、人は増え、暮らしは豊かになっていった。多少の不自由はあるものの、多くの者は今の暮らしに満足しており、妖魔を根絶しようなどとは考えもしておらぬ。

しかし今、長きにわたって結界の内と外を分けてきた不文律を破ろうとする者がいる。度重なる悲報に、民人の妖魔への反感が高まるばかりのところへ、山幽の森が人に襲われたことが知れたら、妖魔たちも人に脅威を覚え、より敵意を抱くようにもなろう……

「なつ？」

振り向いて、不安げに己を見上げた蒼太へ、夏野は小さく首を振った。

「なんでもない。――急ごう。皆が待っている」

八ツも半刻が過ぎて、残っている者は少ないが、道場での稽古はまだ続いていた。

師範の三枝《さえぐさ》が厳しく叱咤《しった》する声はするものの、馨《かおる》の怒声は聞こえない。

首を傾げながら、道場の方ではなく、勝手口から座敷に上がると、火鉢を囲む柿崎、千草、真琴が見え、そこから少し離れたところで馨が胡坐《あぐら》をかいていた。

「かお……」

「おお、蒼太、遅かったな」

相好を崩した馨を見て、真琴の顔が和らいだ。

州屋敷での夕餉には柿崎も招かれていたのだが、政や権力のしがらみを嫌う柿崎にはどうも煩《わずら》わしいようだ。

「菓子で腹もくちくなった。それに年寄りは夜が早いでな。代わりに真木に行ってもらうことにした」

「真木殿に？」

――先生はもしや、気を利かせてくださったのか？

真琴はさぞ嬉しかろうと考えて、夏野は柿崎を見やったが、いつも通り飄然《ひょうぜん》とした柿崎の顔からは特別な意は読み取れなかった。

馨が身支度を整える間に柿崎とひととき歓談し、馨が戻ると同時に火を落とした。

柿崎は道場に隣接した自宅ではなく、今はもっぱら千草の家で寝起きしている。

「新見殿は、のちほど私が送り届けますゆえ」と、馨が言うのへ、

「うむ。頼んだぞ」と、柿崎が頷《うなず》いた。

細井町《ほそいちょう》の北にある千草の家へ向かう柿崎とは、土筆堀川《つくしほりかわ》を渡ったところで別れた。

予想していたのか、特に驚いた様子もなく、由岐彦は馨を筆頭とする夏野たち一行を招

き入れた。

皐月に夏野に求婚した由岐彦は、「ゆるりと待たせてもらおう」と言った言葉通り、その後も変わりなく接してくれている。己のことで手が一杯の夏野には、由岐彦のそれと判らぬ気遣いがありがたくもあり、申し訳なくもあるのだが、今はなんともしようがない。

奥座敷に通されると、ほどなくして夕餉が運ばれて来た。

「新見殿を送らねばならぬ」と酒を固辞する馨に、紀世《きよ》が困った顔を由岐彦に向けた。

由岐彦が苦笑しながら杯《さかずき》を上げると、ほっとした様子で酌をする。いまだ殺された多美《たみ》を偲《しの》んでいる紀世は顔色が冴《さ》えぬが、働いている方が気が紛れるようだ。丸一日休んだ後には、また仕事に励むようになっていた。

再びひとしきり神社参りの話に湧《わ》く女たちに、由岐彦はそれとない相槌《あいづち》を打ち、馨と蒼太は黙々と箸を動かした。

話が落ち着いた頃を見計らって、由岐彦が蒼太に声をかけた。

「箸使いがうまくなったな」

「ん」

「由岐彦殿は蒼太をご存じで？」

蒼太のことは折々に由岐彦に話していたが、面識があったとは知らなかった。

「うむ。昨年、ちと鷺沢と飲む機会があってな……」

「そうでしたか」

「おぬしと恭一郎がか？　面白い取り合わせもあったものだ」

それまで黙っていた馨が、にやりとしてからかった。

「剣術について語り合ったまでだ」

「ほほう」

薫はますますからかい口調になったが、日頃、政を通じて海千山千の者と肚《はら》の探り合いをしている由岐彦は動じない。

「きょう……つよ、い」

「うん？　――ああ、そうだな。おぬしの父はまことに強い男だ」

毅然《きぜん》として蒼太が言うのへ、渡りに舟とばかりに由岐彦が微笑んだ。

「おぬしの父も、ようやく日の目を見る時がきたようだな。旧友とはいえ、樋口理一位《りいちい》様の警固を任されるとは、誉れ高き役目を賜《たまわ》ったものだ」

「ほま……れ？」

「そうだ。おぬしもさぞ誇らしかろう」

「……ん」

「ついでにおぬしの方から、御前仕合に出るよう勧めてくれぬか？」

「こせ……？」

「そいつはないな。あいつは立身出世には、とんと興味を持っておらん」

馨が横から口を挟んだ。

「しかし、誰しも強い者と戦う機会を望んでいる筈《はず》だ」

「本当に強い者がおるならな……」

この数年、由岐彦は御前仕合で上位を争っている。皮肉交じりの馨の台詞《せりふ》に、流石《さすが》の由岐彦もやや憮然《ぶぜん》とした。

「……おぬしが出て来ぬのも同じ理由か？」

「そうだ」

男たちのやり取りを、女たちも蒼太も黙って窺っている。

「俺はこれまでに、御前仕合の勝者二人と、剣を交えたことがある」と、馨。「一勝一敗で、勝った時も運が良かったとしかいえぬ有様だったが、どちらの男よりも恭一郎の方が明らかに腕が立つ。己が国で一番と思う男と道場で立ち合えるのに、御前仕合なんぞ堅苦しくてやってられるか」

「堅苦しい、か」

由岐彦が微笑むと、ますます気に障ったのか、むっとして馨は続けた。

「おぬしのような身分の者からしたら虚勢にしか聞こえんだろうが、俺も恭一郎と同じく、出世には興味がない。仕官なぞ退屈なだけだし、剣術指南役とて生ぬるい。柿崎ではな、体面のために稽古に通う者は一人もおらん。道場は小さく古いが、門人は皆、剣を重んじる精鋭ばかりだ。俺は柿崎で己を磨きつつ、後に続く剣士を育てたいのだ」

もの堅く言う馨を正面から見つめて、由岐彦は穏やかに言った。

「おぬしは果報者だな。皆が皆、おぬしや鷺沢のようには生きられぬ。剣士の端くれとしては羨ましい限りだ」

「ふん」

馨は鼻を鳴らしたが、機嫌は直したようである。

「——ところで」と、にこやかに千草が男たちの話に割って入った。「木下様は剣を嗜《たしな》まれるだけでなく、琴の名手でもあられるとか」

「そうなのです」

真琴が応える前に、馨が大仰に頷いた。

「木下——様は、剣は今一つだが、琴は滅法うまいのですよ」

無骨だが真面目な物言いが馨らしい。

千草が穏やかに微笑んだ。

「真木殿にそこまで言わしめるとは、さぞ素晴らしい才をお持ちなのですね。是非ともお聞かせ願いたいところですが……都では難しゅうございますね」

「——琴をお貸しいただけるのなら、夕餉の後の一興にでも」

鷹揚《おうよう》に微笑んだ真琴の言葉の裏に、静かな強い意志を夏野は感じた。

膳《ぜん》が下げられたのち、由岐彦の手配りで一面の琴が運ばれて来た。

弦を確かめると、真琴は優美に一礼し、しばし手元をじっと見つめた。

白くしなやかな指が、弦の上を滑り始める。

美しくも哀《かな》しい音曲だった。

夏野は女子の嗜みといわれることのほとんどを学ばずに育ち、琴も例外ではない。だが、曲の複雑さや真琴の技巧もさることながら、ただ、その音色に圧倒され、胸を締め付けられた。

夏野の隣りで、蒼太もじっと耳を澄ませている。

真琴の指が弦から放れると、胸に手をやって千草が溜息を漏らした。

借り物の爪《つめ》を外して真琴が再び頭を下げると、由岐彦も丁寧に礼を返す。

「お耳汚しでございました」

「滅相もありませぬ。かように見事な『蠟梅《ろうばい》』をお聞かせいただけるとは……ここにいる皆を含め、屋敷中の者が言葉を失っております」

由岐彦が言うのへ、しんとしていた部屋の外がまた微かにざわめき始めた。

「本当に言葉もありません……」と、千草は胸を押さえたままだ。

「私は不調法者で、琴のことはよく判りませぬが、実に美しい音色でした」

夏野が言うと、蒼太も小さくだが頷いた。

「俺も歌の名なぞはさっぱりだが、母上が琴を教えておるからな。黒川よりは知ってるぞ。この曲はな、手練《てだ》れにしか弾けぬ実に難しい曲なのだ」

何やら自慢げな馨の言葉を喜ぶかと思いきや、微笑を浮かべた真琴の瞳はどこか暗い。

明日の残りの神社参りを約束して辞去すると、門を出てから夏野は千草に訊《たず》ねた。

「あの……先ほどの箏曲《そうきょく》は蠟梅というのですね？」

「ええ。州司代様はご存じだったようですが、真木殿が言う通り、難しい曲なので弾ける者が少なく、私も数えるほどしか聞いたことがありません」

提灯《ちょうちん》を持つ馨が前を行き、その後ろを夏野は千草と並んで話しながら四条大路《しじょうおおじ》を東に向かう。蒼太は夏野のすぐ後ろを黙って歩いていた。

「新見殿はよくご存じで……」

己の無知を恥じらいながら夏野が言うと、千草はなんとも切ない顔で微笑んだ。

「あれは恋歌ですから……」

枯野を彩り　匂《にお》い立つ
一人咲くのは　あなたか吾《われ》か
いずこにおわすも　誰ぞとおわすも
いずこにおろうが　誰ぞとおろうが

静かに歌の句を口にして、千草は続けた。

「冬の野に一本咲いた蠟梅は想《おも》い人のようであり、想いを懸ける己のようでもあり……あなたがどこにいようと、誰といようと、私はあなたを想う。私がどこにいようと、誰といようとあなただけを想う——といった、添い遂げられぬ恋の歌なのです……」

いずこにおろうが、誰ぞとおろうが、あなただけを想う――

馨の前でそんな恋歌を弾いた真琴の心中を思い、そうとは知らずに、無頓着《むとんちゃく》に真琴を褒《ほ》め称《たた》えた己を夏野は悔やんだ。

千草の話は、前を行く馨にも聞こえていた筈だ。

だが、馨は夏野たちに背中を向けたまま、ただ黙々と歩き続けた。

梓川《あずさがわ》沿いを南に下がり、四条梓橋の手前でようやく馨が振り返った。

「新見殿。大変申し訳ないが、少しだけご足労願いたい。戸越家はここからすぐのところですので」

「もちろんです」

夏野たちを先に送り届けようというのである。

「私どもならご心配なく。本当にすぐそこですから」

「なればこそ大した手間でもない。さあ」

促す馨に、夏野よりも先に、蒼太がぺこりと頭を下げた。

†

綿入れの前をしっかり合わせてから、蒼太は湯桶《ゆおけ》を抱えた。

「支度はよいか？」

「ん」

戸越家に来てから、蒼太は夏野について毎日、湯屋《ゆや》に通っていた。

湯屋の人混みは相変わらず苦手だ。しかし恭一郎と同じく毎日湯屋へ行く夏野に、「にかい」へ連れて行ってもらってからは、湯屋通いが前ほど嫌ではなくなっていた。

戸越家の二階ではなく、湯屋の二階のことである。

ほとんどの湯屋には二階部屋が設けられており、民人の憩いの場であった。酒はないものの、茶や茶菓子は飲み食いできて、歓談したり、将棋《しょうぎ》や碁《ご》を打ったりして、湯上りのひとときを楽しむ者で賑《にぎ》わっている。炬燵はないが火鉢がいくつか置かれている上に、風呂《ふろ》の二階だけあって広間はいつも暖かかった。

暖簾《のれん》をくぐると、夏野が高座に十六文——二人分の湯銭——を払う。夏野は財布から更に十文を取り出して蒼太に手渡した。

「しっかり洗うのだぞ」

「ん」

男湯と女湯に分かれて中へ入ると、脱衣場で綿入れと着物を脱いだ。もらった小銭と眼帯を着物の袂《たもと》に隠すと、紐《ひも》の後ろの玉を押さえて、守り袋を首元まで寄せる。ぬか袋で身体中をこすって流し、申し訳程度に湯に浸《つ》かると、蒼太はさっさと風呂を出て二階へ向かった。階段を上がったところで火鉢にあたっている女に、夏野からもらった十文を渡して蒼太は言った。

「しう、こ」

「はいよ。熱いから気を付けるんだよ」

二文は広間に上がるため、八文は汁粉代であった。

汁粉が入った椀《わん》を受け取ると、蒼太は人気の少ない隅に座り込んだ。将棋や碁に興をそそられないでもないが、知らぬ者には近寄り難い。

息を吹きかけて冷ましながら、一人で汁粉をちびちびすすっていると、つい恭一郎が思い出されて心寂しくなる。「にかい」や「しるこ」がなくても、夏野よりは恭一郎と暮らす方がよい。恭一郎と離れてからほんの十日しか経ておらぬのに、一度思い出すと恭一郎のことばかり頭に浮かんで、蒼太は懐《ふところ》から手鏡を取り出した。

恭一郎の亡妻・奏枝《かなえ》の形見であるそれには時折、ひととき那岐《なぎ》州で暮らしていたという二人の姿が映し出される。

鏡に映る己の顔の、更に向こうを覗《のぞ》くつもりでじっと見入っていると、ゆらりと浮かんだ奏枝の顔が己の顔に取って代わった。

己と同じ、鳶色の髪と瞳を持つ山幽。

目を見張るほどの華やかさはないが、静かで温かい眼差《まなざ》しをしている。

もしも奏枝が殺されなければ、恭一郎は今もって妻と二人、あるいは実子と三人で、玖《く》那《な》村《むら》の近くの山奥で暮らしていたに違いない。奏枝が殺された屋敷が縁で、恭一郎と出会い、共に暮らすようになったことを思うと、何やら後ろめたくなってくる。

もしも……などと言うだけ無駄だ。

にもかかわらず、あれこれ思いを巡らせていると、夏野が上がって来て、蒼太は慌てて鏡を伏せた。

隣りに座り込み、濡《ぬ》れた髪を手拭《てぬぐ》いで丁寧に乾かしながら、夏野が笑いかける。

「寒くないか？」

「んん」

蒼太が首を振ると、鏡に目を留めて夏野がからかった。

「父上殿が恋しいか？」

「んん」

「私も覗いてみてよいか？」

「ん」

蒼太が手渡すと、鏡を手のひらに載せて夏野は見入った。蒼太も横から覗いてみたが、奏枝の顔は既になく、映っているのは湯上りの夏野の顔だけだ。苦笑を浮かべて鏡をひっくり返すと、夏野は今度は裏の蒔絵《まきえ》をじっと見つめる。

裏からでも何か見えるのかと、蒼太が再び夏野の手元を覗くと、らしからぬ溜息《ためいき》を夏野が漏らした。

「さきおとといい、真琴様が琴を弾いてくださったろう？」

州屋敷に招かれた夜を思い出して、蒼太は頷いた。

都で暮らすまで、蒼太は楽器というものを知らなかった。

歌の概念は山幽にもあるが、もともと肉声を滅多に使わぬ山幽の森では、自然が奏でる音以外のものを、ほとんど耳にすることがなかったのだ。

東都に来てからは、笛や太鼓、稀《まれ》には琴の音を聞くことがあったものの、真琴の琴ほど心を揺さぶる音曲を聞いたのは初めてだった。口下手ゆえに賛辞を口にすることはなかったが、蒼太の驚きは夏野にも伝わっていたようである。

「新見殿が仰《おつしや》っていたことも覚えているか？　あれは蠟梅という恋歌だそうだ」

千草の話はあまり聞いていなかったので、蒼太は曖昧《あいまい》に首を振る。

「これも蠟梅だ」

手鏡の裏に施された蒔絵の花が「ろうばい」だということは判ったが、切なげに蒔絵を見つめる夏野の方が気になった。

「鷺沢殿はおそらくご存じの上で、これを贈られたのであろうな……」

独り言のように思えたので蒼太が黙っていると、夏野は気を取り直したように微笑んで鏡を返した。

「湯冷めせぬよう、しっかり温まってから帰ろう」

夏野は茶、蒼太は汁粉をゆっくり飲み干し、少し火鉢にあたってから湯屋を出た。

梓川沿いにある湯屋から戸越家のある月形通《つきがたどお》りまでは、ほんの三町ほどの道のりだ。陽が落ちて夜空には星が瞬き始めていたが、提灯がいるほど暗くはない。

家に帰れば、まつの作った夕餉が待っている。汁粉ごときでは満たされぬ空き腹を抱えて、蒼太の足は自然と速くなった。

夏野も足は速い方だが、湯屋へは女物の着物で行くため並んで歩くのは難しい。蒼太は十間ほど先に行っては振り返り、苦笑する夏野が追いつくのを待った。

表通りと路地を交互に過ぎるうちに、ふと夏野の気配が遠のいて蒼太は振り向いた。

半町ほど後ろ——路地の陰になったところに、かがみ込んだ夏野の姿が見える。

——「はなお」でも切れたか？

戻りかけた蒼太の耳に、忍び寄る足音が聞こえた。

脳裏に見覚えのある男の姿が揺らぎ、悪寒が背筋を駆け抜ける。

「なつ！」

夏野の前に躍り出た黒い影に、蒼太は渾身《こんしん》の力を込めて湯桶を投げつけた。

†

異変を察して顔を上げた時、蒼太の叫びが耳に届いた。

どこから出て来たのか、黒ずくめの男が目の前に影を落としている。

——斬《き》られる！

直感した瞬間、男は振り向きざまに一閃《いっせん》、刀を払った。

背後から飛んで来た湯桶を斬り払い、男が再びこちらを向いた一瞬の隙《すき》を、夏野は見逃さなかった。

地を蹴《け》って、男の脇《わき》をすり抜け、背後へ転がる。

立ち上がりざま、己が持っていた湯桶も投げつけると、男はそれも斬り払った。

あの辻斬りだった。

逃げ出せるほどの猶予はない。

背を向けたが最後、斬られるだけだと見極めて、夏野は叫んだ。

「人殺し！」

斬り合って勝てる相手ではないが、このところ護身用に帯刀していた脇差しを抜く。

男の手にあるのは三尺近い大刀だ。充分に間合いを取った夏野が、振るわれた刀を二度弾《はじ》くと、頭巾《ずきん》から覗いている男の目が見開かれた。

真剣で戦って、改めて男の腕前に驚かされた。道場でもここまでの手練れはそういないと思うと、剣士としていたたまれずに夏野は声を荒らげた。

「何故《なぜ》だ？　これだけの腕を持ちながら、何ゆえ人を——それも抗《あらが》うすべを持たぬ者ばかり狙《ねら》うのだ？」

男は応えず、黙って刀を構え直す。

戻って来た蒼太が、夏野の前に立ちはだかった。

「駄目だ！」

いくら治癒力に秀でていても、心臓を一突きにされれば蒼太とて死に至る。男の腕と大刀なら、蒼太の細い首を飛ばすのもお手のものだ。

夏野が青ざめると、流石に子供を斬るのは気が引けるのか、男も一瞬微かに怯《ひる》んだ。

と、「人殺し！」と叫ぶ声が聞こえ、横から何かが空を切って飛んで来た。振り向きざまに男が打ち落とすと、小柄な侍が叫びつつ駆け寄って来て、男に斬りつける。

「殺しだ！　辻斬りだ！」

侍の刀をいとも容易《たやす》く払うと、男はぎらついた目で一睨《ひとにら》みしてから、踵《きびす》を返した。

男が闇《やみ》に走り去るのを見送ると、蒼太がかがみ込み、落ちていた小柄《こづか》を拾った。侍が先に投げつけたものである。

今になって、ざわざわと人が集まりつつあった。

蒼太から小柄を受け取ると、夏野はそれを侍へ差し出しながら深々と頭を下げた。

「おかげさまで命拾いいたしました」

顔を上げると同時に、夏野は声を高くした。

「坂東殿！」

「や、これは黒川殿……」

坂東も驚きを隠さなかったが、夏野と蒼太の無事を見て取ると口元を緩めた。

「辻斬りに脇差しで抗うなど、晃瑠の女子は勇ましいと思うたが、黒川殿なら驚きませぬな。しかし助かった。逃げてくれたからよかったものの、向かって来られたら二人でも討ち取れたかどうか……」

男の力量を、坂東も一目で見抜いたようだ。

「近頃、晃瑠に出没している凄腕《すごうで》の辻斬りなのです。坂東殿が来てくださって、本当に助かりました」

「ちょうど、黒川殿をお訪ねするところだったのです」

男は逃げた後であり、怪我《けが》もない。やって来た番人は事の次第を聞くと、今更ながら男が逃げて行った方へ駆け出して行った。

「見つけたところで討ち取れまいに……」

「しかし、野放しにしておかれても困ります」

「まったく、何ゆえ辻斬りなぞしておるのか。気狂いには見えなんだが、それはそれでまた厄介じゃな……」

真っ二つに斬り割られた湯桶を拾う手が震えた。

「なつ」

蒼太の手が夏野の腕に触れる。

夏野を庇《かば》うために、蒼太は丸腰で刀の前に立ちはだかった。

私を庇って、刀の前に立つなど言語道断——

そう叱《しか》りつけようとして、思いとどまった。

——私が蒼太でも、きっと同じことをした……

「蒼太……かたじけない」

囁《ささや》くように礼を言うと、蒼太は手を放してぷいと踵を返した。

照れたのではない。

小さな背中は、己の無力さに腹を立てていた。

第七章
Chapter 7

「俺《おれ》は剣士であって、子守ではないわ」

ぶつくさつぶやく馨を、非難を込めて夏野はじろりと見やった。

「先生もあんまりだ……何も俺でなくともよかろうに」

「――坂東殿なら、真木殿のお気持ちを判《わか》ってくださいますよ」

少し前を行く駕籠《かご》を目で追いながら、皮肉を込めて夏野は言った。

「坂東か……こうなったのも全《すべ》て、あの坂東のせいだ」

いくらなんでも往生際が悪いと、夏野が呆《あき》れたところへ、蒼太が口を挟んだ。

「かお……きょう、の、とも」

「そりゃあ、俺は恭一郎の友には違いないが――」

「かお、も……きょう、と、いお……たす、けう」

「うむ。やつらは一体、何をぐずぐずしておるのだろうな……」

――二日前、夏野が辻斬《つじぎ》りに襲われた時に居合わせた坂東とは、そのまま戸越家で夕餉《ゆうげ》を共にした。

坂東が夏野を訪ねて来たのは、真琴の帰途について相談するためだった。

真琴の推察通り、晃瑠への道中を己の雇った者たちにつけさせたと、坂東は白状した。

無論、稲盛文四郎ではない。

坂東が雇ったのは黒川道場に通う若者二人で、夏野の兄・義忠《よしただ》が道場主の岡田《おかだ》琢己《たくみ》と相談した上で寄こした者たちだった。この二人は三日ほど東都を見物した後、とうに氷頭州に戻っている。

坂東自身も目立たぬよう駕籠を使いながら、時折尾行の二人と落ち合っては、夏野たちを追って晃瑠へたどり着いたそうである。夏野はそれとなく稲盛のことを訊《たず》ねてみたが、旅人が多数行き来する東西道ゆえに、坂東の目には留まらなかったようだ。

真琴が東都を発《た》つ日取りは、州屋敷を通して坂東にも知らされていた。帰りはできるだけ駕籠を使うと、真琴も同意している。夏野からそう聞いて、それなら人を雇わずとも自分だけで事足りると胸を張った坂東だったが、なんと、戸越家からの帰り道で梓川に落ちたという。

幸い、ちょうど通りかかった猪牙舟《ちょきぶね》に、すぐに引き上げてもらえたのだが、何分師走《しわす》も半ばである。夜のうちに高熱を出して、坂東は寝込んでしまった。

「船頭が言うには、坂東殿が落ちた辺りから、一人の男が走り去って行ったとか……」

坂東の宿屋は四条梓橋を渡って、少し南に下がったところにあった。その川沿いの先には今里《いまさと》という盛り場があるため、酔客に絡まれ、小競り合いになったのではないかと、船頭は言っていた。

「年寄りの冷や水とはこのことよ。大方、若い者の喧嘩《けんか》に出しゃばったのではないか」

「真木殿！　一歩間違えば心ノ臓が止まってたやもしれぬのですよ！」

夏野が声を高くすると、馨が鼻を鳴らした。

「黒川、お前は坂東を知らん。あの親爺《おやじ》は真冬でも朝から水をかぶるような頑固者だぞ。川に落ちたくらいで死ぬものか。ただし斎佳生まれゆえ、晃瑠の冬を舐《な》めていたのだ。まさかあれしきのことで風邪《かぜ》を引くとは思ってもみなかったろう。今頃《いまごろ》布団の中で、さぞ恥じ入っとるに違いない」

馨が意地悪くにやにやすると、駕籠の中から忍び笑いが聞こえた。

「真琴様まで……」

夏野が駕籠に並ぶと、小窓から覗《のぞ》いた真琴が微笑《ほほえ》んだ。

「馨の言う通りだ。坂東のことは案ずるな、夏野」

「はあ」

駕籠の中で微笑む真琴を見て、夏野は腹立ちを収めた。

坂東が寝込み、代わりに馨が護衛となったことは、真琴にとっては降って湧《わ》いた幸運だろう。夏野とて、馨が一緒で心強いのは否《いな》めなかった。

昨日の朝のうちに、坂東から州屋敷へ、州屋敷から柿崎道場へ遣《つか》いが来て、夏野たちは坂東が寝込んでいることを知った。

前後して神月家から志伊神社へ一葉からの遣いが来て、伊織からの書付が届けられた。

まだ間に合うようなら、夏野が真琴を送って行く際、蒼太を連れて来てもらえぬだろうか——といった内容である。

もとより蒼太は連れて行くつもりだったが、稲盛のこともあるゆえ、女二人と子供一人ではどうも心許《こころもと》ない。宮司《ぐうじ》に相談したところ、すぐさま柿崎に話をしてくれ、柿崎は一も二もなく、馨に同行を命じた。

遣いの者によって委細が一葉に告げられたのち、ほどなくして馨の通行手形を届けがてら、一葉が直々に志伊神社に現れて馨を唖然《あぜん》とさせた。

道中の矢岳《やたけ》州小鷹町《こだかちょう》、また真琴の迎えが待つ辻越町で、恭一郎たちとつなぎがつけられるよう一葉が手配りするという。些細《ささい》なことだが、安良の勅命にかかわる「政務」には変わりない。安良のためというよりも、父親や兄の役に立てることが嬉《うれ》しそうだった。

——師範の真木殿なら安心です。皆をよろしくお頼み申し上げまする——

若き大老の跡継ぎにそう頭を下げられ、馨は恐縮してただ平伏するのみであった。

「それにしても一葉様は、恭一郎と違って、よくできたお方よ」

「ええ、お優しく、お心遣いも細やかで……」

一葉を思い出して感心する馨と夏野に、蒼太はむすっとして言った。

「きょう、も、やさし、い。……かす、は、しん、ぱ……ぱか……り」

——身が軽く、常からよく歩いているそうなのですが、何分蒼太はまだ子供です。何卒《なにとぞ》ご配慮くださいますよう……——

一葉がそう付け足したのが気に入らなかったようである。

蒼太が山幽《さんゆう》だと知らぬ一葉は、理一位《りいちい》の頼みとはいえ、村々が襲われている土地に蒼太を行かせることを案じてやまぬ様子だった。出立前の短い間に、万一の事態に備えて薬やら金やらを持たせようとしては、蒼太にすげなくされて、その度に困った目が夏野に向けられた。

「そうだな、鷺沢殿もお優しい。しかし、一葉様のことは仕方あるまい。一葉様は、まだ蒼太のことをよくご存じないのだから——」

一葉を庇《かば》うべく伝えてみるも、蒼太は機嫌を損ねたままだ。

一刻半ほど歩いて町に着くと、真琴は駕籠を降りた。酒手をはずむと、駕籠舁《か》きたちは喜んで、今度は晃瑠に向かう客を探し始める。

「次の駕籠はのちほど探すことにして、まずは腹ごしらえとゆこう」と、馨。

「だん、ご」

腹ごしらえに寄った茶屋で、蒼太が団子をねだった。

「団子だけでは夕刻まで持たぬぞ」

「……にぎ、めし……とだん、ご」

握り飯二つと団子二串が載った折敷《おしき》を夏野が手渡すと、蒼太はさっさと縁台の端に座って食べ始めた。

蒼太の隣りに夏野、その隣りに真琴が腰を下ろした。夏野たちをちらりと見やり、馨は向かいの縁台にどっかと座り込み、握り飯を頬張《ほおば》り始める。

「ここから夕刻までは、私も歩くぞ」

「真琴様」

「旅の初日は足慣らしなのだろう？　今日は少し早めに宿を取ればよい」

真琴が言うのへ、馨が眉根《まゆね》を寄せる。

「なんだ、馨？」

「俺はお前と違って、そうちんたら遊んでられんのだ」

「これもまた修業だと、先生は仰《おっしゃ》っていたではないか」

「くだらん。俺はな、先生に言われたから来たのではないぞ。蒼太を無事に恭一郎のもとに送り届けてやらねばならんゆえ――」

「それでもよい。辻越までだ、馨。辻越までゆけば迎えの者が来る。お前も夏野もお役御免だ。だがそれまでは……今ひととき、私に自由を謳歌《おうか》させてくれ」

「ふん」と、馨は茶を飲み干して蒼太を見た。「何やら、勝手なことを言っておるぞ」

「……あう、く、ほ……はや、い。つか、た……かこ、のう」

「うん？」

「歩く方が速いと。疲れたら駕籠に乗ればよいと言っております」

「それもそうか……おっと、違うぞ、蒼太。ここは人が多いからな。うるさいからよく聞こえなかっただけだ」

蒼太に声をかける馨を見やって、夏野と真琴は気付かれぬよう笑みを交わした。その大きな図体からは想像し難いが、馨は心優しい男である。言葉が通じなくてしょげた蒼太をちゃんと見抜いて慰めたのだ。

真琴様はおそらく、真木殿のこういうお人柄を好いていらっしゃるのだ——

馨は剣は強くも、暮らしぶりは質素で風采《ふうさい》が上がらない。見た目は真琴とは世辞にも似合いとはいえないが、奔放さと繊細さを併《あわ》せ持つ真琴には、馨の無骨でも温かい心遣いが愛《いと》おしく思えるのだろう。

「手習いに通い始めて、もう一年か。随分いろんな言葉を覚えたと、先生も感心していらしたぞ」

「もと……こと、ば、おぼ、えう」

「うむ。そのうち、もっと難しい字も読めるようになったらな、俺や恭一郎に何か読み聞かせてくれ」

「かお、も……しょ、よ……む？」

「いや、俺はお前と違って学問は嫌いだ。だから蒼太がもっと難しい書を学ぶようになったら、俺にかいつまんで教えてくれぬかと思っておるのだ」

「かい……つ？」

「こう、難しいことを易《やさ》しくな——」

言いつつ馨がつまむ真似《まね》をするので、蒼太が困惑顔になる。

真琴がくすりと笑みをこぼした。

「馨、それではますます判《わか》らぬぞ。蒼太が困っておるではないか」

「そうか？」

「むつ、かし」

「そうなのだ。言葉は難しくて面倒だ。だから俺は学問が嫌いなのだ」

「やめぬか、みっともない。蒼太、『かいつまむ』というのはな、長い話をうまく短くまとめることだ」

真琴に直《じか》に話しかけられて、蒼太がちらりと夏野を見上げた。それから、夏野の陰から窺うようにして真琴に応《こた》えた。

「……あら、まし」

「そうだ。『あらまし』だ。賢いな、蒼太は」

「かお……も」

「そうとも。俺も『あらまし』くらい知っとるぞ」

男同士、ささやかに庇《かば》い合う様が可笑《おか》しくて、握り飯を食べながら夏野も微笑んだ。

茶屋を出てから東西道を二刻歩き、晃瑠と矢岳州の間にある吉守州《よしもり》の鶴見村《つるみむら》でその日は宿を取ることにした。

年末を控え、東西道はいつにも増して旅人が多い。まだ早い時刻だというのに、既にかなりの客が入っているらしく、三部屋も空きがないと宿から断られた。

「二部屋でよいではないか」

「しかし真琴様、この出で立《いでた》ちでは――」

夏野はいつも通り、少年剣士の姿で旅をしてきた。夫婦でもない男女が同室ではいかがわしいと思われるし、もとより夏野と真琴では身分が大きく違う。とはいえ、実は女の夏野が、馨や蒼太と同室というのもよろしくない。

「夏野はれっきとした侃士《かんし》で、その出で立ちは剣士としてはまっとうなのだから、おかしくないだろう。馨もおるのだ。夏野ばかりが気を張ることはない」

にっこり笑うと、真琴は自ら宿の暖簾《のれん》をくぐり、番頭に告げた。

「二部屋なら空いておるのだな？　ならば宿を頼みたい」

「は、はい。ございます」

「私は木下真琴。後ろにおるのは、侃士にて私の護衛役の黒川夏野だ。その更に後ろの大男は黒川の師範の真木馨、隣りは知己の子で名は蒼太という」

「……さきさ、わ」

ぼそりと蒼太が言うのを聞いて、真琴は微笑んだ。

「おお、すまぬ。名は、鷺沢蒼太だ」

「な、長旅お疲れさまでした。ゆるりとお休みくださいませ」

真琴の美貌《びぼう》と貫禄《かんろく》に気圧《けお》された様子で、番頭が案内に立った。

湯を使わせてもらい、夕餉は皆で済ませると、夏野は真琴と共に別室に引き取った。

なんら気にする素振りも見せず、真琴が袷《あわせ》を脱ぐので、夏野は慌てて目を伏せる。寝間着に着替えた真琴は、女の目にも色っぽい。

白い手が髪に挿《さ》していた櫛《くし》を外して、そっと枕元《まくらもと》へ置いた。

赤い塗り櫛で、峰には鞠《まり》が描かれている。塗りは少し剝《は》げたところもあり、夏野でさえ一目で気付くほど、真琴にはそぐわぬちゃちな代物だ。行きの道中でも、晃瑠にいる間にも見たことがなかったが、真琴が大切にしていることは容易に見て取れた。

夏野の目に気付いて、真琴は再び櫛を取り上げた。

「……馨が買ってくれたのだ」

やはりそうかと思いながら、夏野は頷《うなず》くことしかできなかった。

「十二になって剣術を始めた夏に、稽古帰りに無理を言って、祭りに連れて行ってもらってな。飴《あめ》や団子ではなく、何か形に残る物が欲しくて、屋台の前でだだをこねたのだ。馨の懐《ふところ》具合は承知しておったから、一番安い櫛を選んだのだが……それをあの男はこう、渋面を作ってな――」

馨を真似て、真琴は眉間《みけん》に皺《しわ》を寄せる。

「お前なら櫛なぞよりどりみどりだろう、お前に見合う物はここにはない、と。……女が櫛をねだっているというのに、野暮な男よ」

真琴が十二歳なら、馨は二十一歳。馨にとっては、真琴は己が護衛を仰《おお》せつかっている良家の子供であり、女扱いしろというのは無理がある。

「……でも、最後には聞き届けてくださったのでしょう？」

「ぶつくさ言いながらな」

今朝の簪を思い出したのか、真琴は苦笑を浮かべた。

「ただし、これはいかんと私が手にしていた櫛を取り上げ、そこに出ていた中では一番値の張る物を買ってくれた」

愛おしそうに櫛を撫《な》でた真琴の瞳が潤んだ。

「屋台で売られている物など高が知れている。私の鏡台には既にいくつもの櫛があったし、あれからもいろんな櫛を手にしたが、私が本当に身につけたいのはこの櫛だけだ……」

とはいえ、真琴が安物を身につける機会などないに等しい。櫛が痛むのを恐れて、普段は大事に仕舞ってあるという。

「此度《こたび》、氷頭へ参ることが決まった時に、あわよくば晃瑠までと夢見てこれを持って出たのだが……あの時はただ、夢でしかなかった。葉双で州司の妹御が東都で剣術を――しかも柿崎で学んでいると聞いて運命を感じた。……夏野、礼を言う。おぬしがいたから晃瑠までゆくことができた。柿崎で、今一目会いたいと思っていた馨に会うことも――」

目尻《めじり》に手をやり、真琴の声が震える。

「真琴様……」

「……昨日は、これで最後と思いつつ柿崎に向かったのに、おぬしや先生のおかげでこうしてひとときの猶予をもらい、本当に夢のようだ……」

「私は何も。全て先生のお心遣いでございます」

そう言って夏野は躊躇《ためら》った。

冬空に、川に落ちた忠義者を思い出したのである。

「それから、その……」

「坂東のおかげだな」

袖《そで》で涙を拭《ぬぐ》いながら、真琴が微笑む。

「はあ」

「あの者が川に落ちるなど余程のことであろうが、なんとうまいことをしてくれたものよ。褒美を取らせたいくらいだ」

「……坂東殿はお受け取りにならないかと思います」

「は、は、そうだな、坂東はけして受け取らぬな……」

明るく振る舞ってはいるものの、見せかけであることは明らかだ。

寝込んだ坂東を案じていない筈《はず》がなく、馨との道中も辻越町までである。

辻越町までは四日――せいぜい五日の道のりであった。

別れの時までせめてゆるりと道中を楽しんでもらいたいと思う反面、急務で発《た》った伊織や恭一郎が気にかかる。蒼太の力があてにされているのなら、できるだけ早く蒼太を二人のもとへ送り届けたい。

そんな夏野の胸中を見抜くがごとく、真琴が言った。

「明日も朝のうちは駕籠を使おう。さすれば昼から歩いても夕刻までに小鷹に着けよう」

「ええ」

「……蒼太は疲れておらぬだろうか？　夕餉ではろくに口も利かなかったが……」

「蒼太なら平気でございます。無口なのはもとからですし」

「小さいのに感心だ。足腰が強いだけでなく、術の才も備えておるのか？」

蒼太を連れて来てくれと、伊織に頼まれたと聞いて、真琴は驚きを露《あら》わにしたものだ。

「蒼太は勘働きが冴《さ》えているので、樋口様が目をかけておられるのです」

「そうか……しかし、読み書きは今一つなようだが？」

「手習いに通い始めて、まだ一年ですから――」

「蒼太の母親について、夏野は知っておるか？」

「いえ、私は何も……」

矢継ぎ早に問われて、夏野は口ごもった。

「母親は死したと鷺沢は言っておったが、それはやはり亡妻のことやもしれぬな」

「しかし、歳《とし》が」

「確かに歳は合わぬが、鷺沢は亡妻――名は奏枝といったか――を斎佳に来る前から知っておったそうだ。娶《めと》ったのは奏枝殿の祖父が亡くなり、斎佳を出た後のようだが、おそらく斎佳に越して来た時分から、奏枝殿と会っていたのではなかろうか」

「そ、そうでしょうか?」

夏野は恭一郎と蒼太に——また、蒼太と奏枝にも——血のつながりがないことを知っている。だが「会っていた」というのが、男女の営みをも指しているのだと気付いて、つい返答にまごついた。

「蒼太の、あの鳶色の瞳——あれは奏枝殿から受け継いだものに違いない」

夏に見た山幽の女も、蒼太と同じく鳶色の髪と目をしていた。槙村《まきむら》と名乗った山幽の男の瞳も。槙村の髪は黒々としていたが、おそらく染めていたのだろう。およそ人より色白の山幽の髪や瞳は、鳶色が普通であると蒼太の話で判明していた。

「……真琴様は、鷺沢殿の奥様に会われたことが?」

「一度だけ、橋の上で鷺沢と共に歩いているところをすれ違ったことがあってな。馨から聞いておったし、これが鷺沢がうつつを抜かしている女かと、嫌みの一つも言ってやろうと思って声をかけたのだ。鷺沢は私を見てなんとも嫌な顔をしたが、奏枝殿は物柔らかに応じてくださった」

「そうでしたか……奏枝殿のことは、少し聞いたことがあります。目立たぬが、見る者が見れば、愛《め》でずにはおられぬ——山野に咲く花のごとき美しい方だった、と」

夏野が言うのへ、真琴が唖然とする。

「なんとあの男、いまだそのようなのろけを、しかも夏野にまで聞かせておるのか?」

「あ、いいえ、これは樋口様から伺ったことで、鷺沢殿は奥様のことは何も——」

「樋口様が？　理一位ともあろうお人まで、女性を品定めするような言葉を口にするとは、まったく男というものは……」

己のせいで、伊織を下司《げす》な男と誤解されてはたまったものではない。

「ち、違います。私が樋口様にお聞きしたのです。あの鷺沢殿が妻にと望んだ方ならば、さぞ美しい方だったのではないかと……」

「うん？」

真琴が小首を傾げたのを見て、夏野は己が語り過ぎたことに気付いた。

頰を熱くした夏野へ、真琴がにんまりとする。

「おぬし、やはりそうなのか」

「違います」

「心配せずとも、奏枝殿より夏野の方が顔かたちは良いぞ。ちとでかいこぶ付きだが、蒼太はおぬしに懐いておるし、鷺沢も妻を亡くして五年――いや、もう六年か。いつまでもやもめ暮らしでもあるまい。ああしかし、夏野は家仕事ができぬのだったな……」

「できぬことはありませぬが――」

不得手なだけだと、言い直そうとしてやめた。

私は何をむきになっているのか。

「その点、州司代様の嫁はよいぞ。家のことは女中が全てこなしてくれるゆえ、夏野は左《ひだり》団扇《うちわ》で暮らすことができる」

「真琴様」

「とはいえ、そう容易《たやす》く思い切れぬのが人の心だ。恋心というのは厄介なものだな、夏野。己が好いた者が己を好いてくれるとは限らぬし、相思でも添い遂げられぬこともある」

からかい口調を改めて、真琴は夏野をまっすぐ見つめた。

「州司代様の方が鷺沢よりずっと良い男だが、あいにく、剣士としては鷺沢の方が上だろう。夏野が鷺沢に惹《ひ》かれるのも不思議はないが……それなら心せねばなるまいぞ」

長屋暮らしや玄人《くろうと》遊びのことではなさそうだった。

「何か気がかりなことでも……?」

「あれほどの男には、必ず命のやり取りがつきまとう。鷺沢が望む望まぬとにかかわらず、だ。安良様は、人が妖魔に抗《あらが》えるよう剣を与えてくださった。しかし人里という人里が結界に護《まも》られている今、剣で命を落とすのは妖魔よりも人の方がずっと多い」

「それは」

「他愛ない喧嘩から家同士の争い、強盗、辻斬りだってそうだ。現に晃瑠では、妖魔に襲われた者はいなくとも、辻斬りが横行しておるではないか。剣は命を奪うもの。鷺沢は今までに、妖魔だけでなく人を幾人も斬ってきた。たとえそれが悪人どもでも、命を奪ってきたことに変わりはない」

夏野が返答に迷う間に、真琴は続けた。

「剣を捨てたところで、買った恨みは消えはせん。また、あの男は剣を捨てようなど考えてもおらぬだろう。鷺沢が腰にしているのは天下の名刀らしいが、それなら尚《なお》、鷺沢はこれからも命を奪い続ける。ましてや、いまや安良様の勅命を帯びた身だ。さすれば、命を懸ける時がままこよう。役目そのものにも危険が伴うが、表舞台に出てきたことで妬《ねた》み嫉《そね》みの的にもなろう。ゆえに夏野のような強い女子が似合いと思わぬでもないが、余程の覚悟がなくば、鷺沢と連れ添うことは叶《かな》わぬぞ」

命のやり取り……

夜具に入ってからも、夏野は真琴の言葉を幾度も思い返した。

恭一郎のことはともかく、剣士として、己の覚悟が足りぬように思えてならない。

夏野が今までに斬った人間は、たった一人。

並の人間ではない。蒼太を妖魔の王に仕立て上げようとした山幽・シダルをその身に取り込み、反対に自我を潰《つぶ》されかかっていた熊谷湊《くまがいみなと》という元理術師《りじゅつし》の若者だ。

蒼太と己自身を護るために、ただ必死だった。

シダルと湊は富樫永華《とがしえいか》という女と共謀し、罪のない赤子を攫《さら》ってきては殺《あや》めていた者たちだ。後悔の念はないものの、それがまた夏野の胸を疼《うず》かせる。

あの者たちは、もう二度と戻らぬ……

死せばそれきりだ。妖魔とてそれは同じである。

枕元に置いた祖父の形見の剣が、重くのしかかってくるようだった。

己に誰《だれ》かの命を奪う力があることに、夏野は今更ながら慄《おのの》いた。

蒼太や伊紗を知るまでは、剣を学び、妖魔《ようま》を斬ることには、人を救うという大義名分があった。鳴子《なるこ》村《むら》で多くの人を殺めた狗鬼《こうき》や鴉猿《あざる》を討ち取ったことも、剣士としては誇らしいことに違いない。

シダルと湊も、狗鬼と鴉猿も、殺《や》らねばこちらが殺られていた。

人だろうが妖魔だろうが、命を脅かす者には手加減無用——

そう己に言い聞かせて夜具を引き寄せるも、ふと新たな疑念が湧《わ》いてくる。

人であろうが……私に斬れるだろうか？

自分や大切な者の命を護るためではなく、その者が「悪人」だというだけで、私に人が斬れるだろうか——？

†

陽《ひ》が落ちる少し前に、恭一郎と伊織は牛伏にある間瀬州司《しゅうじ》の御屋敷に戻った。

州司自ら迎え出てくれたが、収穫がなかったことは、顔を見ただけで伝わったようだ。

風呂《ふろ》を使わせてもらい、恭一郎が道中の埃《ほこり》と垢《あか》を落として客間へ行くと、伊織は既に夕《ゆう》餉《げ》に箸《はし》をつけていた。

「先にもらっておるぞ」

「見れば判る」

伊織が断ったのだろう。他の者の同席はなく、膳《ぜん》は二つしか支度されていない。伊織の向かいに座ると、恭一郎は手酌で酒を注《つ》いだ。

「飲まぬのか？」

「飲まぬ」

恭一郎の問いに素気なく応えて、伊織は己の膳についていた銚子《ちょうし》を恭一郎に差し出した。

恭一郎が黙って受け取ると、眼鏡を正して伊織は問うた。

「疲れておらぬのか？」

「疲れておるぞ。連日、朝から晩まで歩いておるのだ。お前ほどではないが、疲れておるに決まっとろう」

「そんな風には見えぬのでな……俺はひどく疲れている」

「見れば判る」

「そうか？」

「うむ」

恭一郎が応えると、伊織は頷いて、再び黙々と箸を動かし始めた。

八日前に一度、土屋《つちや》理一位の屋敷がある積田《つみた》村《むら》から間瀬州府・牛伏に来てみたが、土屋の姿はなかった。州司の御屋敷に寄った形跡もなく、町の者も見かけていない。

伊織は土屋の書庫にあった書の一冊に、土屋の置文を見つけていた。希書とはいえぬが、伊織が理一位を賜《たまわ》った時に、土屋から贈られた書と同じ物だという。

――信じ難いだろうが、山名《やまな》村《むら》で稲盛文四郎《ぶんしろう》と思《おぼ》しき者を見た。一連の襲撃には彼の者が関与していると思われる――

そう始まる土屋の置文の、乱れた字が土屋の不安を伝えていた。山名村は積田村から六里ほど離れた久嵈山の北西に位置する農村で、数箇月前に妖魔に襲われている。

山名村では、まさかその老人が稲盛だとは思わなかったと、土屋は記している。探りを入れていた弟子の報告から、老人が他の襲われた村々でも目撃されていること、塾や理術師をよく思っていないようであることなどが判り、ようやく思い当たったようである。

調べるうちに、稲盛だけならまだしも、どうやら他に共謀者がいるらしいということも判った。折しも数日前から身辺に不穏な空気を感じていた土屋は、晃瑠に颯《はやて》を飛ばし、使者を待つと見せかけて、即刻、積田村を離れることにした。

土屋は屋敷の者には「牛伏へゆく」と伝えて出たが、牛伏よりも北都・維那《いな》の方がより安心だ。牛伏にはいないと判じて、恭一郎と伊織は翌日維那へ発った。

だが、二日後に着いた維那にも土屋は見当たらぬ。

土屋の親類が、維那から八里ほど南の飯塚村《いいづかむら》にいることを知って、飯塚村に向かうも収穫はなく、晃瑠に颯を飛ばすべく二人は再び維那へ戻った。

維那とその西にある残間山《ざんまざん》の間には、垂水《たるみ》という村があり、そこには理一位の一人、本《ほん》庄鹿之助《じょうしかのすけ》がいる。牛伏に泊った際、維那からこの本庄理一位へつなぎをつけるよう、伊織は頼んでおいたのだが、本庄ともつなぎが途絶えていることを知り、恭一郎と伊織は今度は垂水村へ向かった。

本庄の屋敷へ着くと、土屋同様、本庄も既に出立したと告げられた。斎佳に親類がいるという本庄は、維那ではなく斎佳に向かったようである。とはいえ、これも屋敷の者の言葉で、本庄本人からつなぎがない以上、土屋のように行方知れずの可能性もあった。

改めて土屋の足取りを追うために、再び牛伏に戻って来たものの、州司が手配した探索も虚しく、なんの手がかりも得られていない。

「ひとまず一葉へ颯を飛ばすか？」

一葉からのつなぎが晃瑠から維那へ、維那から間瀬州司の役宅へ届いていた。伊織の頼みに応じて、夏野が蒼太を連れて晃瑠を発ったと書かれている。

「そうだな」

顔色は悪いままだが、腹が膨れて人心地ついたのか、伊織はようやく微笑んだ。

「蒼太と黒川殿が来てくれれば心強い」

恭一郎は術のことはよく判らぬが、伊織が理術を駆使して土屋を探していることは知っていた。道中、伊織は幾度も立ち止まり、風や大地から何かを感じ取ろうとしていたからだ。だが伊織が言うには、土屋の「足取り」は積田村から牛伏まで来て途絶えており、牛伏から先は故意に消されたようである。

高齢だが、土屋も理一位の称号を持つ者だ。追手がかからぬよう、己の足取りを消しながら逃げたとも考えられるが、事は悪い方に向かいつつあるように恭一郎には思えた。

――土屋様は既に稲盛に囚《とら》われていて、土屋様の足取りは稲盛によって消されたのではないか？――

再び維那に着いた時にそう述べた恭一郎を、伊織は否定しなかった。

稲盛は妖魔をその身に宿しているらしい。さすれば稲盛ではなく、その妖魔の気配なり軌跡なりを蒼太が追えぬものかと伊織が言い出して、恭一郎も頷いた。

恭一郎が蒼太に出会ったその翌日、蒼太は離れたところにいた恭一郎の居場所を探り当てた。颪に紛れた恭一郎の気をたどっただけだと、のちに蒼太は言ったが、蒼太と夏野のように「つながって」いなくてもそういったことができるのならば、土屋を探索する上で役に立ってくれそうである。

「蒼太や黒川殿だけではないぞ。馨も一緒だと一葉の文にはあったのだろう？」

「うむ。馨が共におるなら、道中の心配は無用だな。それにしても、一葉様も思わぬ才があったものよ」

そう言って伊織が掲げたのは、一葉から届いた文――というよりも書付だ。颯で運べるぎりぎりの大きさの紙が、ごく細かい文字でびっしり埋められている。恭一郎は代筆を疑ったが、伊織は一葉の手で間違いないと言う。

つなぎをつける日時や場所だけでなく、真琴の迎えについてや伊織や恭一郎への労《ねぎら》いの言葉、更には蒼太に対する気遣いまで書かれていて、恭一郎は苦笑しつつも一葉を誇らしく思った。

書付を置いて伊織は言った。

「黒川殿たちが辻越に着くまで、少なくともあと四日はかかるだろう。我らが辻越へ向かう前に、もう一度積田に寄りたいが……」

「私は理一位様の護衛役ゆえ、理一位様の赴くところなら、どちらへでもお伴つかまつりまする」

「やめぬか」

友の顔に明るさが戻ったのを見て、恭一郎は安堵《あんど》した。斬り合いにならぬ限り、さして役に立たぬ己が歯がゆいが、餅《もち》は餅屋だと割り切る他ない。

土屋が稲盛の手中にあるなら、生きている見込みは五分だと恭一郎は見ている。どんな手がかりでも、つかめるものなら早いに越したことはない。

膳を下げさせると、伊織は立ち上がった。

「俺はもう休む」

「うむ」

「明日は明け六ツと共に発つぞ」

「承知した」

牛伏から積田村まで約十里。

明日もまた、長い一日になりそうだった。

†

伊織の予想通り、夏野たちが辻越町にたどり着いたのは、吉守州鶴見村を出てから四日目の夕刻であった。

東西道と南北道が交わる辻越町は賑やかで、西側は石動州、東側は氷頭州と、二つの州が治める珍しい町だ。行きは急いでいたために、夏野と真琴は町の中心部を避け、氷頭州側だけを通って東西道へ抜けたが、此度は盛り場を少し見物してから、坂東から告げられていた宿屋・伊勢屋《いせや》の暖簾をくぐった。

真琴のために斎佳から来た迎えの者は二人で、前日のうちに着いていた。高島《たかしま》と大河内《おおこうち》と名乗る四十代半ばの男たちは、どちらも木下家に仕える侃士号を持つ剣士であった。

二人とも馨を見知っているようで、内心はどうかはしらぬが、表向きは大名家に仕える者らしく慇懃《いんぎん》に馨を労った。

明日にでも斎佳に発つのかと思いきや、高島曰《いわ》く、夏野たちに二日遅れて坂東は晃瑠を発ったらしい。早ければ明日、遅くても明後日には辻越町に着くだろうと見込んで、坂東の到着を待ってから斎佳へ向かう手筈になっているという。

三日前に夏野たちが小鷹町で受け取った颯の書付には、恭一郎と伊織が積田村に寄ってから辻越町に来ることが記されていたが、二人の姿はまだなかった。

「大儀であった」

目付の娘の顔に戻って、高島と大河内を労うと、真琴は二人を下がらせた。

二人の足音が遠くなると、真琴は夏野へ微笑んだ。

「坂東め、やはり褒美を取らせたいな。明日はゆるりと町を見物しようではないか」

少なくとも一日の猶予ができたことを喜んでいるのである。

夏野が応える前に、馨が口を開いた。

「今にも恭一郎と伊織が着くやもしれぬぞ。さすれば俺たちは明日の朝に発つ」

「真木殿」

たとえそうでも、今言わずともよかろうと、夏野はむっとした。

「いいのだ、夏野。樋口様の御用の方が、私の我儘《わがまま》よりずっと大事だ」

「そうだ、判っておるではないか」

「真木殿……」

夏野は再度呆《あき》れたが、真琴は苦笑を浮かべたのみだ。

もしや馨も密《ひそ》かに真琴に想《おも》いを懸けているのではないかと、夏野なりに思い巡らせてみたものの、道中の馨の様子からしてどうも違うようである。

それとも、これが真木殿なりの気遣いなのか……

今更気のある素振りを見せられても、真琴がつらくなるだけとも考えられた。

この辺り、色恋に疎《うと》い夏野にはどうも判じ難い。

――私には判らぬ。

夏野が思案を諦《あきら》めたところへ、真琴が口を開いた。

「この四人で膳をいただくのも、今宵《こよい》で最後になるやもな。皆にはいくら礼を言っても足りぬ。せいぜい旨《うま》い物を支度してもらうゆえ、旅の疲れを癒《いや》してもらいたい」

坂東が手配りした伊勢屋は、辻越町の中でも一際贅《ぜい》が尽くされた宿屋であった。真琴のために離れが用意されており、廊下を渡って一番近い部屋に高島と大河内が寝泊まりしていた。夏野と蒼太、馨の三人は、高島たちの向かいの二間続きの部屋に落ち着いた。

夕餉は真琴の部屋へ運んでもらうよう頼んで、まずはそれぞれ湯を使わせてもらうことにする。辺りで一番上等な宿屋だけあって、温泉郷でもないのに、離れには内風呂が、母屋《おも や》にも小さいながらも男女に分かれた風呂がついていた。

鼻歌交じりに早速風呂へ向かう馨の後を、蒼太も軽い足取りでついて行く。人の多い湯屋は苦手でも、寒がりゆえに、宿屋のこぢんまりした風呂は嫌いではないらしい。微笑ましい大小二つの背中を見送ってから、夏野も風呂へ足を向ける。

一日の汚れを落とし、さっぱりして部屋へ戻ってまもなく番頭が夏野を呼びに来た。

「黒川様」

「はい」

「その……伊紗と名乗る女性がいらして、黒川様を呼んで欲しいと」

「伊紗が？」

羽織を引っかけ、夏野は番頭について廊下を渡った。

玄関先に佇《たたず》んでいるのは、紛れもない仄魅《しきみ》の伊紗だ。

「伊紗、一体どうした？」

「ここじゃなんだから、外で話せないかい？」

番頭の目を気にしたのか、伊紗が表へ顎《あご》をしゃくる。

伊紗に誘われるがままに外へ出ると、宿屋から少し離れた路地に入る。人気がないのを確かめて尚《なお》、伊紗は声を潜めて言った。

「鷺沢の旦那は今、樋口理一位と間瀬にいるらしいね」

「おぬし、どこでそんなことを」

「槙村が教えてくれたのさ」

にやりとしたものの、どことなく伊紗は落ち着かない。

陽はとうに落ちていたが、人通りはまだそこそこあった。大通りを行き交う者たちをちらりと見やって、伊紗は続けた。

「積田村の土屋という理一位がいなくなって、その行方を追っているそうじゃないか」

驚くことではなかった。だからこそ、伊織と恭一郎はあれほど急いで発ったのだ。

「だからなんだと言うのだ？」

硬い顔を近付けて、伊紗は囁いた。

「夏野は相変わらずせっかちだね。だが、今宵は私も急いでいる。手短に言うからよくお聞き。土屋ってご老体はね、稲盛に連れ去られたのさ」

「稲盛に？」

「稲盛の的は土屋だけじゃあないよ。槙村曰く、稲盛は理一位の五人を全て《すべ》亡き者にするつもりなんだとさ」

「まさか」

夏野が絶句すると、伊紗は呆れたように鼻を鳴らした。

「だからこうして、私がわざわざ来てやったんじゃあないか。早く鷺沢の旦那を捕まえて、このことを教えてやるがいい」

†

馨を置いて、さっさと風呂から上がると、蒼太は部屋へ戻った。

改めて手拭《てぬぐ》いで頭と襟元を拭うと、綿入れを着て座り込んだが、どうも落ち着かぬ。

立ち上がって続きの部屋との間の襖戸《ふすまど》へ耳を寄せるも、夏野はまだ風呂から帰っていないようで、襖の向こうはしんとしている。

部屋の中には火鉢はあるが、火は入っていない。宿の者に頼めばよいことは判っているのだが、蒼太は人見知りだ。自らよく知らぬ者に話しかけるのは気が進まなかった。

廊下を覗《のぞ》き、帳場へ行こうかどうか逡巡《しゆんじゆん》していると、見えぬ筈の左目に鈍い光が差した気がした。

眼帯を上げて瞬くと、冷たい空気の中に一筋、奇妙に熱い、嫌な気を感じる。

どこから来るのかと蒼太が左右を見回したところへ、帳場の方から廊下を折れて真琴がやって来た。

「蒼太。もう風呂から上がったのか？」

「……ん」

急ぎ眼帯を戻して、蒼太は真琴を見上げた。

――違う。「まこと」じゃない……

「夏野も馨もまだだな。ここでは寒かろう？私の部屋へ来い。火にあたりながら二人を待つがよい」

　応えも聞かずに真琴がすたすた歩き出すので、仕方なく蒼太は後へ続いた。

　離れにつながる廊下を歩きながら、今一度振り向いてみたものの、見張られているようでも、つけられているようでもなさそうである。ただ、漠然と嫌な気配は続いていた。

　――「かおる」を呼びに行こうか。

　だが、今となっては真琴を一人にする方が不安に思えた。

　蒼太には真琴を護る義理はないのだが、夏野や馨が真琴の護衛役だということは理解している。真琴の身に何かあれば、二人が責めを負わされるだろう。

「腹が減っておるだろうが、今しばらく待ってくれ。私も一風呂浴びたいし、板長にも腕を振るう時をやらねばな。そのうち二人も戻って来るだろうから、お前はここで火を見ていておくれ」

　蒼太が頷くと、真琴は微笑んで風呂場へ消えた。板戸の向こうから、湯加減を訊ねる仲居と真琴のやり取りが小さく聞こえてくる。

　火鉢の前に座り、蒼太は火箸で炭を返した。

　ぱちぱちと微《かす》かに爆《は》ぜて炭が赤くなる。橙色《だいだいいろ》に透き通ったところをじっと見入っていると、森のことが思い出された。

辻越町の北東にある久寝山の麓《ふもと》には、焼け野原となった故郷がある筈だった。

道中、久寝山が前方に見えてきた時、望郷の想いが蒼太の胸に溢《あふ》れた。

痛みと怒りを伴う、だが、紛れもなく懐かしい想い……

そこに「ある」だけなら、このような想いに囚われることはなかったと思われる。「失われた」と知ってしまったからこそ、取り戻せない過去がやるせない。

本当に、紫葵玉《しきだま》を奪うためだけに、森は襲われたのだろうか――？

紫葵玉の作り方を知るのは翁のみで、その難しさから、実際に所有している森はあまりない。貴重なことは確かだが、森や仲間を犠牲にしてまで護る価値があるとは蒼太には思えなかった。

余程敵を侮《あなど》っていたのか、それとも談判の余地なく奇襲をかけられたのか。

――「いなもりぶんしろう」……

鴉猿と共に森を襲った老術師の名を、蒼太は思い浮かべた。

何故襲うのか？

夏野も伊紗に同じことを問うていた。

人里を襲うのは、稲盛が「ひと」を憎んでいるから。

森を襲ったのは、紫葵玉と――山幽の力を欲したため……

時折炭を返しつつ、蒼太はしばし考えを巡らせた。

ほどなくして板戸が開く音がした。振り返ると、手拭いで首筋を拭いながら、真琴が部屋へ戻って来た。

女にしては慌ただしい風呂である。

「よしよし、まだ来ておらぬな」

満足そうに一人頷いて鏡台の前に座ると、真琴は行李から白粉《おしろい》と紅を取り出した。

たった今「ふろ」に入ったのに、また「けしょう」をするのか。

訝《いぶか》しむ蒼太の視線に気付いて、真琴がはにかんだ。

「判っておる。つまらぬ矜持《きょうじ》だ……」

そう言われても蒼太にはさっぱりだ。「きょうじ」の意味はなんとなく知っているものの、それがどうして「けしょう」とつながるのかが判らぬ。

――「おんなごころ」は「ふかかい」……

成程《なるほど》、馨が言っていたのはこういうことかと勝手に合点して、火鉢に向き直った時、母屋の方から悲鳴が聞こえた。

「何事だ……？」

灰ならしをつかんで、蒼太はすっくと立ち上がった。

ばたばたと走り回る足音の合間に、悲鳴が混じる。

真琴が刀掛けの脇差《わきざ》しを抜くのを見て、蒼太は薄く戸を開いた。

「人殺し！」

「やめろ――わぁっ！」

乱闘が始まったことは確かなようだ。

「蒼太……」

真琴が不安な顔で母屋の方を見つめた。顔は青ざめ、脇差しを握った手が震えている。

逃げ惑う足音に、蒼太はじっと耳を澄ませた。夏野や馨は「しんぱいむよう」だ。真琴をこの場から逃がすのが己の役目だと思った。

庭の方から、小走りに足音が近付いて来た。

すぐ表で悲鳴が上がった。

と、庭に続く障子戸が蹴破《けやぶ》られ、一人の男が飛び込んで来た。

真琴より少し背の低い、小柄な若い男だ。右手に血のしたたる脇差しを持ち、着物も顔も手足も、返り血で染まっている。

「残り、七十七人……」

血走った目をしてつぶやくと、男は問答無用で真琴に斬りかかった。

剣術四段だけあって、真琴は一の太刀を受け、払いざま横へ飛んだ。よろけた男の脇差しが真琴の背後にあった鏡台を斬り割る。

男が次の太刀を振りかざす前に、蒼太は灰ならしを男の顔めがけて投げつけた。

「うっ」

男はとっさに顔をそむけたが、灰ならしはその頰《ほお》を切り裂いた。

「何をする！」

「お前こそなんだ！」

叫び返した真琴に、男は二の太刀を繰り出した。

刀と刀が合わさる音が響き、真琴と男が鍔《つば》迫《ぜ》り合いになったところを、引き抜いた火箸《ひばし》を両手で握って蒼太は突っ込んだ。

「ぐっ！」

深々と脇腹を火箸で刺され、男はよろめいた。

──今だ！　とどめを！

蒼太は真琴を見上げたが、真琴は脇差しを構えたまま、男の足元を見つめている。

畳の上に、斬り割られた鏡台の破片と、赤い櫛が落ちていた。

男が脇差しを握り直した。腹に火箸が突き刺さっているだけでなく、肩も腕も斬られているのだが、男はお構いなしに刀を振り上げる。

「おのれ……」

男と目が合った。

ぎらりと光った瞳に紛れもない狂気を認めて、蒼太はすくんだ。

その一瞬をついて、男が蒼太に斬りかかる。

かろうじてよけた時、真琴が男の背後から斬りつけた。

振り向きざま男が払った太刀を受け、真琴の膝《ひざ》が折れそうになる。

男の背中から血飛沫《ちしぶき》が上がるのが見えた途端、目の前の光景がぼやけて一つの絵と重なった。

——一人の男が、背中を向けて座っている。

振り上げた右手に鈍く光るのは、鮮血に染まった匕首《あいくち》だ。

男の苦悩が、怒りが、悲しみが押し寄せて、蒼太を動けなくした。

男の背中には見覚えがあった。

——イシュナ……！

幻影の森の中で、イシュナが匕首を振り下ろすと同時に、刀が合わさる音が弾《はじ》けた。

「蒼太！」

叫びと共に、真琴の片手に抱き取られ、蒼太は畳の上に倒れた。

†

悲鳴が上がって、夏野と伊紗は同時に伊勢屋の方を見た。

更なる悲鳴が聞こえてきて、「人殺し！」と叫ぶ声が続く。

「真琴様……！」

駆け出そうとした夏野の腕を伊紗がつかんだ。

「稲盛は山名という村にいる。そこへ樋口を誘い出すつもりなのさ」

「山名——」

「私はこれからそこへ向かう。今度こそやつを逃がさない。だがもしも——もしもお前の方が先に稲盛に出会ったら……その時は迷わずやつを斬っとくれ」

「伊紗」

「おゆき。私もゆく」

大通りで伊紗と左右に別れて夏野は伊勢屋に駆け戻った。

草履を履いたまま式台を上がると、廊下の入り口に仲居が倒れている。袈裟《けさ》懸《が》けに斬られ仲居は自らの血溜《ちだ》まりの中で絶命していた。

そこここから悲鳴と呻《うめ》き声が聞こえ、逃げ惑う足音と混じり合う。

廊下を走り抜けながら見やった部屋には、手負いの男が、やはり斬られた女を抱き寄せて嗚咽《おえつ》を漏らしている。

真琴が――誰か特定の者が――狙われた訳ではなさそうだ。襖戸のほとんどが斬り倒され、部屋や廊下は飛び散った血で染まっていた。

手当たり次第に斬っているのか……

「黒川！」

後ろから追いついて来た馨の手には、既に抜き身が光っている。

「何事だ？」

「判りませぬ」

そのまま夏野を追い越して、馨は離れへ駆けて行く。

「真琴！」

馨の叫びを聞きながら、夏野は部屋へ飛び込んで刀掛けから愛刀をつかんだ。鞘《さや》を払い捨て、再び廊下へ飛び出すと、馨を追って離れへ走る。

†

一緒に倒れた真琴が身体《からだ》を捻《ひね》り、振り向きざまに男の剣を受けた。真琴の身体が離れてとっさに起き上がった蒼太へ、真琴が叫んだ。

「逃げろ!」

真琴は膝をついたまま、渾身《こんしん》の力で男の剣を押しとどめていた。

蒼太を庇って倒れた時に斬られたらしい。露《あら》わになった白い腿《もも》から鮮血が滴っている。

既に血だらけの男は異様な笑みを浮かべながら、真琴を力で斬り伏せようとしていた。

――「まこと」が殺られる!

眼帯を外して仕込み刃《やいば》を押し出した。

蒼太がそれを投げつける前に、馨の声が真琴を呼んだ。

眼帯が男の眉間に命中すると同時に、後ろから大刀が首筋を打った。

男を横へなぎ倒すと、馨が真琴へ駆け寄った。

「真琴!」

「真琴様!」

夏野が続いて飛び込んで来た。

†

倒れた男の手から脇差しを奪うと、夏野は手拭いで男の手足を縛り上げた。馨はとっさに刃を返して峰討ちにしたらしく、虫の息とはいえ男はまだ生きていた。

嗚咽が聞こえて振り向くと、馨の腕の中で真琴が震えていた。

「真琴、もう大丈夫だ」

馨が声をかけると、真琴は堰《せき》を切ったように泣き出した。

「黒川、傷を見てやってくれ」

真琴を抱きしめてなだめながら、馨が緊張の面持ちで夏野を見やる。

蒼太が差し出した手拭いで周りの血を拭い、真琴の傷を確かめた。

さして深くはない。三寸ほどと大きいが、すっぱり縦に切れているのは幸いだった。夏野が傷口を押さえ止血を施す間に、蒼太が駆けて行って、どこからかさらしを持って来た。その後ろから高島と大河内が血相を変えて現れる。

「真琴様！」

侃士とあって、二人とも刀傷の手当ては慣れたものだ。

馨が真琴を抱き上げ、夏野の部屋へ運ぶのに前後して、番屋の者が番頭に伴われてやって来た。気絶した男が戸板に乗せられ、運ばれて行くのを見て、ようやく真琴の顔に落ち着きが戻った。

布団に身体を横たえ、真琴は部屋の隅に立ち尽くしたままの蒼太に声をかけた。

「蒼太、無事か？　怪我《けが》はないな？」

頷く蒼太の顔は硬い。

「……おれ、の、せい……」

「違うぞ蒼太。お前はよく戦ってくれた」

そう言って真琴は離れで起こったことを語った。

「――蒼太がやつの気をそらしてくれた時に、さっさととどめを刺せなかった私の落ち度だ。他の誰の責でもない。よいな?」

真琴は気丈に念押ししたが、皆、うなだれずにいられない。

命にかかわらぬとはいえ、目付の、しかも婚礼前の娘が斬られたのだ。護衛役としては大失態であった。

――夏野と馨がいるから、二人は羽を伸ばして来い――

そう真琴に勧められて、高島と大河内は盛り場へ出ていたという。馨の方は風呂から上がった後、思いついて近隣の絵図を買い求めに近くの万屋《よろずや》へ出向いていた。

話すうちに額が汗ばんできた真琴を、馨が諭《さと》して休ませた。刀傷を受けたこともそうだが、命懸けの緊張を強いられ、安堵した今、発熱したようである。

目を閉じて横になった真琴の警固は高島たちに任せて、夏野は馨や蒼太と共に伊勢屋を回り、死者や怪我人を検《あらた》めた。

男に斬られて死んだ女が七人。内四人は伊勢屋の仲居、残り三人は客である。男の方は手代が一人に客が二人だ。女の方は一人の年増《としま》客を除いて皆若い。離れの外で斬られた風呂焚《た》きの仲居は、まだたった十五歳だったのだと、番頭が苦々しげに言った。

怪我人は死者の倍はいた。ほとんどが浅手で済んだが、深手を負ったこれも若い夫婦客がいて、どちらも今夜が峠《とうげ》らしい。また包丁で抵抗した板場の者が一人、包丁ごと腕を斬り落とされている。

――残り、七十七人……――

男がそうつぶやいたのを、真琴が聞いている。

「ここでも百人斬りか？」

馨が吐き捨て、夏野は更に陰鬱《いんうつ》な気持ちになった。

若い女ばかり狙われたのが、晃瑠の辻斬りに似ている。

ただし、こちらの男は剣士とは到底いえぬ素人だ。急所を外れた傷も多く、幾人かは相当苦しんだ後に、失血がもとで死したと思われる。

五ツを過ぎてまもなく番屋から遣いが来て、男――田下清吉《たしたせいきち》――が絶命したと告げた。

田下は辻越町の者であった。豆腐屋を営んでいる夫婦の一人息子で二十五歳だという。

「夏に許婚《いいなずけ》を亡くしたばかりでね。ひどいもんで……旅商人に手込めにされた挙句、孕《はら》んじまって……それを苦にして首を吊《つ》っちまった」

許婚が自害して意気消沈した田下は、鬱々《うつうつ》として日々を送っていたという。

「親が言うには、しばらく気晴らしに牛伏の親類の家にいたそうだが、数日前に随分明るい顔をして帰って来たんだと。一安心した矢先にこれじゃあ、親はやりきれねぇ……」

「何故こんなことをしでかしたのか、あいつは少しでもしゃべったか？」

馨が問うと、遣いの者は困った顔で首を振った。

「いやそれが――女子を百人斬れば許婚が帰って来ると、仙人様からお告げがあったと言っていた。あの脇差しも仙人様からもらったものだと……まあ、狂人の戯言《ざれごと》さね」

戯言なのだろうか？

仙人のお告げというのは信じ難いが、百人斬れば愛《いと》しい許婚が生き返ると、田下が信じていたことは確かだろう。

「……晃瑠の辻斬りも、もしや同じように誰かにそそのかされたのでしょうか？」

遣いが辞去したのち、遅い夕餉を前に夏野は馨に問うてみた。

夕餉といっても、あれだけの事件の後だけに、握り飯に味噌汁《みそしる》だけである。食欲はないのだが、明日に備えて食べておかねばならぬことは承知していた。黙々と握り飯を片付ける馨と蒼太を見習って、夏野も味噌汁の椀《わん》を取り上げた。

「莫迦莫迦《ばかばか》しい。一度死んだ者が生き返るなど、天地がひっくり返るようなものだ。そんなのはでたらめに決まっとる。決まっとるが……信じたくなる時もあるのやもしれんな」

「そうですね……」

田下は信じていた。

こんな莫迦莫迦しい話を迷信するほど、許婚を想っていた――

「許婚を亡くして、正気を失ってしまったのでしょう」

夏野が言うと、手に付いた米粒を口にしながら馨が眉を上げた。

「そうか？　存外あいつは正気だったと思うぞ。少なくとも、一人目を斬るまでは」

「一人目？」

田下が連れ去られてすぐに判明したことだが、伊勢屋の前に、町の端にある妓楼《ぎろう》が二軒、田下に襲われていた。斬られたのは十数人。死したのは六人であった。田下が言っていた数とは死者が合わぬが、斬った者の生死を確かめている余裕は田下にはなかっただろう。

最初に妓楼を狙《ねら》ったことが、正気だった証《あかし》だと馨は言う。

「しかし、正気の人間にあんな風に人は斬れませんよ」

「だから、斬ったから狂っちまったんだろう。人を斬るというのはな、黒川、覚悟よりも志が必要なのだ。考えなしの阿呆《あほう》ならともかく――」

「志、ですか」

「そうだ。己が正しいと思っているうちは迷いなく斬れるし、迷っているうちはいくら腕があっても難しい。田下という男、気の優しい孝行息子だったそうじゃねぇか。根が善人だから呪《のろ》いじみた戯言にも騙《だま》されるし、一度人を斬れば今度は罪の意識に苛《さいな》まれる……」

「では、晃瑠の辻斬りは？」

「やつは田下なぞよりずっと恐ろしい。やつのやり方には迷いが感じられん」

「それはつまり、あの男は己が正しいと思っているのですか？」

「そりゃそうだろう。そうでなくて、百人も人が斬れるものか」

「そんな。己の私利私欲のために、罪無き者を斬るのは間違っています」

「無論だ。だが、何が正しくて何が間違っとるかは、誰にも決められん。それぞれが各々の物差しで判じることだ。富樫永華を覚えておろう？　勝手極まる女だったが、己が正しいと信じていればこそ、ああも非道なことができたのだ」

――蒼太の命と、見知らぬ百人の命。どちらかを選ばねばならぬなら、俺は迷わず蒼太を選ぶ――

そう、恭一郎が言ったことがあった。

鷺沢殿なら斬るだろうか？

もしも本当に死者をよみがえらせることができるなら……奥様に――奏枝殿にもう一度お会いするために――

「蒼太、飯は足りておるか？」

黙ってしまった夏野の代わりに、馨が蒼太に話しかける。

「もと、くう」

「そうか。俺もまだ食い足りぬ。番頭に頼んで、握り飯をあと二つ三つもらって来よう」

「あの、よろしければ私のを――」

握り飯が三つ載った、手つかずの己の皿を差し出すと、馨が叱咤《しった》した。

「莫迦者。明日は厳しい一日になるぞ。夜明けと共にここを発つ。今のうちにしっかり食って、たっぷり眠っておかねばならん」

伊紗の話は既に馨と蒼太に伝えてあった。

明日にはおそらく坂東が着くだろう。真琴は高島と大河内に任せて、夏野たち三人は恭一郎と伊織に合流すべく出立する。

「なつ、も、くう」

蒼太が夏野の皿を押し戻した。

今すぐにでも、鷺沢殿のもとへ駆けつけたいだろうに……

夜を恐れず、足も速い蒼太がそうしないのは、己が言い含めたからである。

いくら蒼太と「つながって」いても、十里も離れては己に居所が判るか心許《こころもと》ない。

また、稲盛のことが不安であった。

もしも――伊紗の娘のように、蒼太が取り込まれてしまったら――

仲間が妖魔の王に仕立てようと考えたほど、蒼太の妖力は秀でているらしい。今は自分の力をよく把握しておらぬようだが、だからこそ稲盛に狙われてもおかしくなかった。

一人ではとても行かせられぬ……

「そうだな。私もしっかり食べておこう。……ありがとう、蒼太」

「……れ、いら、ん」

ぷっと口を尖《とが》らせた蒼太に微笑んで、夏野は握り飯を取り上げた。

第八章
Chapter 8

明け六ツが鳴る前から出立の支度をし、六ツと共に夏野たちは辻越町を発《た》った。

真琴に一言別れを告げたかったが、見送りに出て来た大河内曰《いわ》く、熱が下がらぬ真琴は眠ったままだという。

「御上の御用を無事に果たされるよう……心よりお祈り申し上げる」

「かたじけのうございます」

夏野が礼を言って頭を下げると、馨も傍らに寄って来て言った。

「夕刻には坂東殿が着くでしょう。私どものことはご案じなさいますな。……木下様のこと、どうかお頼み申し上げまする」

深々と頭を下げた馨の背中には、真琴への親愛の情が見て取れる。

言葉を交わすことなく、このように別れたことを、真琴様はさぞ無念に思うだろう。

だが、私たちはゆかねばならぬ……

「行って参ります」

「お気をつけて……」

伊勢屋を出ると、蒼太が先頭を切って早足で歩き出した。そのすぐ後ろを、振り返ることなく馨が続く。

腰の刀を確かめて、夏野も二人の後を追った。

†

夏野たちが辻越町を出立した四日前、恭一郎と伊織は積田村にいた。

何か見落とした手がかりはないかと立ち寄った積田村には、当初は一日、長くとも二日ほどしか滞在しないつもりだったが、着いた翌日の昼過ぎに雲行きが変わった。

恭一郎たちの到着を見計らったように、稲盛から伊織へ名指しで文《ふみ》が届いたのである。

《――旅の道中、お身体《からだ》を悪くされた土屋昭光《あきみつ》理一《りいち》位様と出会い、お預かりしております。当方も何分忙しい身で、積田村までお送りするのは困難なゆえ、三日後の師走《しわす》は二十日に山名村まで、樋口理一位様自ら迎えにご足労いただきたい……》

文にはそのようなことが、堂々と「稲盛文四郎」の名で記されていた。文を届けたのは村の農夫で、商人と思《おぼ》しき身なりのよい若者に、駄賃を渡され頼まれたと言った。

「罠《わな》だ」

「うむ。だが、行くしかあるまい」

即座に罠だと推察した恭一郎へ、動じることなく伊織が応《こた》える。

「それはそうだが――」

「俺《おれ》に三日も時を与えたことを、せいぜい後悔させてやるさ」

澄まして言う伊織を見て、恭一郎はついくすりと笑みをこぼした。

「なんだ？」

「いや、我が理一位様は、頼もしいやら、恐ろしいやら」

「からかうな」

「滅相もない。私ごときが理一位様をからかうなど——恐れ多いことでございます」

「やめぬか、この有事に」

伊織は眉《まゆ》をひそめたが、形ばかりだ。

積田村には武家がない。無用の死者を出さぬためにも、屋敷や村の者には委細を告げずに発つことにした。下手に数だけ揃《そろ》えても、いざという時に己の身も護《まも》れないような烏合《うごう》の衆では、恭一郎たちの負担が増えるだけである。

稲盛の方もそれなりに手を回しているようだ。

夏野たちへのつなぎと、武家の援助を頼むべく牛伏へ颯《はやて》を飛ばしに出向いて、恭一郎は積田村の颯が出払っていることを聞かされた。この十日ほどで、八羽いる颯の全《すべ》てが飛ばされたが、どれも帰って来ないと鳩舎《きゅうしゃ》の者が嘆いた。

俺たちが積田へ戻って来るのを、見越していたのか、見張っていたのか——

仕方なく飛脚を頼もうにも、颯がいなくなってから飛脚も多忙を極めているようだ。すぐに頼める者はおらず、文だけ言付けて恭一郎は土屋の屋敷へ戻った。

伊織は土屋の書斎にこもったままだ。

おっかなびっくりの屋敷の者に代わって、恭一郎が膳《ぜん》を携えて書斎に向かった。

「入るぞ」

返事を待たずに戸を開くと、部屋の中には微《かす》かに血の臭《にお》いが漂っている。

「何をしている？」

部屋の奥にいた伊織に近寄ると、伊織の腕には針が刺さっていて、そこから滴る血を瑠《る》璃《り》でできた小瓶に落としていた。

「見れば判《わか》るだろう。血を集めているのだ。術師の血はいろいろ使いようがあるのでな」

「そうらしいな」と、半ば呆《あき》れながら恭一郎は相槌《あいづち》を打った。

よく見ると、血は針を伝っているのではなく針の中から流れ出ている。どうやら、針の芯《しん》には穴が開いているらしい。通常の針よりやや太いそれを、恭一郎が感心しながら見つめていると、伊織がにやりとした。

「よく出来ておるだろう？　似たような物でもこれほど細い針を作れる職人は、国に何人もおらぬのだ」

それこそ国に五人しかいない理一位が、何やら自慢げに言うのが恭一郎には可笑《おか》しい。

「血が固まってしまわぬよう、先に細工を施しておかねばならぬ。膳はそこらに置いてくれ。後でもらう」

「承知した。何か、俺に手伝えることがあったら呼んでくれ」

それから丸二日、伊織は書斎にこもりきりだったが、昨晩ようやく出て来て、恭一郎といただけだ」

「朝から晩まで稽古《けいこ》に励んでいたさ。他にすることもなかったのでな……後は食って寝て
「できる限りは。お前はこの二日、何をしていたのだ？」

「支度はできたのか？」

共に夕餉《ゆうげ》を済ませた。


恭一郎が応えると、「それは重畳《ちょうじょう》」と伊織はにっこり微笑《ほほえ》んだ。

——こうして思いがけず積田村で四日も過ごした恭一郎たちは、夏野たちが辻越町を出る少し前に出立した。

二人が積田村の結界を越えて半刻ほどして、明け六ツが遠くで響いた。

伊織が立ち止まり、空を見上げる。

「雨がくる」

「まさか」

見渡す限りの晴れ空である。だが、天の気を読む伊織の言うことだ。

「ありがたくない予言だな……どうしてこう、予言というのは悪いものばかりなのだ？」

「悪事千里を走るというように、悪いことは伝わりやすいのさ。お前とて、良い予感よりも悪い予感の方がずっと多かろう？」

「それもこの世の理《ことわり》か？」

皮肉を込めて恭一郎が訊《たず》ねると、伊織は口角を上げて肩をすくめた。

「さあな。検分したことはない。そもそも雨がありがたくないのは俺たちが旅の途中にあるからで、ここらの農民たちには喜ばしい話さ。このところ晴れ空続きで土地がすっかり乾いておるからな……とにかく、夜半までには必ず降るぞ。早ければ夕刻にも。それまでに事が終わればめでたいが、一筋縄ではいくまいな。頼りにしてるぞ、恭一郎」

「調子のいいことを……」

小さく舌打ちを漏らしたものの、いつもと変わらぬ伊織にほっとしてもいた。

溜《た》まった疲れと血を抜いたせいで、昨夜、伊織の顔色は優れなかった。

頼りにしておるのは俺の方だ……

まだ見ぬ稲盛文四郎という男に、恭一郎はそれこそ悪い予感を抱いていた。

†

辻斬《つじぎ》りの居場所が判らぬかと、晃瑠を出る前に、蒼太は夏野に問われた。

辻斬りには二度会っている。本気で探せば男の気を追えぬことはなかろうが、術の張り巡らされた都では難しい。そうでなくとも、己はやはり首を振ったに違いない。夏野の腕では男を討ち取れぬと踏んでのことだ。

晃瑠を出てから、五感がみるみる冴《さ》えていくのが感ぜられた。

人の暮らしに慣れた今、近頃《ちかごろ》忘れていた本来の——山幽《さんゆう》の——自分に戻ることに蒼太は多少の不安を抱いたが、都を離れるにつれて解放感が不安を大きく凌駕《りょうが》していった。

目を閉じ、耳を澄ませ、全身で風を感じ取る。

足元の大地が大気と交わり、無数の生命の存在を肌で感じる。多くの命は蒼太の知らぬものであり、それらの気はごく淡く、個々は到底判別できぬ。

辻越町の結界を出てすぐ、蒼太は恭一郎の姿を思い浮かべた。

恭一郎の声、匂《にお》い、その身がまとう強い気の波動……

砂浜でたった一粒の砂を探すがごとく、様々な気が流れ、渦巻く中、恭一郎の気だけに心眼を凝らす。

——「きょう」……

一点見えた光は小さく、ずっと遠い。だが、紛れもなく恭一郎のものだ。

ともすれば見失いそうになるそれを、蒼太は立ち止まって何度も確かめた。その度に、己の力が研ぎ澄まされてゆくのが判る。

先を行くにつれて、見知った恭一郎の気がほんの少しずつだが強くなる。ついつい蒼太は足を速めたが、徐々に夏野と馨が遅れがちになってきた。

ふと振り返ると、まっすぐ続く南北道の、三町ほども後ろに夏野と馨の姿が見えた。

「蒼太、ちと休ませろ」

ほどなくして追いついた馨が、腰を押さえて息を整える。少し遅れてやって来た夏野も息を切らせていた。

辻越町を出て五里と来ておらぬ。更にここからは南北道を離れて、山道を行くことになりそうだ。久峩山を右手に見ながら、蒼太は山の向こうにいる筈《はず》の恭一郎を想《おも》った。

夏野が伊紗から聞いたところによると、「いなもり」は「いおり」を狙《ねら》っているらしい。

それはつまり「いおり」を護《まも》っている「きょう」にも危険が及ぶということだ。

——「あざる」と一緒に、人里を襲っている「いなもり」……

伊紗の娘を取り込み、人の寿命を越えて生き長らえている老術師。故郷の森を焼き、仲間を殺し、紫葵玉《しきだま》を奪い——一月《ひとつき》ほど前には、旅中の夏野をおびき出し、己の目を夏野から取り上げようとしたとも聞いている。

でも、あれはイシュナだった……

狂人が刀を振り回し、真琴の部屋に乗り込んできた時に見た絵のことだ。

イシュナが「あいくち」で仲間を殺した——

匕首《あいくち》を振り下ろすイシュナの姿を思い出して、蒼太は身震いした。

——そんなことがあるだろうか。

己に非があろうとなかろうと、一族の結束が固い山幽の同族殺しは大罪だ。蒼太は同じ山幽のシダルに嵌《は》められ、仲間の赤子を殺した咎《とが》で一族から追放された。一族の厳しい掟《おきて》は身をもって知っている。

イシュナは今、どこにいるのだろう——？

「……すまぬな」

汗を拭《ぬぐ》いながら夏野が言った。

「きょう、やま、の……むこ」

夏野なら、「つながっている」目を使って己を追うことができる。

昨夜、夏野から伊紗の話を聞いて、一人で先に行きたいと告げたが、ならぬと諭《さと》された。足には自信がある。稲盛に出くわしても逃げれば済むだけだと言ってみたものの、湊という術師に捕まってしまった前例がある。夏野にそう指摘されて、蒼太はうなだれた。

――昨夜も……

乱闘のさなかだというのに、イシュナが見えてつい気を取られてしまった。真琴が庇《かば》ってくれなかったら、命を落としていたやもしれなかった。

――「ひと」の「まこと」が「ようま」のおれを庇った……

真琴は己が妖魔《ようま》だと知らぬ。だが人の子だと思っていたとしても、あの成りゆきで、己を庇う理由が真琴にはないと、蒼太は思っている。

我が子でもないのに、命を懸けて――

春に小野沢村で、幼子のために狗鬼に立ち向かった夏野も同じである。

人は愚かだと思う反面、人の――おそらく「やさしさ」と呼ばれるものに、迷う己がいるのも事実だった。

「蒼太？」

夏野の顔が覗《のぞ》き込んで、蒼太は再び恭一郎の気に集中した。

休み休み、十里と少しの道のりを小走りに経て、恭一郎の気がぐっと近くなったのは八ツ半を過ぎただろう頃おいだった。

昼過ぎまではからりと晴れていた空に、今は山の方から流れて来た雲が嫌な影を落としている。低く広がる雲を見上げると、微かに胸が騒いだ。

「間瀬州、山名村」

出入り口の石柱に書かれた字を見やって夏野が言った。

「稲盛は山名にいると、伊紗が――」

ここまで来ればもう構わぬだろうと、夏野が止めるのも聞かずに蒼太は駆け出した。

†

「蒼太！」

待ちきれなくなったのだろうが、どこに稲盛が潜《ひそ》んでいるやもしれぬ。

蒼太を追って走り出した夏野の前に、黒い塊《かたまり》が躍り出た。

とっさに飛びしさり、追いすがって来た影に抜き打ちを放つ。

鮮血が散って「それ」がのけ反ったところへ、後ろを走って来た馨の大刀が閃《ひらめ》いた。

首を落とされた身体の前足が泳ぎ、己の方に倒れて来るのを横へ避《よ》ける。

子牛ほどの大きさだが、鱗《うろこ》に覆われた手足は短く、鷲《わし》のような嘴《くちばし》をしている。

蜴鬼《やくき》……！

「黒川、走れ！」

呆然《ぼうぜん》としたのも一瞬で、並んだ馨と共に夏野は走り出した。

数箇月前に妖魔に襲われたという山名村には、人気《ひとけ》が全く感ぜられない。がらんとした家屋敷の合間から、更に二匹の蜴鬼が出て来た。

「蒼太！　いいから逃げろ！」

一町ほど先で足を止めて振り返った蒼太へ、夏野は叫んだ。

狗鬼ほどすばしこくない蜴鬼は、全力で走れば振り切れる。

だが、逃げ回っているだけでは埒《らち》が明かぬ……

ふっと馨の影が消えたと思ったら、くぐもった蜴鬼の断末魔が二度聞こえた。

振り返ると、一刀両断された二匹の蜴鬼が馨の背中の向こうに見えた。

「莫迦者《ばかもの》！　足を止めるな！」

三尺の大刀に血振りをくれて、馨が再び走り出す。

ずっと前方で、二軒の家の間を左に折れた筈の蒼太が、戻って来て手招いた。

「なっ！」

「蒼太！」

右手から飛び出して来た新たな蜴鬼を斬り払う。馨と違って致命傷を与える余裕はないが、足止めには充分だ。

蒼太の待つ角へあと十間という時、蒼太の背後から蜴鬼が襲いかかるのが見えた。

「蒼太！」

夏野が叫ぶのと同時に蒼太が横へ飛びのいて、白刃が閃いた。

蒼太を襲った蜴鬼の首が飛び、恭一郎の顔が覗く。

「黒川殿、こっちだ！」

蒼太を庇いながら、通りの向こうから更に現れた蜴鬼に恭一郎が斬《き》りつける。怯《ひる》んだ蜴鬼の首を、恭一郎は二の太刀で切り落とした。

夏野に続いて馨が角を曲がると、後ろから恭一郎が声をかける。

「まっすぐ走れ！」

畑の合間に農家が見えた。

表に立っているのは伊織だ。

たった二町ほど先の家が、随分遠くに思えた。

垣根はないが、庭先に、細く黒い線が浮かんでいるのがくっきりと見える。

結界――

蒼太に続いて駆け込んだ夏野が振り向くと、馨と恭一郎が、そのすぐ後ろに二匹の蜴鬼が追って来る。

伊織の手から二度、小さなものが放たれた。

風針《かざばり》だった。

それだけではない。この、術を使った見えない刃《やいば》が蜴鬼を切り裂くと、じゅうっと音を立てて傷口が焼けただれた。

しばしのた打ち回った後、二匹の蜴鬼はのろのろと退散して行った。

「積田でひとときあったのでな。小細工を弄《ろう》してみた」

火薬に鉱物と砂を混ぜたごく小さな玉に、己の血と術を加えて風針に乗せたのだという。

「この結界も……？」

切れた息を整えながら夏野が問うと、伊織が頷《うなず》く。

「とんだ再会になったが、皆無事で何よりだ」

†

稲盛に呼び出された恭一郎と伊織は、昼過ぎに山名村に着いたという。

「村の結界は既に破られていた。見ての通り山名は小さな村だが、それでも数箇月前に襲われた時はまだ五十人ほどが村に残っていた。結界も土屋様と他の者が協力して張り直してあった」

それが今は廃村同様で、ところどころに亡骸《なきがら》が転がっているそうである。

「逃げ切った者もおろうが、村人の大半はおそらく二度目の襲撃で命を落としたと思われる。俺が歩き回った限りでは、人の気配はこの村にはもうない。だからこそ、早くに土屋様を見つけることができたのだが……」

気をたどって、この農家の中で土屋を見つけた。

しかし、土屋は既に虫の息であった。

稲盛に捕えられてこのかた、どこか山奥の檻《おり》に閉じ込められており、山名村へ移されたのは昨夜だったという。二人の弟子は囚われてから二日後に放たれたものの、蝪鬼をけしかけられ、逃げたまま行方が知れぬらしい。

瀕死《ひんし》の土屋を連れ出すことはままならず、伊織は携えて来た己の血を使って、家の周りに簡単な結界を施した。

やがて空が雲に覆われ、陽《ひ》が陰るにつれて、人のものではない気配が増えてきたところへ、夏野たちが着いたのだ。

「それで、土屋理一位様のご様子は？」

声を潜《ひそ》めた馨の後ろから、しわがれた声が応えた。

「もうもたぬ……」

「土屋様」

伊織が駆け寄ると、土屋はゆっくり蒼太を見やった。

「あの子が……おぬしの言う……」

「はい。蒼太――山幽の子でございます」

「それと……」

「その隣りにいるのが黒川夏野。偶然とはいえ、山幽の目を宿した者です」

「頼む……ちこう……」

伊織が頷くのを見て、夏野は土屋の枕元《まくらもと》へ膝《ひざ》を詰めた。

痩《や》せこけた土屋の顔には、死相がありありと見て取れた。しかし、老体から滲《にじ》む気は微弱でも心地良いものだ。

じっと夏野の顔を眺めた土屋の口元へ、淡い笑みが浮かんだ。

「樋口……おぬしの言う通りだ……無理が全く……感ぜられぬ……」

喉《のど》を詰まらせた土屋の口を、伊織が木匙《きさじ》で水を滴らせて潤した。

「蒼太と……やらも……」

夏野が見やると蒼太は首を振った。

立ち上がり、蒼太の傍らに膝をつくと、夏野はそっと蒼太の手を取った。

「蒼太。お前には判る筈だ。あのお方の気が……」

うつむいたまま、だがそれ以上は嫌がらずに、手を引く夏野に蒼太はついて来る。おずおず夏野の隣りに座ると、何も言われぬうちに自ら守り袋を外した。

僅《わず》かにあどけなくなった蒼太を見上げて、土屋が目を細めた。布団から弱々しく伸ばされた土屋の乾いた手をしばし見つめたのち、蒼太は己の小さな手を重ねた。

左目が疼《うず》いて、思わず瞬《まばた》きした夏野の脳裏に、一人の女の顔が浮かんで——消えた。

「鳶色《とびいろ》の髪……瞳《ひとみ》……人に似て……人に非《あら》ず……そうか、おぬしは……やはり山幽……」

目を閉じた土屋の口元に、満足げな微笑《ほほえ》みが浮かんだ。

「樋口……」

「はい」

「後《あと》を……頼む……」

「……はい」

それが土屋の最期であった。

守り袋をつけ直した蒼太に、伊織が言った。

「蒼太、土屋様に代わって礼を言う。土屋様はずっと、妖魔の中でも山幽を気にかけておられた。知恵と力を持ちながら、争いごとを避け、自然を敬い、自然と共に生きる山幽の暮らしは、多くの理術師《りじゅつし》が目指すところに似ている」

蒼太の隣りで、夏野も伊織の話に聞き入った。

「これは立場上、表だって明かしていないことだが――土屋様は幼少の砌《みぎり》、山幽と思《おぼ》しき女性に、命を助けてもらったことがあるそうだ」

こくりと蒼太が頷いたのを見て、夏野は先ほど見えた女性の顔を思い出した。

蒼太と同じ鳶色の髪と瞳。温かい、春の日向《ひなた》を湛《たた》えたような笑み……

――まさか。

知ってか知らずか、蒼太が手鏡を入れている懐《ふところ》をまさぐった。

転瞬、切なさが胸に満ちた。

そうか。

あれが、奏枝殿……

奏枝は数百年をゆうに生きたと思われる。恭一郎に出会うずっと前から人里を渡り歩いていた奏枝が、幼き土屋に会っていてもおかしくはない。

複雑な思いを胸に、夏野は伊織に問われるがまま、辻越町での出来事と、伊紗や伝え聞いた孝弘《たかひろ》の話を手短に語った。

伊織や恭一郎が、鴉猿《あざる》の共謀者として既に稲盛に当たりをつけていたことには感心したが、稲盛のこれまでの所業や伊紗の娘のことを思うと気が塞《ふさ》ぐ。

「黒川殿、手伝ってくれぬか？」

一通り話を聞き終えると伊織が問うた。

「はい」

「じきに日が暮れる。出立するにはもう遅い」

「ここで一晩明かすということか？」

土間の縦格子の窓から表を窺《うかが》いながら、馨が訊ねた。

「そうだ……と言いたいところだが、夜明けまでもたぬだろう」

「何がだ？」

「俺の結界だ」

「何故《なぜ》だ？」

眉根を寄せた馨に、落ち着き払って伊織が応える。

「雨が降るからさ」

伊織が言った先から、ぽつぽつと雨が屋根を叩《たた》き始めた。

†

夏野が湯を沸かす間に、伊織は恭一郎と馨に手伝わせて床の一部をはがした。

湯が沸くと伊織は土屋に清拭《せいしき》を施し、その間に馨がはがした床の下を鍬《くわ》で掘った。

「一尺ほどでよいぞ」

「一尺では足りぬだろう」

「埋める訳ではないのでな」

「ではなんのためだ？　隠すためか？」

「隠しもせぬ」

訝《いぶか》しげに床下から見上げた馨に、伊織は愁い顔で応えた。

「ご遺体をこのまま置いては行けぬ。稲盛にどのように利用されるか判らぬからな……弟子や屋敷の者には悪いが、土屋様にはここで地に還《かえ》っていただく」

馨の掘った穴に清めた土屋の身体を横たえると、伊織は上から軽く土をかけた。

馨を床の上に上げ、土屋の傍《そば》に片膝を立てて座り込むと、右手でそっと土に触れる。

伊織を除く四人が固唾《かたず》を呑《の》んで見守る中、夏野の耳に囁《ささや》きよりも低い詞《ことば》が届く。

万理の由縁《ゆえ》を以《もっ》て魂《たま》無き槽《うけ》を地に還す哉《なり》
肉叢《ししむら》の穢《けが》れを清め
現《うつつ》の桎梏《しっこく》の環《わ》を解《ほぐ》し
天地《あめつち》の理を以て塵《ちり》を此《こ》の地に合一す……

伊織の使う詞は夏野の知る人語とはまったく違う。だが言葉そのものは解せずとも、それが意味するところは頭に直《じか》に入り込んでくる。

微動だにしない伊織の詞に聞き入っていると、ぽこっと土が湧《わ》いた気がして、夏野は思わず刀に手をかけた。

土鎌《つちがま》の気配かと思いきや、もっと小さなものが、さざ波のごとく土中で土屋の亡骸を揺らしている。

と、みるみるうちに土嵩《つちかさ》が減り始めた。

ところどころ露《あら》わになっていた土屋の肌が急速に枯れていく。

声もなく見つめていると、左目が疼いて、夏野は蒼太を見やった。恭一郎の傍らで、蒼太も土屋の変貌《へんぼう》を凝視している。

土屋へ目を戻すと、既にぼろぼろになった肉が土と混ざり、骨が覗いていた。

ざわざわとした不快感は、肉塊が砂のように細かい塵となるにつれ退いていった。塵がやがて詞の通り、地脈に溶け込み四散してゆくのが感ぜられる。

己の中に大地が、空が、無限に広がっていくような錯覚に陥って、夏野は胸を押さえた。

四半刻《しはんとき》ほどで亡骸は白骨と化していた。

土から手を離して身を正すと、伊織は骨を拾い、土屋の着物で丁寧に包んだ。

固唾を呑んで見守っていた馨が、大きく息を吐いて言った。

「伊織……お前はまこと、怖い男だな」

「賛辞と受け取っておこう」

骨を包んだ着物を持った伊織が部屋を見渡すのを見て、蒼太が風呂敷《ふろしき》を差し出した。

「かたじけない。蒼太は気が利くな」

「つ、ち、とそあ……つなか、て……る」

床に上がった伊織をまっすぐ見つめて蒼太が言った。

──蒼太もあれを感じ取ったのだ。

「うん？」

「大地と空が、つながっていると……」

夏野が伝えると、伊織は微笑んだ。

「そうだ。天地《てんち》はつながっている」

「み、な、つなかて、う」

「うむ。我らは皆、この世に生まれ、この世に死す。人も妖魔も草木でさえも、基《もと》は同じなのだ。全ては理次第だ。理が俺たちを分けることもあれば、つなげることもある……」

私たちは皆、個々であり、一つでもある──

考え込んだ夏野を、伊織が呼んだ。

「黒川殿」

「はい」

「稲盛を捕えただけでは事は落着せぬだろう。ゆえに俺はしばし、晃瑠へ身を移そうと思う。おぬしがよければ、この先俺を助けてはくれまいか？」

「身に余る光栄にございますが、私で助けになりましょうか……？」

「そう思うからこそ頼んでおるのだ。ただし……」

「ただし？」

伊織の代わりに、蒼太の肩に手を置いた恭一郎が応えた。

「ここから無事に帰れたら、だ」

「そういうことだ」

物騒な台詞《せりふ》の割に二人に差し迫った様子はなく、微かに笑みさえ浮かべている。

「きょう」

こちらは緊張の滲む声で、蒼太が恭一郎の袖《そで》を引っ張った。

「来たぞ……」

土間の入り口から表を窺《うかが》っていた馨が眉根《まゆね》を寄せ、恭一郎と蒼太が土間へ下りて行く。

開かれた板戸から見える庭の向こうに、爛々《らんらん》と光る蜴鬼の目が、結界を遠巻きにしていくつも浮かんでいる。

ざっと五、六匹。群れることがないといわれている蜴鬼が、揃《そろ》ってじっとこちらを窺っているのが不気味だ。

蜴鬼たちの合間を縫って、ゆったりと人影が歩み寄って来た。

にやりとした唇から、いくつか抜け落ちた前歯が覗く。

「お待たせいたしましたな、樋口様」

頭巾《ずきん》を拭《ぬぐ》うように取った男の首筋には、刀傷がしかと刻まれている。

恭一郎と馨を手を上げて制すると、伊織が戸口の前に立った。

「――稲盛文四郎。慇懃《いんぎん》無礼《ぶれい》にもほどがあるぞ」

まとわりつくような雨を挟んで、伊織と稲盛が対峙《たいじ》した。

†

「小僧が」

左目に差した影を夏野が瞬きして追い払うと、伊織の背中越しに、稲盛が再びにやりと薄気味悪い笑みを浮かべたのが見えた。

「土屋様は私の恩師だ。師を殺《あや》めた者に礼を尽くす道理はない。むごいことをするではないか」

「ここで死したのは土屋の天命だ」

「土屋様だけではない。お前の一味に襲われた町村で死した者、山幽たち……またそこにお前が宿している、その仄魅《しきみ》――」

「こいつのことか？」と、稲盛が萎《しな》びた手で胸に触れた。「自らのこのこ近付いて来たのだ。利用せぬ手はなかろう」

『浅はかだった……』

熊野村で聞いた女の声が、おぼろげに聞こえた。

「……妖魔を身の内に宿して、よくぞここまで生き長らえたものだ」

伊織の言葉に微かな賛美の匂いを嗅ぎ取って、稲盛は更に口元を緩めた。

「理術師なれば……お前も試してみたいのではないか？」

「いいや。毒を毒と知りつつ含むのは愚かだ。十中八九死に至る毒なら尚更《なおさら》だ」

「誰《だれ》にでもできることではない。力ある——選ばれた者にしかできぬことだ」

「お前がそうだと？」

「儂《わし》の歳《とし》を知っておろう」

「しかし順風満帆にはとても見えぬが」

「勇なき者のひがみだ」

小莫迦《こばか》にする稲盛に動じず、伊織はあくまで淡々としている。

「……そこまでの力を持つお前を、安良様が取り立てなかったのは何故だと思う？」

「見る目がなかったのだ。所詮《しょせん》、安良は人でしかない……いや、恐れたのやもな。己に代わる、力ある、不老不死の者を——」

「俺にはそうは思えぬ。安良様は力も死も恐れておらぬ」

「今更どうでもよいことだ。安良の治世は終わりだ。人は剣も術も既に極めた。もうあいつから学ぶことは何もない。安良がいなくとも民人は困らぬ。これからはそういう世になるのだ」

「土屋様に続いて、安良様も亡き者にするつもりか？」

「そんな面倒なことをせずとも、このまま人里が減ってゆけば、人心は遠からず安良から離れる。人は何よりも己や身内の命を惜しむものだ。己らの命を左右するのが儂だと知れば、愚民どもは我先にと儂にひれ伏すさ」

『人は弱い……自分勝手で……浅ましい……』

女性の嘆きが聞こえて、夏野は唇を嚙《か》んだ。

……そうでない者もたくさんいる！

そう声高に叫びたかった。

だが一方で、力に屈してしまう者が、そうでない者よりもずっと多いだろうということも、夏野には判っていた。

多くの者が——それが己のものではなくとも——命よりも大切なものを持たぬことも。

大切な者のために己の命を懸ける者と同じくらい——もしくはそれ以上に——己や愛する者のためなら他人を犠牲にすることを選ぶ者がいる……

「百五十年生きてきて、たどり着いた答えがそれか？　浅薄な野望だな。お前は既に何百もの民人の命を奪った。そうまでして何ゆえ己が愚民と呼ぶ者たちの上に立ちたがる？」

「人は身の程を知るべきだ。心も身体も弱く、大したこともできぬのに、一握りの才ある者のおかげで安穏としている。ただ生き、死ぬだけなら誰にでもできる。愚民は愚民なりに、生かされていることを知るべきなのだ。力ある者がやつらの上に立ち、やつらを選《え》り分け、舵を取ることこそが物の道理だ。——それが人であろうと、妖魔であろうと」

「お前であろうと、か？　お前は農村ばかり襲っているようだが、農民なくして人の暮らしはなりたたぬぞ」

「お前に言われるまでもないわ。今は安良の無力を思い知らしめる時だ。儂は働き者は嫌いではない。知恵がない者は身体を使えばいい。儂がこの世から排したいのは、労力を惜しむ能無しどもだ」

「物判りがよく、働き者しかおらぬ世か……悪くないな」

まさか本心ではあるまいが、嘘《うそ》や冗談を言っているようにも思えなかった。伊織の声は変わらず穏やかだ。

「だが稲盛、お前が命のふるいになるのはいただけぬ」

「安良やお前ならよいのか？」

「いや。安良様は安良様の、俺は俺の物差しでしか物事を測れぬ。民人全ての命を己の物差しだけで測るなど、誰がやっても傲岸不遜《ごうがんふそん》だ」

「それがこの世の理でもか？」

「お前の所業がまことに世の理だと知らしめる時が、お前に残されておるのか？　紫葵玉を手に入れたようだが、それを用いてもお前はもう長くはあるまい」

「紫葵玉はただのつなぎだ。今しがた、妖魔をもう一匹捕えたところだ。おかげでここへ来るのが少々遅れた。土屋が死すところを見物したかったが、残念だ。だが、それだけの価値はある。なんせこいつの母親だからな……」

『母様？　いつの間に母様を！　やめて。やめてください』

「伊紗を？」

外へ飛び出そうとした夏野の腕を、蒼太の小さな手が捕まえた。

かぼそかった女の声が、よりはっきりと耳に届く。

『母様が——私のせいだ。私が愚かだったばかりに』

『うるさい！　だからお前は眠らせておいたのだ。母親に謝りたくば、後でたっぷりそうするがいい。儂が、あいつを取り込んだのちにな』

稲盛が怒鳴りつける声が頭に響き、女の声が途絶えた。

一歩歩み寄って、伊織の後ろを覗き込んだ稲盛が夏野を見た。

「お前は黒川……樋口の手の者だったのか」

「伊紗を、どこへ？」

夏野の問いには応えず、稲盛は夏野の隣りの蒼太へ目を移す。

「その子供はなんだ？」

「お前の知ったことか」

蒼太を背中に庇った瞬間、夏野の左目に絵が映った。

薄暗い囲炉裏端《いろりばた》で、二人の男が向かい合って座っている。

一人は稲盛。

今一人は陰鬱《いんうつ》な顔をした三十代の男だ。紐《ひも》で引っくくっただけのぼさぼさの総髪に無精《ぶしよう》髭《ひげ》、煤《すす》けた着流しと小汚い身なりだが、まっすぐ正された背筋が武家の出を感じさせる。

澱《よど》んで生気を失っている男の目には見覚えがあった。

――五年だ――

諭すように稲盛が言う。

――五年のうちに、妻女の身代わりとなる女子《おなご》を百人斬るのだ……――

この男は――

「辻斬り……！　晃瑠の辻斬りもお前の仕業だったのか！」

「ほう。小娘とはいえ、理一位が連れているだけあるではないか。その左目の力はどこで得た？　生まれつきか？　それともお前も妖《あや》かしを――？」

守り袋のおかげか、どうやら稲盛は場違いな蒼太に目は留めても、その正体には気付いていないようである。蒼太にもそれが判ったらしい。腕に触れている蒼太の手を意識しながら、夏野は稲盛を睨《にら》みつけた。

「辻越のあの男も――」

田下に脇差しを渡した「仙人」とは稲盛のことだったのだろう。

――女子を百人斬れば許婚が帰って来る――

「百人斬れば死者がよみがえるなどと……何ゆえあのような戯言を」

「そうだ。ただの戯言だ。信じる方がどうかしている。だがそこらの刀も、百人も斬れば使いでのある呪具《じゆぐ》になるのでな。辻越の男は余興にしかならぬだろうが、晃瑠の男は見上げたものだ。斬り続けて、じきに五年になる」

「五年……」

愕然《がくぜん》とした夏野の傍らで恭一郎がつぶやいた。

「そうか……あいつは綾瀬《あやせ》――」

「綾瀬桔平《きっぺい》か」と、馨。

驚いて夏野は馨を見上げた。

「斎佳の剣士で、八年前、二十四、五歳で御前仕合で二番手になった男だ。だが、仕合から一月と経《た》たずに妻女が辻斬りに殺されて、そののち行方知れずとなっていた」

ふいに唸《うな》り声がして、夏野は前へ向き直った。

伊織の背中の向こうに光る目が増えている。

「――どうする樋口？　いつまでもそこに籠城《ろうじょう》してはいられまい」

「そうだな」

静かに応える伊織の足元で、結界が揺らぎ始めているのが見える。激しくはないが、降り続ける雨が、伊織の血で作られた急ごしらえの結界を流しつつあった。

蝪鬼の威嚇がそこここで低く不気味に重なる。

「黒川夏野、お前はどうだ？　その後ろの二人もだ。――そうだ。樋口の首を差し出すならば、お前たちを助けてやろう」

「莫迦な」

夏野より先に馨が吐き捨てた。

「そんな真似《まね》ができるか。莫迦莫迦しい。伊織、俺は最後まで戦うぞ」

「そう早まるな、馨」

振り返った伊織がたしなめた。

「なんだと？」

「しばし、考えさせてくれ」

馨には応えず、再び稲盛に向き直って伊織は言った。

「よいとも。皆でこいつらに喰《く》い千切られるか、お前が仲間の手にかかるか——お前も覚悟を決める時が必要だろう。儂はゆるりと待たせてもらおう——と言いたいところだが、そう長くは持たぬぞ」

結界が弱まっているのを感じてか、じりっと家を囲む蜴鬼の群れが近付いた。

「承知の上だ」

そう言って稲盛に背中を向けると、伊織は夏野たちを中へ促した。

†

「伊織——」

馨を手でとどめて、伊織は蒼太に問うた。

「蒼太。お前は安良様の気を覚えておるな？」

こくっと蒼太が頷くと、伊織は小柄《こづか》を引き抜き板間に印をつけた。

「馨たちが入って来た方とは反対側の、村の東の小山に神社がある」

「来る時、左手に見えた山だな」と、恭一郎。

「そうだ」

伊織が板の上に小柄で描いていく村の絵図に、蒼太はじっと見入った。

「ここから表通りまで二町。左に折れて八町ほどは道なりだ。右手に一際大きな、おそらく名主の屋敷を越したところにある小道が神社へ続く。少し登るが、山というほどの山ではない。神社まで半里はないだろう」

「正面突破か。お前にしては荒っぽいが、この際仕方あるまい」

十数匹いる蜴鬼を突破し、雨のそぼ降る闇夜《やみよ》の中を半里も走ろうというのである。荒いどころか無謀極まりない。

絵図を見ながら厳しい顔をした馨へ、伊織は微笑んだ。

「形はそうだが、俺にも多少は策がある。表の蜴鬼と灯《あか》りは俺に任せろ」

「提灯《ちょうちん》が消えぬ術でもあるのか？」

「あるやもしれぬが俺は知らぬ」

「ならばどうする？」

「鬼火でも焚《た》くさ」

「ふうむ」

いつもと変わらぬ調子の伊織に、馨の緊張はややほぐれたようだ。顎《あご》に手をやる馨をよそに、伊織が蒼太の方を見た。

「蒼太、お前にはこれを託したい。頼まれてくれるか？」

伊織が差し出したのは、土屋の骨が入った風呂敷包みだ。

「お前は夜目が利く。足も速いし、灯りがなくとも真っ先に神社に着けるだろう。迷うこともない筈だ。安良様の気をたどってゆけばよい」

強い結界で護られている神社は、妖魔にとっては禁域だ。伊織の作った守り袋を身につけていればこそ、蒼太は神社にも出入りできる。

神社には大小の差こそあれ、強い気を放つものが祀《まつ》られている。それが「ごしんたい」と呼ばれることを、蒼太は東都に住み始めてから知った。

あれは「やすら」の一部なのか。

直に会った安良の気は、術の力を和らげる、蒼太には心地良いものだった。ただ、あの安良の気と、一人で逃げていた時分に神社から感じていた恐怖がどうも折り合わない。

だが、守り袋をつけていても、初めのうちは苦手だった志伊神社への出入りが、今はまったく気にならぬ。それどころか、むしろ都内ではくつろぎやすい場所となっている。

守り袋が馴染《なじ》んだからか、人の暮らしに慣れたからか。

それとも、少しだけとはいえ「ひと」を好きになったからだろうか――

「蒼太？」

恭一郎に呼ばれて、蒼太は慌てて伊織の手から風呂敷包みを受け取った。

了承の意を込めて頷くと、恭一郎も頷き返す。

どれだけ人と暮らそうとも、己がけして人にはなれぬことを蒼太は知っている。

おれはデュシャ――「さんゆう」という「ようま」だ。

そして蒼太は妖魔である己を恥じたことはなかった。

都では非力な己が、伊織に――ひいては恭一郎に、頼りにされるのは喜ばしい。

ただし、それには一つ条件があった。

「いお」

確かめるべく、蒼太は伊織を見上げた。

「きょう……」

蒼太の言わんとするところを、伊織はすぐに察して力強く頷いた。

「案ずるな。こんなところで恭一郎を死なせたりはせん」

「どちらが用心棒だか判らぬな」

苦笑した恭一郎に安堵《あんど》して、蒼太は風呂敷包みをしっかり背負った。

†

蜴鬼の唸り声が近付いてくる。

皆をぐるりと見回して、伊織が土間にかがみ込んだ。

小柄で少し手のひらを切ると、血の滲んだそれで地面に触れる。

放たれし我より出《い》づるもの

異なるものの禍《わざわい》を
地の理を以て打ち祓《はら》え……

表から、稲盛の狼狽《ろうばい》した声が聞こえた。

「何を――」

伊織の手から、細い、血脈に似たものが地を走り出す。

夏野の左目にしか映らぬそれは、地を通じてみるみる表へ広がった。結界と交わるとどす黒く色を変え、勢いを増し、蜘蛛《くも》の巣のように蜴鬼の足を捕えてゆく。

結界に使われていた伊織の血が毒と化して、蜴鬼の身体に染み入るのが見えた。

「――くっ!」

歯噛みを漏らして、稲盛は網から逃げるべく踵《きびす》を返して闇に紛れた。

呻《うめ》き声を上げて蜴鬼がのた打ち回り出すと、伊織が叫んだ。

「ゆくぞ!」

ひゅっと、一陣の風のごとく走り出したのは蒼太だ。

風呂敷包みを背にした蒼太は蜴鬼の合間を通り抜け、あっという間に闇の中へ消えた。

「走れ!」

飛び出した伊織のすぐ後ろを恭一郎、その後を夏野、馨と続く。

伊織が走りゆく先々に、ぽっ、ぽっ、と小さな火が灯《とも》った。遅れまいと走る夏野の鼻に火薬が臭《にお》う。伊織が走りながら放つ火薬玉は、まさに小さな鬼火のように、夏野たちの足元を照らす。灯りはほんのひとときしかもたぬものの、夏野たちには充分だった。

前方で恭一郎の刀が閃いた。

くぐもった鳴き声と共に転がって来た蝪鬼の頭を、夏野は横へ飛んでよけた。

傍らの闇から飛び出て来た影に、今度は夏野が斬りつける。その後ろから続いた蝪鬼は、馨が胴を斬り放った。

家の周りにいたのが十数匹。その他にもまだ十四ほどが村に潜んでいたようだ。

二匹目を斬った時、やや手こずった夏野へ馨が並んだ。

「お前が斬らずとも俺が斬る。無駄に足を止めるな！」

「はい！」

息が切れてきた。

道しるべとなる灯火の間を走って行くと、半町ほど先で灯りの一つが大きくなった。伊織が言っていた目印の屋敷らしい。藁蓑《わらみの》にでも命中したのか、屋敷の中で火は徐々に大きくなって辺りを照らし出してゆく。

†

神社まで、蒼太は一気に駆け抜けた。

山といってもなだらかなものだ。山道に入ってからも蒼太の足は変わらなかった。

山道を上がる前に、蝪鬼に二度出くわした。

一匹目はかわすまでもなく鼻先を走り抜け、二匹目は飛んでその背中を踏みつけて更に走った。蜴鬼は狗鬼よりもしぶとく力も強いが、狗鬼ほど身は軽くない。山幽が本気で走れば、蜴鬼を振り切ることなど造作なかった。

鳥居を抜けると、蒼太は社の隅に荷物を下ろした。

神社から村を見下ろすと、いくつか微かな灯りが、灯っては消え、灯っては消えを繰り返し、少しずつこちらへ向かって来る。

灯りと共に、己とつながっている夏野を始めとする四人の気配が近くなる。蜴鬼の気配は反対に遠くなりつつあった。

絶命したか。逃げ出したか。

山道の下で屋敷が一軒燃え始めた。

手こずるようなら戻ろうと思っていたが、その必要はなさそうだった。

どのみち蒼太は、真っ向から蜴鬼と渡り合えぬ。せいぜい囮《おとり》がいいところだが、四人は既に山道を登りつつあり、その背後に蜴鬼の気配はもう感ぜられなかった。

安堵したのも束《つか》の間《ま》、木々を包む闇の中に微かな息遣いを感じて、蒼太は振り向いた。

いつの間にか雨はやんでいた。

しっとりとした暗闇に目を凝らすものの、誰も――何も――いない。

頭上高く、南風が久峩山から吹いてくる。

北へ押しやられて、細く千切れゆく雨雲の隙間《すきま》から更待月《ふけまちづき》が覗いた。

と、月明かりに浮かんだ闇が、じわりと揺らいだ。

漆黒の闇に身を包む、妖魔の王と呼ばれるものを蒼太は思い出した。

『黒耀様《こくよう》……？』

ふっと、忍び笑いが聞こえた。

と同時に、生えかけの角に鋭い痛みが走って、蒼太は思わず目を閉じた。割れるように痛み始めた頭を抱えて、鳥居の傍で膝をつく。

「ウラロクは私を欺《あざむ》いた」

耳元で忘れえぬ女の声が囁いた。

誰も知らぬ筈の本来の姿を、黒耀は蒼太の前にさらしたことがある。

統《す》べることなく、群れることなく、気まぐれに現れては、圧倒的な力で皆を震え上がらせる黒い闇の正体は、十二、三歳の少女の姿をしたデュシャだった。

やはり、黒耀様――

確かめようにも、ますますひどくなる痛みに目が開けられぬ。

「お前の角を落とすよう私に懇願し、その角を封じたのは、お前を罰するためではなく、私におもねるためでもなく、この世の終わりを恐れたからだ」

黒耀の声にウラロクの声が重なる。

――お前の力が……この世を滅ぼす……――

そんな筈はない、と、うずくまって蒼太は歯を食いしばった。

「そうか？」

蒼太の心の声が聞こえたのか、黒耀が低く笑った。

「ウラロクが恐れたことがまことになるかどうか……面白くなってきたな、蒼太」

ざあっと木々が枝を鳴らすと、嘘のように痛みが引いた。

起き上がって見渡すも、少女の姿どころか、少し前まで辺りに澱んでいた闇も見当たらぬ。漆黒の闇の代わりに、月明かりがうっすらと木々の合間に差していた。

「蒼太！」

恭一郎の声に蒼太は我に返った。

足音がすぐ近くに迫り、空を切って飛んできたものが、ぽっと弾《はじ》けて数間先を照らす。

伊織が鳥居をくぐり、恭一郎が続く。

半里弱を走ったとあって、二人とも流石《さすが》に息が荒い。

少し遅れて駆け込んで来た馨は、よろめきながらも踏み止《とど》まった。

「――黒川殿はどうした？」

「黒川？」

恭一郎と馨のやり取りに、はっとして蒼太は山道を見やる。

「追い越してはおらん。俺の五間ほど前を走っていた筈だ」

馨が言うのへ、恭一郎と伊織が顔を見合わせた。

鳥居から身を乗り出して、蒼太は薄闇へ目を凝らした。

見下ろす小山の中腹に、ぼんやりと揺らぐ灯りが見える。

眼帯の下の左目が疼いて、夏野の視界が脳裏に揺らぐ。

冷笑を浮かべた稲盛。

稲盛の背後に光る赤い目は鴉猿《あざる》か……

助けに行こうと鳥居から数歩踏み出した蒼太の足元が、ぽこっと膨らんだ。

とっさに飛びしさると、刃風が足を嬲《なぶ》った。

ぽこり、ぽこりと、黒い影が地表に現れ、鳥居の前を這《は》い回り始めた。

「黒川——」

「待て！」

飛び出そうとした馨を恭一郎が止める。

「見捨てるのか！」

「犬死にするつもりか！」

声を荒らげて二人は睨み合った。馨を睨みつけたまま懐から手拭いを出すと、恭一郎は
ひらりとそれを外へ放った。

数匹の土鎌が我先にと刃を伸ばし、一瞬のうちに手拭いが切り刻まれて地に落ちる。

「——足を切られたら終わりだ。月が出たとはいえ、俺たちが動くには暗過ぎる」

恭一郎の言葉に、馨が忌々《いまいま》しげに息を吐いた。

がしゃんと小銭が鳴る音に振り向くと、伊織が賽銭箱《さいせんばこ》を倒したところだった。

「社を使う。馨、手伝え。篝火《かがりび》を焚く」

「そんなことをしてる間に――」

悲壮な声の馨に、伊織は厳しい顔で応えた。

「できる限りのことはする。だが、すぐに打てる手は今の俺にはない」

「何もできんのか！」

どやしつけた言葉は伊織にではなく、馨自身に向けられていた。

土鎌は形を変え、闇に紛れつつ、こちら側を窺っている。かさかさと枯葉と土を鳴らす音が薄気味悪い。

蒼太は土鎌と言葉や意を交わしたことがない。土鎌は狗鬼や蜴鬼よりもずっと原始的な妖魔で、一人で逃げていた時も蒼太が土鎌に襲われたことはなかった。

鳥居の真下に立つと、蒼太は守り袋を首から外した。

仲間の――妖魔の気を感じたのか、寄って来た土鎌たちが迷いを見せた。

「きょう」

硬い顔で傍らに立った恭一郎に、守り袋を手渡す。

「ゆくのか？」

「……ん」

やるせない目を向けた恭一郎へ頷いて見せ、蒼太は夏野のもとへ駆け出した。

†

灯りが違うと、気付いた時には遅かった。

山道よりも更に細い小道を、一人で走っていた夏野は足を止めた。

前の恭一郎も後ろの馨も見当たらない。

伊織の投げる火薬玉の炎と、前後を行く足音を頼りに走って来たつもりだったが、いつの間にか闇に迷い込んでいた。

前方に、ちらちらと木々の合間を揺れる灯りが見える。伊織の火薬玉ではないのは明らかだが、踵を返したところで背後から討たれるだけだと覚悟を決めて、夏野は灯りに歩み寄った。

雨がやんで、まだ丸みを失っていない月が空から覗いている。

枯れ木に差し込む月明かりを頼りに行くと、麓《ふもと》に近い開けた地に出た。

十間ほど先にいるのは稲盛で、小さな龕灯《がんどう》を掲げている。

足元を照らす龕灯の後ろに浮かんだ稲盛の口元に、薄い笑みが広がった。

またしても幻術に嵌《はま》ったのかと、己の愚かさに無性に腹が立った。

「此度《こたび》は逃げられぬぞ」

――ならば、刺し違えるだけだ。

稲盛には応えず、夏野は剣を両手で構え直した。

遠く、村の方から何匹もの蜴鬼の足音が聞こえてくる。

「あれしきの術ではやつらは死なぬ。多少苦しんでも、毒が抜けてしまえばそれまでだ」

稲盛を睨みつけたまま夏野は唇を噛んだ。

「やつらは下等な妖魔だが、仲間を殺されたことが判らぬほど莫迦ではない。さぞ恨みを募らせておることだろう……」

少し離れたところから、低い笑いが届いた。

刀を構えたまま目だけで見やると、林の方に二つの赤い目が潜んでいる。おそらく、稲盛と共謀して人里を襲っている鴉猿だろう。

「樋口は後からゆっくり片付けてやる。まずはお前からだ」

囁きよりも低い詞が、稲盛の口から漏れ始める。

――二度も同じ手を食うものか！

身体の自由を奪われる前に、先手を打ってやる――

祖父の形見を振りかざし、夏野が踏み出した時、すっと稲盛の背後から影が忍び寄った。

気付いた稲盛が振り返る。

「うっ！」

稲盛の手から龕灯が落ちた。

地に転がりながらも消えぬ灯りが、身体をよじる稲盛を照らし出す。

腹に匕首《あいくち》が刺さっている。

柄《つか》を握っているのは伊紗だ。

林から急ぎ駆け寄って来た鴉猿が伊紗の腕をつかんだ。

骨が折れる音がした。

「……っ！」

折れた伊紗の腕を放さぬ鴉猿に、夏野は斬りつけた。

切先がかすっただけだが、鴉猿は伊紗を放して後じさる。痛みに顔を歪《ゆが》めながら、伊紗はもう片方の手で帯を探って、鴉猿に投げつけた。

鴉猿が咆哮《ほうこう》を上げた。

目潰《めつぶ》しか――

のた打ち回る鴉猿の横で、稲盛がよろける。

『母様！』

『娘よ』

『母様、私が愚かでした。許してください……』

「よくも――」

匕首が刺さったままの腹を押さえて、稲盛が伊紗を睨んだ。

『全ては母様の言った通り……人は汚い……浅はかで醜い……』

折れた腕を押さえながら、それでも伊紗は微笑んだ。

『いや、お前は間違っていなかった。……皮肉だね。お前がいなくなってから――お前を探すようになってから、私は人の情けを知ったのさ』

『母様、助けて。私をこの男から自由に』

「頼む、夏野……とどめを」

涙をこらえた伊紗が、夏野を見つめた。

刀を構え直した夏野へ、稲盛が右手を突き出した。

「待て！　――よいのか？　儂を殺すことは、この娘を殺すことだぞ？」

――あの子の身体はとうに朽ちてしまっている――

伊紗の言葉が脳裏をよぎった。

稲盛が死んでも伊紗の娘には戻るべき身体がもう存在しない。

それはつまり――やはり――死を意味するのだ。

考えまいとしながらも、どこかで他に道がないことを知っていた気がする。

百数十年も生き別れになっていた母娘が、やっと再会したというのに……

私が伊紗の娘を殺す――

「夏野！」

伊紗が叫んだ。

躊躇《ためら》ったのはほんの一瞬だったが、その隙をついて走り寄った蜴鬼が飛びかかって来た。

夢中で斬りつけるも、馨の剛剣にはとても及ばぬ夏野の太刀は、身を翻した蜴鬼の腹を少し切り裂いただけだ。

稲盛に躍りかかろうとした伊紗を、鴉猿が体当たりで突き飛ばす。目潰しが効いているらしく、まだ足取りは危ういが、力だけなら伊紗より鴉猿の方がずっと強い。

二匹目の蝪鬼が突進して来る。

これも鼻先を斬りつけただけでかわされた。

その間に向き直った一匹目が腰の鞘に嚙みついてきて、夏野はよろけた。身体をひねって、伸ばされた前足ごと首を落とした。

喘《あえ》いだ蝪鬼の首が鞘から放れて地に落ちる。

いきり立った二匹目の蝪鬼の後ろで、稲盛の忍び笑いが漏れた。

「己の甘さを呪うがいい……」

三匹目の足音が後ろから迫る。

怒りをたぎらせ襲って来た二匹目の足を斬り放ち、そのまま振り返ると、三匹目はもう目の前だった。

間に合わない！

最後のあがきと、夏野は上段から思い切り剣を振り下ろした。

†

土鎌を飛び越え、山道を駆け下りる。

中腹に見えた小道を右へ折れると、夏野が通った軌跡を追って、蒼太はただ走った。

走りながら眼帯を外して仕込み刃を出す。

見えぬ左目に、夏野の目を通した光景が映し出されていた。

稲盛を襲った伊紗。

地を転がる鴉猿。
――遠い。
笑う稲盛と、夏野に襲いかかる蜴鬼――
村の方から林を抜けて、蜴鬼が続々と集まりつつあった。
まだ遠い。
間に合わない――
夏野の背後から蜴鬼が飛びかかる。
――「なつの」！
冷たい空気が角に触れ、足が空を蹴った気がした。
ぽっと、己の中に宿った光がぐんぐん大きくなってゆく。
怖い。
だが、どこか心地良い――
戸惑う己の内側から、何か大きなものが放たれた。

†

眼前が白く爆《は》ぜた。
地響きと共に夏野は後ろに吹っ飛んだ。
起こそうとした身体に痛みが走る。
『黒耀様！』

戻ってきた闇に紛れて、怯《おび》えた鴉猿が悲鳴を上げた。
それを皮切りに、辺りがざわめいた。
『黒耀様……』
『黒耀様……』
言葉は解せなくとも、蜴鬼たちの黒耀への恐れが伝わってくる。
殺気が消え失《う》せ、一匹、また一匹と、足早に散って行くのが判った。
伊紗は無事だろうか？
稲盛は――？
確かめたくも身体に力が入らない。
ぐらりと視界が揺れて、夏野は気を失った。

†

地に伏したまま、いくつかの命が散ったのを蒼太は感じた。
おれが――殺した――
蜴鬼や鴉猿、稲盛の気配が遠ざかって行く。
起き上がろうにも、身体にまったく力が入らぬ。
目を閉じ、頰《ほお》に大地を感じながら、蒼太は夏野の気配を探した。
地脈の中に、覚えのある夏野の鼓動が微かに聞こえる。
小さくも穏やかな鼓動に耳を澄ませていると、森にいるような錯覚に陥る。

安堵した途端、林を渡る風にイシュナの声を蒼太は聞いた。

『もう戻れぬ……』

『翁《おきな》、今、どこに――?』

心で語りかけるも、イシュナには届かぬようだ。

耳を嬲る冷たい風が、目蓋の裏に森の悲劇をよみがえらせた。

火に巻かれたのち、逃げ切れずに稲盛の術に囚《とら》われて身動きできない仲間を、次々と匕首で殺していくイシュナ。

裏切りではない。

山幽の力が稲盛に渡らぬように。

仲間が伊紗の娘のように、死も選べぬ囚われの身とならぬように……

『私が……殺した……』

つぶやくイシュナの声が遠くなる。

おれも、殺した……

身体に重くのしかかってくる冷気の中に、蒼太は黒耀の嘲笑《ちようしよう》を聞いた気がした。

†

「黒川殿!」

「夏野!」

恭一郎と伊紗の声を聞いて、夏野は目を覚ました。

己を覗き込む二人の顔がぼんやり見える。提げていた懐提灯《ふところちょうちん》を伊紗に渡して、恭一郎が夏野の身体を起こす。座り込んだまま、夏野は辺りを見回した。

気を失っていたのは、ほんの束の間だったようだ。

蜴鬼の気配はもうどこにもない。

鴉猿も稲盛も姿を消していた。

月明かりにうっすらと、えぐられた地表が見える。

千切れた蜴鬼の屍《しかばね》がそこここに転がっていて、夜の冷気の中でも血の臭いが嗅ぎ取れた。

恭一郎の傍らには、ぐったりとした蒼太が横になっている。

「蒼太は？」

「無事だ。疲れておるだけのようだ」

「蒼太！　黒川！」

呼び声と共に、新たに二つの提灯が近付いて来る。

馨と伊織であった。

「これは……蒼太が？」

「ええ」

驚きを隠せぬ伊織に夏野は頷く。

黒耀ではない。

蜴鬼を吹き飛ばしたのは、蒼太の力だと夏野には判っていた。

「まさか蒼太がね……やつらは黒耀様だと勘違いしたんだよ。私だって一時はそう思ったもの」

畏怖《いふ》と称賛をないまぜにして、伊紗は倒れている蒼太を見やった。

「稲盛は、お前を捕えたと言っていたが？」

夏野が問うと、伊紗はようやく口元を緩めた。

「ああ。だが、稲盛がいなくなった後、槙村が助けに来てくれたのさ」

「そうだったのか」

孝弘は伊紗を助け出したのち、急ぎ東都へ向かったという。

「まったく、頼りになるんだか、ならないんだか——」

伊織が照らしてくれた提灯で見ると、右腰の上が二寸ほどかき切れていた。傍らには、爪《つめ》が血に染まった蝪鬼の足が転がっている。

「傷は神社で診《み》よう」

血止めのみ施して伊織が言った。

「旦那《だんな》」

膝を折ったまま伊紗が恭一郎を見つめた。

「今更だけど、しばし暇をくれないか？」

「稲盛を追うのか？」

「うん。土手っ腹に風穴をあけてやったからね。今なら私でもやつを殺《や》れるだろう。あの子……母様って呼んでくれたんだよ。こんなに長いこと離れていたのにね……なんとかしてあの子を助けてやりたいんだ。あの男から、自由にしてやりたい……」

それがたとえ、死を意味するとしても――

「好きにするがいい」

懐から財布を出すと、恭一郎は中から更に折り畳まれた符呪箋《ふじゅせん》を取り出して、己の血で羈束《きそく》を解くべく小柄を抜いた。

「待っとくれ。そいつはそのまま旦那が持っといとくれよ」

微かに照れた笑みを浮かべて伊紗は言った。

「憎ったらしい紙切れだけど、これが私を旦那や夏野につなげている。そう思うと、なんだか心強いのさ。それに稲盛を倒したら、莫迦な人の男どもをからかうために、また晃瑠へ戻りたいもの」

小柄を戻して、恭一郎が小さく苦笑する。

「判った。お前の命は引き続き俺が預かる。――死ぬなよ」

「そいつは命令かい？」

「そうだ」

恭一郎が頷くのを見て、ふふっと笑うと、伊紗は腰を上げた。

折れた腕を庇いながら踵を返し、そのまま振り向かずに駆けてゆく。

斬れなかった……

忸怩《じくじ》たる思いが胸に満ちる。

稲盛にとどめを刺せなかった己を、一言も責めずに去った伊紗の背中を夏野はじっと見送った。

——儂を殺すことは、この娘を殺すことだぞ——

稲盛の言葉につい躊躇った。

その場しのぎの嘘ではないと「判った」からだ。

稲盛を殺せば、伊紗の娘も死ぬ……

娘を助けたいと、伊紗は言った。

意に反して術師に取り込まれたばかりか、憎き相手の命を己の妖力で長らえさせているとなれば無念極まりない。

自ら死を選べないなら尚更だ。

だとしても、死んでしまえばそれきりだ……

母親に助けを求めた伊紗の娘は、死を覚悟していたようだった。

……死をもってでしか、あの娘を救えぬのか？

他に何も、手立てはないのか？

そう自問するも、伊紗への言い訳にしか聞こえぬ気がした。

伊紗は百年以上も娘を探してきた。

母子の時も取り戻せぬうちに死なせたい筈がない。それしか手立てがないからこそ、伊紗も覚悟を決めているのだ。

伊紗の娘のことはもとより、稲盛を逃したことが悔やまれる。

稲盛は伊紗によって深手を負ったが、妖魔の治癒力にて死には至らず、再び、そう遠くないうちに鴉猿と共に村を襲うと思われた。

それまでに、伊紗にやつが討てるだろうか？

――あの時、躊躇わなければ……私が稲盛を討ち取っていれば……

いや、私に討ち取れただろうか……？

迷いと後悔が入り交じり、夏野は唇を噛んだ。

どうすればよかったのだ？

――己の甘さを呪うがいい……――

稲盛の声が脳裏に響いた。

第九章
Chapter 9

火を焚《た》きながら、恭一郎《きょういちろう》たちは神社で夜明けを待った。

御神体を除いてあらかた火にくべてしまったが、「大切なのは中身で、社《やしろ》ではない」と、事も無げに伊織《いおり》は言った。

陽《ひ》が昇り始めた頃《ころ》、牛伏《ごふく》から数十人の援助が来たものの、村人の方はとうに手遅れだった。二度目の襲撃は数日前だったらしく、亡骸《なきがら》からは腐臭が漂い始めていた。

土屋《つちや》の弟子で、一時は土屋と共に囚《とら》われの身となっていた二人の内、一人は命からがら逃げおおせ、牛伏の州司《しゅうじ》に助けを求めたという。

土屋を餌《えさ》に伊織を山名村《やまなむら》におびき寄せようと、稲盛《いなもり》が「誰《だれ》か」に話していたと弟子は言ったが、妖魔《ようま》ではなく人と思《おぼ》しきその「誰か」が何者かは不明のままだ。積田村《つみたむら》で農夫に文《ふみ》を言付けた若者といい、稲盛には鴉猿《あざる》だけでなく人の協力者がいるのだろう。

土屋の弟子と前後して、屋敷の者も一人、州司の役宅へ着いていた。伊織が密《ひそ》かに送った者であった。恭一郎が頼んだ飛脚は、道中で何者かに斬《き》られて死していた。

「知っていたのか？　飛脚が殺されると？」

恭一郎が訊《たず》ねると、伊織は一瞬痛ましげな目をした。

「まさか。だが、無事に済むまいとは思っていた」

恭一郎が颯《はやて》の代わりに飛脚を頼んだと聞いて、伊織はすぐさま屋敷の者を一人、牛伏へ走らせた。

「荷を奪われるくらいであればよかったのだが――」

思うようにはいかぬな、と、伊織にしては珍しく悔しげな顔を見せた。

夏野《なつの》のことで、稲盛にしてやられたのも不服なようだが、それは恭一郎とて同じだった。

感情のままに飛び出そうとした馨《かおる》を止めたことは、間違っていなかったと今でも断言できる。自分たちが二人して出て行っても、土鎌《つちがま》を振り切り、全《すべ》ての蜴鬼《やくき》を斬り払い、夏野を連れ帰ることはできなかっただろう。

だが、頭と心は別ものだ。

神社までたどり着けたのは伊織のおかげだった。蒼太《そうた》がいなければ、夏野は蜴鬼に喰《く》い千切られ、無残な亡骸となっていただろう。

山名の村人たち同様に……。

久方ぶりに、恭一郎は己の無力を思い知らされた。

夏野が命を落とさずに済んだのは、蒼太の力によるところが大きいが、恭一郎はこうなることを見越して蒼太を送り出したのではなかった。短いやり取りの中でも、蒼太の意志は固く、止められぬと思ったからこそ、仕方なく送り出したのだ。

ああも巨大な力を蒼太が秘めていたとは、誰も――蒼太自身も――思いも寄らなかった。

麓《ふもと》の方が白く光り、地響きが轟《とどろ》いた後、潮が引くように土鎌がいなくなった。続いて蜴鬼の足音が遠ざかって行くのを聞いて、恭一郎は提灯を引っつかんで神社を飛び出した。

倒れている蒼太を見た時は血の気が引いた。

のちに力を使ったことによる疲労だと判《わか》ったが、一つ間違えば蒼太も夏野と共に、稲盛や蜴鬼に殺《や》られていたやもしれぬと思うと、今となっても寒け立つ。

剣の腕は立っても、己はただの人間でしかないのだと、ひしひしと感じた。

この先、このようなことはいくらでも起こりうる――

そう思い巡らせて、恭一郎は覚悟を新たにした。

山名村は牛伏から来た者たちに任せ、恭一郎たちは辻越町《つじこしちょう》へ向かうことにした。

まずは土屋の骨を晃瑠《あける》へ届けねばならぬ。

南北道では運良く戻り駕籠《かご》が見つかって、怪我《けが》をした夏野を押し込むことができた。

「蒼太も一緒に……」と、夏野は気遣いを見せたが、「いら、ん」と、蒼太は素気ない。

蒼太は夜明けまでは泥のように恭一郎の横で眠り続けたが、恭一郎たちの足に合わせて歩けるほどには回復していた。

常から無愛想な蒼太だが、今日は輪をかけてむっつりしている。

怒っているようであり、しょげているようでもある。

夏野を助けたい一心で、蒼太は思わぬ力を発揮した。結句、夏野の命は救ったものの、けして小さくない怪我を負わせてしまったことを気に病んでいるらしい。

「疲れたら言うのだぞ。背負ってやるからな」

恭一郎が言うと、蒼太はちらりと見上げてまたうつむく。

「いら、ん」

とはいえ、恭一郎の傍《そば》をつかず離れず、いつもより寄り添って歩く蒼太が愛《いと》おしく、恭一郎はその小さな背中を撫《な》でた。

今の俺《おれ》にできるのはこれしきか……

やり場のない侘《わび》しさを持て余し、恭一郎はそれと判らぬよう溜息《ためいき》をついた。

†

駕籠を使ったおかげか、夏野たちは日暮れ間際に辻越町に着くことができた。

伊勢屋《いせや》に行くと、真琴《まこと》はまだ宿にいた。

「思えば夏野たちが辻越町を発《た》ったのは昨日の朝で、丸二日と経《た》っておらぬ。田下《たした》に襲われた痕跡《こんせき》は、障子や襖《ふすま》、畳の張り替えなどでほとんど見当たらなくなっていたが、客足はやはり遠のいたようだ。年の瀬の稼ぎ時だというのに、いつもの半分も部屋が埋まっていないそうで、宿を頼むと番頭が深く頭を下げた。

部屋へ案内されてすぐ、坂東《ばんどう》が飛んで来た。

「無事に戻られ、何よりでございます」

「坂東殿も、もうすっかりよくなられたようで」

「いやはや面目ない……」

盆《ぼん》の窪《くぼ》へ手をやった坂東に、伊織と恭一郎を引き合わせた。理一位《りいちい》と大老の息子を前に恐縮する坂東をよそに、馨と蒼太はさっさと風呂《ふろ》へ向かう。

怪我を負った夏野は仲居に湯を運んでもらい、部屋で旅の汚れをくまなく拭《ぬぐ》った。

坂東は昨夜のうちに着いたが、真琴はまだとても歩けそうにないらしい。それでも年越しが迫っているがため、明日には駕籠に乗せて斎佳《さいか》へ向かうと、夕餉《ゆうげ》を知らせに来た坂東が言った。

真琴の部屋で女二人は再会し、ひしと手を取り合った。

「夏野、おぬしも傷が絶えぬな」

「何分、未熟者で……」

からかう真琴へ、夏野は苦笑してみせた。

今少しで死ぬところだったとは、とても言えぬ。

安良《やすら》から勅命を受けている伊織の役目柄、詳しくは語れぬと前置きし、山名村が壊滅したこと、蝪鬼に襲われたことなどを告げると、真琴は改めて一行の無事を喜んだ。

真琴と夏野、恭一郎と蒼太、伊織、馨、そして坂東を交えた七人で夕餉を囲んだ。斎佳から来た護衛役の高島《たかしま》と大河内《おおこうち》は、遠慮して向かいの間に控えている。

旅の道中とあって、着物は地味でも真琴は精一杯に着飾っていた。髪には無論、馨から贈られた赤い櫛《くし》を挿している。

しゃちほこばった坂東が話しかけるのへ、伊織がにこやかに応《こた》える。

真琴も初めは理一位の伊織を前にどこか遠慮がちだったが、箸《はし》が進むにつれて、限られた時を楽しむべく夏野にあれこれ話しかけてきた。

一方、恭一郎は時折相槌《あいづち》を打つのみで、馨はもっぱら飲み食いに専念している。

蒼太は昨夜の疲れが取れぬのか、浮かない顔をしたままだ。食も進まぬようで、恭一郎が早々に部屋に下がらせた。

「そういえば……」

やや酔いが回ってから、坂東が折り畳まれた読売を取り出した。

辻斬《つじぎ》りの文字が目に飛び込んで来て、夏野は坂東の手元に見入った。

「あの夜、黒川《くろかわ》殿を訪ねた帰り、またあの辻斬りを見かけましてな。住処《すみか》を突き止めようと後をつけたところ、気付かれて反対に追われる羽目に……」

一人ではとても敵《かな》わぬと、追い詰められた坂東は、梓川《あずさがわ》に飛び込んだという。

「まさか川に飛び込むとは思わなかったでしょう。しかし私も船頭のおかげで命拾いしました。晃瑠の冬は厳しいと聞いておりましたが、川はまこと、身も凍るような冷たさで」

二日後にようやく熱が下がって、真琴の後を追うべく西門の出都の列に並んでいたところ、読売が来て辻斬りが死したことを告げた。

気が触れた辻斬りは、とうとう白昼堂々凶行に至り、町奉行所の探索方に追い詰められた果てに自害したと、読売には書かれている。

「綾瀬《あやせ》が自害したのか……」

それまで黙っていた馨が沈痛な面持ちでつぶやくと、坂東が小さく目を見張る。

「おぬし、知っておったのか」

「恭一郎が思い出したのだ。綾瀬は突きを得意としていた」

「うむ。私も初めは判らなんだが、二度目に相対して気付いた。もしや綾瀬かと問うたら、問答無用で斬りかかられた。妻女を亡くして気鬱《きうつ》になり、どこぞへ逼塞《ひっそく》したと聞いておったが、安良様のお膝元《ひざもと》で辻斬りをするなど斎佳の剣士の沽券《こけん》にかかわる。名が表沙汰《おもてざた》にならなかっただけでもよしとせねばならぬだろうが……修業の足りぬ私には討ち取れなかった。綾瀬と私では勝負にならん。ただ逃げることしかできなかったのだ」

真琴と過ちがあっては困ると、馨を警戒していた坂東だったが、馨の剣の腕は認めているらしい。さもなくば自分よりずっと年下の男に、己の恥をさらけ出しはすまい。

稲盛は、綾瀬が五年も前から辻斬りをしていたと言っていた。おそらくあちこちを流れ歩いて人斬りをしてきた挙句、東都での凶行に至ったのであろう。

晃瑠は人が多い。綾瀬ほどの腕があれば、短い間に幾人かは斬って逃げおおせることができるだろう。しかしそこらの村や町と違って、五つの町奉行所が目を光らせている晃瑠に長逗留《ながとうりゅう》は禁物だと、綾瀬も承知していた筈《はず》だ。

にもかかわらず、晃瑠で斬り続けたのは、稲盛の言った五年の期限が近付いていたからだろう。

「気狂い」と読売には書かれていたが、東都で対峙《たいじ》した綾瀬が狂っていたとは、夏野にはどうしても思えない。綾瀬の剣は冷静で、迷いのないものであった。

百人斬れば、死者をよみがえらせることができる――そんな稲盛の戯言《ざれごと》を綾瀬は信じていた。言葉の真偽はともかく、人殺しは間違ったことだと知りながら、それでも己の目的のために綾瀬は斬り続けたのだ。

それは……狂気だろうか？

馨が言ったように、何が正しくて、何が間違っているのか誰にも決められないならば、己とていずれは「間違ったこと」を信じて突き進む時があるやもしれぬ。

ただ一つの願いのために全てを投げ出す。

己がそのような大望を抱くことはまずあるまいと、夏野は思う。

州屋敷の多美《たみ》や、その他大勢の綾瀬に殺された罪無き者たちを思うと憤《いきどお》らずにはいられない。だがその一方で、綾瀬を哀《あわ》れに思う己がいることも確かだ。

夕餉を終え、男たちがそれぞれの部屋へ去ったのち、真琴が夏野を手招いた。

夏野が真琴の前に座ると、痛めた足を庇《かば》いながら、真琴は丁寧に頭を下げた。

「夏野。世話になったな」

「とんでもありませぬ」

目が合うと、真琴がふっと笑みをこぼした。

「……楽しかった」

「私も、楽しゅうございました」

目を潤ませた真琴が微笑《ほほえ》むのへ、夏野も頷《うなず》いて微笑み返す。

「戻って来てくれて嬉《うれ》しい。もう、あのまま二度と会えぬと思った」

「私も……」

応《こた》えかけて、己のことではないと気付いた。

「……真木《まき》殿は、気にかけておられました。その……真木殿もお心内では、別れを惜しんでいらっしゃる筈です」

真琴はじっと夏野を見つめ、やがて微苦笑を浮かべた。

「夏野、おぬしはやはり、女としてはまだまだだな」

「はあ」

「……馨には好いた女がいる」

「えっ？」

「あの琴は、私だけでなく、馨のためにも弾いてやったのだ。野暮なあやつは気付かなかったようだが……」

「真木殿にそのような女性《にょしょう》が——？」

はっとして、夏野は思わず口に手をやった。

そうか。

真木殿は、千草《ちぐさ》殿を……

真琴が見瑠にいたのはほんの半月ほどだ。馨とは、道場の外では州屋敷でしか顔を合わせていない。

内縁とはいえ千草は師の妻だ。馨としては、けして表には出せぬ偲《しの》ぶだけの恋である。千草は気付いているのだろう。

道場や柿崎《かきざき》のことで、馨を労《ねぎら》い、親しみをもって接する千草の気持ちに偽りはない。だが親愛と恋情が違うことくらい、夏野でさえも知っている。

黙ったままの夏野から目をそらし、取り繕うように真琴は言った。

「互いに明日は早い。もう休まねばならぬな?」

「ええ」

顔をそむけた真琴を見ないように、夏野は腰を上げた。

――涙を見られたくないのだ。

己の愚鈍さが情けなかった。

部屋を出て襖戸《ふすまど》を閉じると、廊下のしんと静まり返った空気が頰《ほお》に冷たかった。

†

恭一郎に肩を揺さぶられ、蒼太は目を覚ました。

まだ明け六ツ前だが、今朝は早くに発つと、前夜に知らされていた。

眠い目をこすりながら、手桶《ておけ》の水で顔を洗う。

恭一郎の傍らで、久しぶりに一晩中、夢も見ずにぐっすり眠れた。

夏野との暮らしも思ったより悪くはなかったが、やはり恭一郎と共にいる方が蒼太には気楽で心地良い。

厠《かわや》で用を足し、部屋に戻ろうとまだ薄暗い廊下を歩いていると、ちりっと角が痛んだ。

とっさに守り袋に手をやって、それからそっと額の角を確かめる。

角は前と変わりなく、ほんの一分ほど覗《のぞ》いただけの生えかけだ。

廊下の先の、灯が消えかけている行灯《あんどん》の向こうで、黒い影が揺らいだ。

はっとして立ちすくんだ蒼太の頭に、女子《おなご》の声が響いた。

『蒼太』

『黒耀《こくよう》様……』

デュシャ——山幽《さんゆう》——の言葉を、仲間が話すように頭に直《じか》に語りかけてくる。

躊躇《ためら》いつつも歩み寄ると、闇《やみ》から一人の少女が現れた。

蒼太より幾分年上の、あどけなく、危ういほど美しい少女。

長い漆黒の髪は闇に溶けたままだ。黒紅色の着物に散らされた白菊よりも白い肌が、仄《ほの》かに闇に浮かんでいる。

『鴉猿《あざる》や蜴鬼が早とちりしたとはいえ、うまいことやつらを追い払ったな。お前もなかなかやるではないか』

『あれは』

『だがあの程度では、この世はびくともせぬぞ』

からかうように黒耀は言った。

底知れない不気味さは変わらぬが、以前ほどの恐怖を、少なくとも目の前の少女の姿をした黒耀からは感じなかった。

飛散した蜴鬼の屍《しかばね》と、夏野の傷を思い出して、蒼太はうつむいた。

『あんな風にするつもりじゃなかった……』

『では、お前はどうしたかったのだ？』

問われても、蒼太にはよく判らなかった。

夏野を救いたいと思った。

己の身体《からだ》は子供のそれだ。だが、直に蜴鬼や鴉猿、「いなもり」と渡り合うことはできずとも、春に狗鬼《こうき》の首を飛ばしたように、なんらかの念力さえ使えれば、夏野と共に逃げ出す時を稼げると思った。

脅すだけでよかった。

いや、おれはどこかで、殺してもいいと思っていたのかもしれない……

そもそもおれは、本当に「なつの」を救いたかったのか？

それともただ、おれの「め」を「いなもり」から護《まも》りたかったのか――？

蒼太の葛藤《かっとう》を楽しむように、黒耀は微笑んだ。

『蜴鬼を五、六匹殺しただけでは事足りぬか？　残りの蜴鬼、鴉猿――それにあの稲盛という輩《やから》も、お前に恐れをなして逃げ出したぞ』

『……やつらが恐れたのは黒耀様だ』

『違う。やつらが恐れているのは「死」だ、蒼太』

薄く冷たい笑みを浮かべて、黒耀は漆黒の瞳《ひとみ》で蒼太を見つめた。

『お前が恐れているのも「死」だ。お前自身の死やお前が愛する者の死……あの男の名は鷺沢《さぎさわ》というらしいな。お前の目を宿したあの女子は黒川』

ぞくりと悪寒が背筋を走り、蒼太は慌てて恭一郎や夏野の気配を探した。

『お前がいくら案じたところで、人の命は儚《はかな》いものだ。妖魔《ようま》の命とて大したものではない。此度《こたび》はお前にもそれが判ったのではないか？』

人の身体はかくも脆《もろ》い。

蝎鬼の爪《つめ》にかかった夏野の傷は、回復にしばらくの時を要する。

不本意に夏野に怪我を負わせたことを――力をうまく操れなかったことを――蒼太は悔やんでいた。下手をしたら、己の力が夏野を殺したやもしれなかった。

また、あの衝撃で散り散りになった蝎鬼たちが生き返ることはない。

あの村で、蝎鬼たちは逃げ惑う村人を襲い、次々と死に至らしめた。小野沢村《おのさわむら》でも山名村でも嫌悪を覚えた殺戮《さつりく》だったが、此度は己が一方的に――しかも、広義では仲間といえる――いくつもの妖魔の命を奪ったのだ。

『……黒耀様、あなたも死を恐れているのか？』

おそるおそる蒼太は問うた。

『私は死ぬことは恐れておらぬ。だが、死ぬ前に一つ、叶《かな》えたい望みがある』

『望み……？』

ちらりと、黒耀が蒼太の背後を見やった。

微《かす》かな足音と、夏野の気配が伝わってくる。

『私のことは他言無用だぞ。鷺沢にも、黒川にも……忘れるな。あの者らの息の根を止めることなど、私には造作ない』

「蒼太？」

廊下を折れて来て、蒼太を呼んだ夏野が目を丸くした。

黒耀がしとやかに頭を下げる。

「この者のお姉様ですか？」

「あ、いえ、その──」

どうやら夏野の目には、黒耀が妖《あや》かしとは映らなかったようだ。しどろもどろになったのは、黒耀の類《たぐい》まれなる美麗な顔立ちのせいらしい。

「……晃瑠からいらしたそうですね」

「はい」

「晃瑠では、ようやく恐ろしい辻斬りが捕まったと聞きました」

「そのようです」

「その者は、百人もの女子を斬ったとか」

「よもや、そこまでは……」

「ここでも先日、似たようなことがありました。百人斬れば、死んだ者を一人よみがえらせることができるそうです」

「それは……ただの迷信です」

やや困惑した夏野へ、黒耀は無邪気な笑みを浮かべた。

「つまらぬことを申しました」

愛らしくおっとりと一礼すると、黒耀は傍《そば》にいた蒼太の肩に手をかけた。

『――百人の命が妖魔の命でも、死した者は二度と還らぬ。愚かなことを考え、信じるものだな、人というものは。迷信とはまこと、言い得て妙だ』

膝《ひざ》を折り、顔を蒼太と同じ高さにすると、黒耀はその闇を宿した瞳で蒼太を覗《のぞ》き込んだ。

『一つ、よい退屈しのぎを思いついた』

蒼太が息を呑《の》むと、黒耀は優婉《ゆうえん》に微笑んだ。

「東都まで、どうかお気を付けて」

今一度夏野に会釈をこぼし、黒耀は踵《きびす》を返して夏野とは反対側の廊下を渡って行く。

どこかぼんやりしたままの夏野が歩み寄って来て、黒耀が去った方を見やった。

「今の女子は一体誰なのだ？」

「……しら、ん」

黒耀の力を蒼太は知っている。夏野だろうが恭一郎だろうが、人の命を奪うことなど、黒耀には赤子の手をひねるよりも容易《たやす》い。

言えない。

「きょう」にも「なつの」にも――

†

ぷいっと目をそらして歩き出した蒼太の後に夏野も続いた。

照れておるのか……

どこの誰かは知らぬが、人形のように整った、恐ろしく見目麗しい少女であった。まだ、十二、三歳であろうが、愛らしくも丁寧な受け答えからして武家の出ではなかろうか。

人嫌いの蒼太が、肩に置かれた手を振り払うことなくじっとしていた。それもあの少女の美貌《びぼう》に見とれていたせいだろうと、夏野は微笑んだ。

――蒼太も男子《おのこ》なのだな。

足早に部屋へ戻る蒼太の背中を、誇らしく愛《いと》おしい――それこそ「姉」のような気持ちで夏野は追った。

朝餉《あさげ》を済ませ、支度を整えてから廊下を窺《うかが》うと、部屋の入り口で恭一郎が何やら馨に耳打ちしている。夏野に気付くと、恭一郎は微笑んだ。

「木下を見送ったら出立するぞ」

「はい」

頷いてすぐ、番頭が廊下を渡って来て駕籠の到着を告げた。

「俺が行こう」

つぶやくように応えて、馨が真琴の部屋へ向かう。思わず恭一郎を見やると、恭一郎は曖昧《あいまい》な笑みを浮かべて顎《あご》をしゃくった。

どうしたらよいのか判らぬままに、夏野はひとまず馨の後を追った。

真琴の部屋の外には、真琴の分も行李《こうり》を背負った高島が控えている。戸口に立った馨を、部屋の中にいた大河内、坂東、真琴の三人が一斉に見上げた。

「駕籠が着いたそうだ」

「さようか」

穏やかに応えた坂東は、番頭ではなく馨が来ることを見越していたようだ。

「駕籠まで連れて行ってやりたいが……」

遠慮がちに申し出た馨に、坂東が頷いた。

「……お頼み申す」

薄化粧をした真琴は少し赤い目で、己の傍らに膝をついた馨を見つめている。

小さく息をつき、しばし躊躇った末に馨は微笑んだ。

真琴の頭へ手を伸ばし、そっと赤い櫛を抜く。

「こいつは置いてゆけ」

「馨」

声を震わせた真琴の目の前で、馨は櫛を懐《ふところ》に仕舞った。

「俺には劣るが、河合《かわい》は剣に秀でた男だ。斎佳へ戻ったら、お前にふさわしい櫛を河合にねだれ。勘定奉行の息子ならさぞ締まり屋だろうが、お前にねだられて見栄《みえ》を張らぬ男はおらん。せいぜい吹っかけてやれ」

「馨……」

「さ、ゆくぞ。もたもたしている暇はないのだ」

ぶっきらぼうな言葉とは裏腹に、労《いたわ》りを込めてゆっくり馨が抱き上げると、真琴は馨の胸に顔をうずめた。

嗚咽《おえつ》は聞こえない。

歯を食いしばり、真琴は必死に涙をこらえている。

割れ物を扱うごとく、馨が真琴を駕籠へ乗せると、真琴はようやく顔を上げた。

わななく口元に無理矢理笑みを浮かべて、真琴は言った。

「大儀であった」

「うむ」

そのまま駕籠の簾《すだれ》が下ろされるのを、夏野は黙って見守った。

今かける言葉はない。

また、その必要もなかった。

坂東が深々と馨に一礼し、高島と大河内もそれに倣《なら》った。

真琴を乗せた駕籠が、静かに東西道を西へ行く。

駕籠が見えなくなる前に馨が言った。

「先は長い。俺たちもゆこう」

「うむ」

行李を背負った伊織が頷いた。

「……か、ご」

蒼太が指差す方を見ると、真琴のよりは質素だが、一丁の駕籠が待っている。

蜴鬼の爪で負った傷は、伊織の手当ての後、さらしできつく巻かれていて歩けぬほどではない。だが十里を歩けるかと問われれば、答えは否だ。

「私は――」

「乗ってくれ。こちらも急ぐ旅だ」

恭一郎に言われて、夏野は行李を抱え、うつむいて駕籠に乗り込んだ。

辻越町から晃瑠まで三十里と少し。意地を張ってはいられない。

判ってはいるのだが……

力を加減できずに、夏野に怪我を負わせたことを蒼太は気にしているようだ。しかし、そもそも稲盛の幻術に惑わされ、窮地に立つことになったのは夏野自身の責だった。

その上、稲盛を討ち取ることもできず、蒼太を危険な目に遭《あ》わせ、いまや足手まといでしかない……

己の不甲斐《ふがい》なさが口惜しく、夏野は抱きしめた行李の上に突っ伏した。

†

晃瑠へ戻った翌日に、恭一郎は早速、大老にして父親の神月人見《こうづきひとみ》に呼び出された。

幸町《さいわいちょう》にある料亭・津久井《つくい》は、塩木大路《しおきおおじ》から一本入っただけだというのに静かなものだ。密談に使われることが多いのだろう。店の者も慣れた様子で、酒と肴《さかな》を出すとすぐに部屋から退出した。蒼太も一葉《かずは》もいない、二人だけの席で親子は杯《さかずき》を手にした。

「土屋様は残念だったが、本庄《ほんじょう》様の方は無事に斎佳に到着された」

「そうでしたか」

間瀬《ませ》州垂水《たるみ》村《むら》にいた理一位・本庄鹿之助《しかのすけ》は、土屋同様、身の危険を感じて屋敷を出たのち、残間山《ざんまざん》の北側を回って先日斎佳にたどり着いたという。

伊織も己も最善を尽くした。だが、土屋という理一位を亡くした国の損失はあまりにも大きい。少なくとも行方知れずだった本庄が無事だと判って、恭一郎はほっとした。

「お前には引き続き、樋口《ひぐち》様の警固にあたってもらう」

「はっ」

恭一郎が頭を下げると、人見が声を落とした。

「蒼太に毒を盛った者だが……」

顔を上げた恭一郎を、まっすぐ見つめて人見は続けた。

「内々に始末した。毒を手配した者もだ」

「それは――」

「奥は知らぬと言っておる。その者たちが勝手に企《たくら》み、手を下したのだと。その言葉を信じた訳ではないが、これ以上の醜聞は避けたい……許してくれ」

「許すも何も」

「恭一郎、お前にはこれまで内密にしてきたが――」

躊躇う父親へ、恭一郎の方から切り出した。

「……以前、同じ毒を盛られて死した者とは、母上のことでしょう?」

「知っておったか」

母親の鷺沢夕《ゆう》が病弱だったことは確かだ。母親が死したと知らされた時、十五歳だった恭一郎は、当時通っていた神月道場の師・神月彬哉《あきや》の伴をして北都・維那《いな》にいた。急ぎ晃瑠へ戻って来た時には、母親は既に埋葬されていた。

「お節介な輩が教えてくれました。この手のことで人の口に戸は立てられません」

「そうであったか。あの時は証拠がつかめず口惜《くや》しい思いをしたが、此度はお前の持ち帰った毒のおかげで、あれの仇《かたき》を討つことができた。礼を言うぞ、恭一郎」

「剣友に伝えておきます」

毒入りの大福をとっさに拾ったのは夏野だ。

「黒川というのだったな。お前がいない間、蒼太の面倒を見てくれたそうではないか」

「ええ」

一葉からでも聞いたのだろうと、恭一郎は頷いた。

　「十七で侃士《かんし》になった若者だとか。一葉が感心しておったぞ。流石《さすが》、柿崎《かきざき》に通うだけはあると」

「はあ」

　夏野とて「若者」には違いないが、どうやら人見は夏野を男だと思っているようである。

　一葉に夏野のことを「剣術仲間」としか告げなかったのは恭一郎自身で、二人がどのような形で会ったのか恭一郎は知らぬ。

　――一葉は、黒川殿が女子だと見抜けなかったのか？

　それとも、父上にはちと言いにくかったか……

　元服して少し自由が利くようになった一葉だが、箱入りで育ったがゆえに、年頃の娘に会う機会はこれまでほとんどなかっただろうと、恭一郎はついにやりとした。

「なんだ？」

「いえ。黒川殿と一葉は近い年頃なれば、一葉のよい刺激となっただろうと」

「うむ。一葉は剣は今一つなのだが、弓はもう五段の腕前だ」

　父親の顔になった人見は、改めて恭一郎を見やった。

「お前と、このように話せる時がこようとはな……」

「ええ」

　互いに微笑を漏らすと、人見が問うた。

「そうだ。蒼太はどうしておる？　山名村はむごい有様だったと聞いた。いくらお前がついていたとはいえ、蜴鬼に追われたとあっては、随分怖い思いをしたのではないか?」

「はあ……」

三十年余りを経て、ようやく親子らしい言葉を交わすようになった人見だが、蒼太の正体はとても明かせぬ。

少なくとも、今はまだ――

「まあ、私に似て、蒼太は肝が据わっておりますから……」

「言うではないか」

目を細め、人見は懐から懐紙に包んだものを取り出した。

「これを蒼太にな。正月も近いしの」

年玉代わりの小遣いらしい。その懐紙の、千鳥の透かしには見覚えがあった。

――あれは、父上からだったのか……

その昔、母親から折々に手渡された小遣いが思い出された。

「なんだ? お前も欲しいのか?」

「……いりませんよ」

苦笑と共に、恭一郎は包みを懐に仕舞った。

安良様は、蒼太が妖かしだと知っている――

己の推察は既に伊織に告げてあった。

安良が何ゆえ己と蒼太を咎《とが》めず、むしろ厚遇しているのかが恭一郎には判らぬ。

何か、考えあってのことだろうが……

それが蒼太にとって良いことかどうかが、恭一郎にはどうにも気がかりだった。

†

歳暮の挨拶《あいさつ》を兼ねて、夏野は相良《さがら》の屋敷へ向かった。

晃瑠へ帰ってから二日が過ぎていた。

伊織が処方した膏薬《こうやく》の効き目は目覚ましく、傷はまだ痛むものの、稽古《けいこ》ができないことの他は、暮らしにさして不自由はない。ただ流石に大刀は差し支えるため、今日は由岐彦《ゆきひこ》から借りたままの脇差《わきざ》しを腰にしていた。

夏野が語らずとも、稲盛については、理術師《りじゅつし》たちが属する清修寮《せいしゅうりょう》から既に通達があったという。伊織からも何か聞いているのか、相良は山名村のことにはあまり触れず、話はもっぱら真琴のことに終始した。

半刻ほどで相良の屋敷を辞去すると、年の瀬の人混みを避け、夏野は五条堀川《ごじょうほりかわ》沿いを帰ることにした。

六ツにはまだ少し早い時刻だが、どんよりと厚い雲が空を覆い、辺りは暗くなり始めている。身を縮こめて、夏野は羽織の前をしっかり合わせた。底冷えする晃瑠の冬には、まだ慣れていないのだ。

雪になるやもな……

塩木堀川を渡り、堀川沿いを北へ折れるとすぐに、向こうから見覚えのある大小の影が近付いて来る。

「傷はどうだ？」

「樋口様の膏薬のおかげで、大分治りが早いようです」

「そうか。よかった」

恭一郎が微笑む傍らで、蒼太が抱えていた炬燵櫓《こたつやぐら》を掲げた。どうやら二人は、炬燵を買いに出ていたらしい。

「こた」

蒼太にしては珍しく、明らかに嬉《うれ》しそうに笑うので、夏野も顔をほころばせた。

「よかったな、蒼太」

「戸越《とごし》家であれこれ甘やかされたらしく、帰って来た途端、炬燵、炬燵、炬燵とうるさくてな。湯屋《ゆや》に行けば、二階に上がりたがるし……」と、恭一郎はにやにやした。

「し、しかし鷺沢殿。この時節、炬燵がないのはあんまりです」

「火鉢で充分ではないか？」

「それは、鷺沢殿は東都生まれの東都育ちですから、この寒さに慣れていらっしゃるのでしょうが……晃瑠はとにかく寒過ぎます」

「確かに斎佳は晃瑠より幾分暖かかったが……」

「あけう、さうすき……る」

蒼太が口を尖《とが》らせ夏野と声を揃えるのへ、恭一郎が苦笑した。

「敵《かな》わぬな。多勢に無勢ではないか。まあ、湯屋を嫌がらなくなっただけでも、黒川殿に感謝したいが」

「はあ……どうも、その」

「その節はまこと、世話になった。遅くなって申し訳ないが、戸越家には明日のうちに礼に参ろうと思う」

「そのような……」

夏野は遠慮したが、恭一郎は笑って譲らなかった。

恐縮しながら二人と別れ、夏野は再び帰り道を歩き始めた。

五条堀川沿いには、夏野と同じように人混みを避けた者たちが行き交っていたが、五条より細い塩木堀川沿いはさほどでもない。

雪が降り出す前に帰りたい——

皆考えることは同じなのか、空を見上げては急ぐ者とちらほらすれ違った。

夏野も急ぎたいのは山々なのだが、怪我を庇いながらでは難しい。

二町ほど歩いた時、「なつ！」と背後から蒼太に呼ばれた。

なんぞ言い忘れたのかと、振り向いた時には、黒い影がすぐそこに迫っていた。

とっさに抜き合わせた脇差しが相手の大刀を弾いた。

「お前は——」

自害した筈の辻斬り、綾瀬枯平だった。

夕刻ゆえに、黒ずくめではない。頭巾《ずきん》も被《かぶ》っておらず、見覚えのある目に長めの大刀、何より滲《にじ》み出る殺気は間違えようがなかった。

「……探したぞ。まさか、そのようななりでうろついているとはな」

夏野にとってはいつも通りの少年剣士の出《い》で立《た》ちだが、前に相対した折は湯屋の帰り道で女の姿をしていたと思い当たった。

「お前で最後だ。此度は仕損じる訳にはゆかぬ」

私で最後――？

その意味を解して夏野は青ざめた。

「まさか本当に、百人もの女子を斬ったのか？」

「お前が百人目だ。お前を仕留めれば終わりなのだ！」

叫びながら綾瀬が繰り出した二の太刀を、夏野はかろうじてよけた。

傷が痛み、足元が揺らぐ間に、蒼太の足音がみるみる近付く。

綾瀬が後ろを振り向いた。

――今なら斬れる！

だが足がすくんで動かなかった。

振り向きざまに斬りかかった綾瀬の剣を、蒼太は炬燵櫓を盾にして凌《しの》いだ。櫓が真っ二つになるほんの刹那《せつな》に手を放し、綾瀬の足元を転がり抜けて夏野の前に立ちはだかる。

「蒼太！」

蒼太の手には、既に仕込み刃を出した眼帯があった。

「斬り合いだ！」

「番屋へ知らせろ！」

背後で数人が走り去る足音がする。

きっと綾瀬を見上げる蒼太を、綾瀬が睨《にら》み返した。

「邪魔をするな！　今日は子供とて容赦せぬぞ！」

綾瀬が刀を振りかざした時、鋭い声で恭一郎が呼んだ。

「綾瀬！」

身体を引いて、綾瀬は堀川を背にして大刀を構えた。

右手に迫る恭一郎と、左手に構える夏野と蒼太を油断なく交互に見やる。

八辻九生《やつじきゆうせい》を片手に、恭一郎がゆっくり綾瀬に近付く。

「綾瀬桔平。俺が相手になろう」

並ならぬ剣士だと悟ったのか、綾瀬が眉根《まゆね》を寄せて誰何《すいか》した。

「お前は誰だ？」

「俺の名は、鷺沢恭一郎」

「お前が、鷺沢……」

腕ある剣士だけに、綾瀬は恭一郎を知っていたようだ。

「――じきに誰かがやって来るぞ。大人しくお縄になるか、俺を斬り破って逃げるか、お前が選べ」

　綾瀬が刀を構え直した。

「蒼太。黒川殿と下がっておれ。手出し無用だぞ」

「待て！」

　蒼太に押しやられて後じさった夏野へ、綾瀬が一歩踏み出した。

　横から斬りかかった恭一郎の剣を、綾瀬の剣が弾《はじ》く。綾瀬の注意が再び恭一郎に向いた。

　回り込んだ恭一郎が、綾瀬の正面に立った。

「お前の相手は俺だ」

「あと一人なのだ。あの娘さえ斬れば……」

「――亡き妻をよみがえらせることができる。そう、屍も同然な老人に吹き込まれたのだろう？　そいつはただ、お前を利用しただけだ」

「何を言う」

「俺は術には詳しくないが、百人もの血を吸わせた刀はよい呪具《じゅぐ》となるらしいぞ。だがそれだけだ。あの老人はただの術師くずれだ。――死した者は還らぬ。死者をよみがえらせることなど誰にもできぬ。これは、理一位様に直々にお伺いしたことゆえ間違いない」

「嘘《うそ》を……つくな」

「これから命のやり取りをしようというのに、嘘なぞつくか」

　冷ややかな恭一郎の言葉に、綾瀬はわなないた。

「……お前に、俺の気持ちが判るものか」

綾瀬を見つめたまま、恭一郎はふっと微笑んだ。

自嘲《じちょう》に似た、見ている方が悲しくなるような笑みだった。

「何が可笑《おか》しい？」

「——俺も妻を理不尽な輩に殺された。安良国広しといえども、俺ほどお前の気持ちを知る者はおらぬぞ、綾瀬」

「何を……」

「死した者は二度と還らぬ。お前の妻女も……お前が殺めてきた者たちも」

「黙れ！」

遠巻きに、通りがかりの者たちが成りゆきを窺っている。

唯一の逃げ道は背後の堀川だが、この寒さでは逃げ切る前に心臓が止まるだろう。

また綾瀬は、良くも悪くも剣士であった。

鷺沢殿を前にして、この期に及んで逃げはしまい……

夏野は脇差しの柄を握りしめ、じりっと間合いを詰めた恭一郎と綾瀬をただ見つめた。

二人とも青眼に構えたまま微動だにせぬ。

綾瀬から鋭い殺気が放たれているのに対し、恭一郎はただ静かだ。

恭一郎の中に、深く暗い——死の深淵《しんえん》を見た気がして、夏野は思わず身震いした。

足音と共に、「早く！」「こっちだ！」と叫ぶ声が近付いて来る。

番人か、定廻《じょうまわ》り同心か。
大人しくお縄になるなど、綾瀬は考えてもいまい。
表通りから、「雪だ」とはしゃぐ子供の声がする。
夏野の目の前を、はらりと、白いひとひらが落ちていった。
その刹那《せつな》、電光石火のごとく二人が動いた。
鋭く斬り込まれた綾瀬の刀を、恭一郎の八辻が弾く。
すれ違いざま、恭一郎が綾瀬の首を斬り裂いた。
辺りが静寂に包まれ――一瞬ののち、あちこちで息をつく音が重なった。
綾瀬の膝が折れ、刀が手から滑り落ちる。
ひとひら、またひとひらと、綾瀬がつくる血だまりに牡丹雪《ぼたゆき》が沈んでいく。
「きょう」
血振りをくれ、愛刀を仕舞った恭一郎へ、蒼太が駆け寄った。
見上げる蒼太の手から眼帯を取り上げると、恭一郎はそっと刃《やいば》を仕舞う。
「そんな顔をするな。俺は無事だぞ」
恭一郎から返された眼帯を握り締め、こくっと小さく蒼太が頷いた。
「黒川殿？」
恭一郎がこちらを見やり、夏野は脇差しを鞘《さや》へ戻した。
握り締めていた手のひらには、柄巻の跡がついている。

「ご無事で何よりです」

「ああ」

動かなくなった綾瀬の前で、駆けつけた同心が野次馬を遠ざけようと声を荒らげた。

牡丹雪が音もなく、次から次へと降りてくる。

雪の合間に見え隠れする恭一郎と蒼太の姿が、ふいに遠ざかったような気がした。

慌てて目を瞬くと、つっと涙が頰をつたい、夏野は急いで手で拭う。

「なつ」

戻って来た蒼太の手が、おそるおそる夏野の手に触れた。

指先と手のひらはすっかり冷えていたが、その奥に流れる血脈は温かい。

夏野が安堵《あんど》に微笑むと、蒼太はさっと手を引っ込めた。

恭一郎が歩み寄って来て、蒼太の肩に手をかける。

「降ってきたな」

「ええ」

「だが積もるまい……」

つぶやきながら、恭一郎は暗さの増した空を見上げた。

降りしきる雪を見つめる目がどこか痛ましく、夏野はただうつむくしかなかった。

終章
Epilogue

正月を明日に控えて、表通りはどこも賑々《にぎにぎ》しい。

しめ飾りや門松が立ち並び、正月物を扱う店の前には人だかりができている。

それぞれ角樽《つのだる》や鉢物などを抱えて歩く人々の合間を、掛け取りと思《おぼ》しき者たちが先を急いで走り抜けて行く。

風呂敷《ふろしき》包みを抱えた夏野も酒屋の前で足を止め、次郎《じろう》に言われた通り角樽を一つ買った。

一昨日の雪は一刻ほどでやみ、道のぬかるみも既に乾いていた。今日は朝から晴れていたものの、その分風が肌に痛いくらいだ。

無頼《ぶらい》、または幽霊長屋は今日もひっそりしているが、恭一郎たちは家にいた。

「おう、黒川か。上がれ、上がれ」

戸を開いた夏野に声をかけたのは馨だ。

七ツを過ぎたばかりだというのに、杯《さかずき》を片手にした頰《ほお》がほんのり赤い。

「歳暮のご挨拶《あいさつ》を兼ねて、まつさんから言付かって来ました」

やもめ暮らしではろくな支度もないだろうと、正月料理の入った重箱を持たされて来た。

酒は次郎からだと告げると、恭一郎が微笑《ほほえ》んだ。

「ありがたく頂戴《ちょうだい》いたすが……気を遣《つか》わせてしまったな」

「いえ」

煤払《すすはら》いを経て、やけにすっきりした部屋の真ん中には、真新しい炬燵《こたつ》が鎮座している。

うたた寝していた蒼太が目を覚まし、億劫《おっくう》そうに身体《からだ》を起こして夏野を見た。

「こた……」

「うむ」

夏野が頷《うなず》くと、もぞもぞと布団を引き寄せて座る。

「昨日から、炬燵にへばりついたままなのだ」

恭一郎が苦笑した。

蒼太がもぐり込んでいる炬燵の櫓《やぐら》は、次郎が作ったものだ。

昨日――夏野が綾瀬に殺されかけた翌日――恭一郎は言葉通りに、蒼太を伴って戸越家を訪れた。

蒼太が世話になったと丁重に礼を言い、包んだものを差し出した恭一郎へ、「こちらこそ、お夏の命を助けていただいて」と深々と頭を下げたのち、次郎は櫓を持って来た。

――これは？――

――お夏のために、折角買った櫓を駄目にしちまったそうで。よかったらお納めください。あっしにできるのは、これくらいですから……――

夏野の話を聞いて次郎が朝一番で作った櫓は、蒼太が嬉々《きき》として持ち帰った。もともと蒼太のことを可愛《かわい》がっていた次郎だ。「櫓くれぇ、俺《おれ》がちょちょいと作ってやるよ」と得意げだった上に、礼を言いに現れた恭一郎もいたく気に入ったようだった。

――ありゃあ、できたお人だね――と、次郎が言えば、

――それにえらい男前だったね――と、まつが相槌《あいづち》を打つ。

昨日から繰り返される夫婦のやり取りを思い出し、夏野は口元を緩めた。

馨と蒼太、大小の二人が背中を丸めて炬燵にあたっている姿もなんとも微笑ましい。

「早速使っていただいて、次郎さんも喜びます」

「指物《さしもの》の名匠に、炬燵櫓なぞ作らせてしまって悪かった」

「どうかお気になさらずに……」

夏野が言うと、馨が横から口を挟んだ。

「戸越には俺からも礼を伝えてくれ。おかげでここでもぬくぬくと冬を越せるわ」

「はあ」

「炬燵を買うよう、俺はこれまで何度も恭一郎に進言してきたのだ。なのにこいつは聞く耳を持たんでな……晃瑠は寒過ぎるのだ。火鉢だけでやってられるか」

大きな身体をますます丸める馨を見やって、恭一郎は夏野へ微笑んだ。

「どこかで聞いた台詞《せりふ》だな、黒川殿」

部屋には上がらず暇《いとま》を告げた夏野に、「橋まで送ろう」と、羽織を引っかけて恭一郎も

ついて来た。

長屋の木戸を出て、香具山橋《かぐやまばし》へと夏野の足に合わせてゆっくり歩く。

「……今朝のこと、御城から伊織へ知らせが届いた」

低い声で切り出した恭一郎を、夏野は見上げた。

「辻越で、女子《おなご》が百人死したそうだ」

息を呑《の》んだ夏野の目に、いつになく厳しい顔をした恭一郎が映る。

知らせによると、夏野たちが発った翌朝に、辻越町の若い女ばかりがきっかり百人、冷たくなって見つかったという。

斬られても、殴られてもいなかった。亡骸は一様に胸をかきむしり、苦悶《くもん》の表情を浮かべていたが、首を絞められた痕《あと》もなかったそうである。

「癪《しゃく》や引き付けにしても、女子ばかり一夜に百人というのは奇怪だ。田下の呪《のろ》いではないかと、辻越では噂《うわさ》になっているとか」

癪と聞いて、昨年蒼太に念力で心臓をつかまれ、胸を押さえた富樫永華《とがしえいか》を思い出した。

「まさか、山幽《さんゆう》が――」

囁《ささや》き声の夏野の推察に、恭一郎が頷いた。

「伊織も俺も、それを疑っている」

蒼太にはまだ、聞かせたくない話なのだろう。

ふいに、伊勢屋で見た少女を夏野は思い出した。

漆黒の髪と瞳《ひとみ》に、抜けるような白い肌を持つ、まだ幼き娘だった。

あの女子は無事だったろうか。

あの、この世の者とは思われぬほど優麗な——

「それから、あの大福のことだが……」

恭一郎の声に、夏野は少女の面影を追いやった。

蒼太に毒を盛った者たちが「始末」されたと、恭一郎は続けた。

恭一郎の母親がその昔、同じ毒に殺されたことも。

「黒川殿のおかげで、父上は長年の無念を晴らすことができた。親子共々、礼を言わせていただきたい」

「そんな……私は何も」

口にして、改めて夏野は己の弱さを悔やんだ。

「大したこともできぬのに、ご迷惑ばかりおかけして――」

――お前はただの――ものを知らぬ小娘だ――

稲盛の言葉が胸に突き刺さる。

侃士《かんし》号を賜《たまわ》り、男たちに交じって剣術に励むうちに、いつしか己の力を過信し、自惚《うぬぼ》れるようになっていた。恭一郎を始め、伊織や馨、蒼太の傍《そば》にいただけで、どこか己も強くなった気でいたことが恥ずかしい。

祖父の形見の刀が腰に重いのは、怪我《けが》のせいばかりではなかった。

「……伊紗《いさ》の娘を救えませんでした。私には稲盛を斬《き》ることができたのに……」

稲盛を斬れず、伊紗の娘も救えず、その上蒼太を危険にさらし……助けてもらうだけの役立たずでしかなかった。

「あの娘には戻るべき身体がない。自害する自由も……なのに私には斬れなかった……」

囚《とら》われの身で生き続けるか。

死して自由の身となるか。

伊紗も娘も、既に後者を選んでいるというのに。

「私には、剣士としての覚悟が足りぬのです」

絞り出すように夏野は吐露したが、恭一郎の声は温かかった。

「覚悟か……そんな大層なものは俺とて持ち合わせておらぬ。俺はこの刀で、これまで多くの者を傷付け、殺《あや》めてきたし、これからも必要とあらばそうするだろう。俺が自身で決めてきたことだが、それらが全《すべ》て正しかったとは露ほども思わぬ。一歩間違えば、俺が綾瀬になっていたやもしれんのだ」

「まさか」

眉《まゆ》をひそめた夏野へ、恭一郎が微笑む。

「綾瀬と違い、俺は友に恵まれた。その昔、俺も伊織に問うたことがある。術で死者をこの世に戻せぬものか、とな。今思えばくだらぬことを問うたが、相手が稲盛でなくて幸いだった」

土筆大路《つくしおおじ》を行き交う人々の向こうに、香具山橋が見えてきた。

「それに、たとえあの戯言《ざれごと》が本当だとしても、俺はおそらく斬るまいよ。だがそれは、俺が心優しいからではなく——そんなことをして生き返っても、奏枝《かなえ》はけして喜ばぬと知っておるからだ……」

蒼太の目を通して見た奏枝の顔が、橋を見やる恭一郎の横顔に重なる。

切なさに夏野は目をそらした。

恭一郎が綾瀬を討ち取った一昨日の晩から、町奉行所はてんやわんやだと聞いている。

背格好が似ていたというだけで、自害した辻斬《つじぎ》りを一連の辻斬りと早計したのは町奉行所の落ち度だが、今更、表立って綾瀬の——ひいては御前仕合の——名誉を汚すこともあるまいと、綾瀬のことは内々に収められるそうである。

百人目が、己である必要はなかった筈《はず》だ。

あれは綾瀬の、剣士としての矜持《きようじ》だったのか……？

「つまらぬことを聞かせたな」

香具山橋の袂《たもと》まで来て、恭一郎が言った。

「いえ……」

強くなりたいと思った。

これから幾度も、覚悟を決めねばならぬ時がくるだろう。

蒼太とその目を護《まも》り、皆の足手まといにならぬためには、己が強くなるしかない。

剣も、術も――

これ以上、鷺沢殿を悲しませたくない……

ふと思いついて、夏野は恭一郎を見上げた。

「鷺沢殿」

「うん？」

「鷺沢殿は……蠟梅《ろうばい》という箏曲《そうきょく》をご存じですか？」

唐突な問いに戸惑ったのも一瞬で、夏野を見つめて恭一郎は穏やかに応《こた》えた。

「うむ。曲の名を知ったのは斎佳に越してからだが……母上が時折弾いていた」

大老と男子をもうけながらも、正妻になれなかった鷺沢夕《ゆう》もまた、忍ぶ恋を生きた女であった。

「州屋敷で、真琴様が皆の前で弾いたのです」

「ほう」

「自分と――真木殿のために弾いたと仰《おつしや》いました」

「そうか……」

恭一郎のことだ。馨の、千草への想《おも》いも承知の上に違いなかった。

「辻越で、櫛《くし》のことを真木殿に告げられたのは、鷺沢殿ですね？」

夏野が問うと、恭一郎は微苦笑を漏らした。

「お見通しか……」

「いいえ、私は何も判《わか》っておりませんでした」

本当に、まるで判っていなかった……

内心溜息《ためいき》をつきながら、夏野も微笑んだ。

「鷺沢殿は、あの櫛を見たことがあったのですか？」

「いや、ただの当てずっぽうだ。しかし木下ほどの娘が、あのような櫛を身につける理由は一つしかあるまい」

目付の娘には似つかわしくない安物だと、恭一郎は一目で見破ったようである。

「馨はまこと、野暮な男でな。櫛を買ってやったことは覚えていても、どんな色柄だったかはすっかり忘れておったらしい……」

恭一郎が目を細めるのへ、西方を背中にしていた夏野は振り返った。

冬の入日が蜜柑色《みかんいろ》の淡い光を放ちながら、防壁の向こうに沈んでいこうとしている。

「……蒼太に伝えてください。四日の明け六ツ半頃《ごろ》、道場で待っていると」

「なんだ？　果し合いでもするのか？」

くすりとして、恭一郎が茶化した。

「まさか。みよし屋の初売りに行く約束なのです」

「みよし屋？」

「四日の五ツから初売りで、最初に並んだ百人の客には、紅白の大福をくれるのだそうです。つまり五十文で、三つの大福が手に入るのです」

「そいつに二人してゆく訳か。……六ツ半で間に合うのか？」

「店の手代に確かめたので、大丈夫でしょう」

「抜かりないな。しかし正月早々、黒川殿には世話をかけるな」

「このくらいお安い御用です」

胸を張って応えてから、夏野は慌てて頭を下げた。

「その……今年も大変お世話になりました」

「こちらこそ、世話になった」

顔を上げると、どちらからともなく笑みをこぼした。

「良いお年をお迎えください」

「黒川殿も」

重ねて頭を下げてから、恭一郎と別れて夏野は香具山橋を渡った。

橋の真ん中で、今一度振り返りたい衝動を抑えて、家路へ向けて足を速める。

強く。

もっと強くなりたい——

一番星が瞬き始めた空の下を、こらえきれずに夏野は駆け出した。

解説

西上心太

二〇一〇年に第五回ポプラ社小説大賞に応募し、最終選考に残った作品を改稿・改題し、二〇一二年七月に同社から刊行された『鈴の神さま』が知野みさきのデビュー作である。

その一方で二〇一一年十一月が締切の第四回角川春樹小説賞に『加羅の風』を投じた。これがめでたく翌年五月の最終選考会において受賞作と決まり、『妖国の剣士』と改題され同年十月に刊行されたのである。

知野みさきのキャリアや他の作品については、新装版第一巻の細谷正充氏の解説に詳しいので割愛するが、海外企業で激務をこなしながら、足かけ三年の間に二作品を新人賞に投稿して好結果を残し、その後の改稿を経て二作品の刊行が続いたのだ。これは新人として珍しいことであり、その後の活躍を予測させる出来事であったのかもしれない。

この〈妖国の剣士〉シリーズは二〇一二年から毎年一作ずつ刊行され、二〇一五年の『西都の陰謀』をもってひとまず完結した。すなわち『妖国の剣士』（一二年）、『妖《あや》かしの子　妖国の剣士②』（一三年）、『老術師の罠《わな》　妖国の剣士③』（一四年、本書の旧版）、『西都の陰謀　妖国の剣士④』（一五年）である。

ところが近々、新たに四作品からなる「第二部」の刊行が決定したというのだ。それに伴い二〇二二年十月から、〈妖国の剣士〉シリーズ新装版の刊行が始まった。「第一部」完結から七年という決して短くない年月が経《た》っている。これまで本シリーズに縁がなかった方は、「第二部」の開始を前に、ぜひこの世界になじんでほしいのだ。

本シリーズの舞台となるのは安良国《やすらこく》という燕《つばめ》の形をした島国である。キャラクターの名前や土地の名からもわかるように、和風ファンタジーなのである。しかも登場人物たちの衣装や風俗などは江戸時代風だ。そのためファンタジーファンはもちろんだが、このジャンルを読み慣れていない時代小説ファンにとっても、容易に作品世界に入り込めるのではないだろうか。

安良国は四つの都と二十三の州から構成されている。かつては全土に妖魔が跋扈《ばっこ》し、人間たちは常にその襲来に怯《おび》えていた。ところが今からおよそ一千百年ほど前に、安良という人物が現れる。安良を見出《みいだ》したのは島の東北部の有力豪族で、のちに神月《こうづき》家となる一族だった。安良は製鉄に新しい技術をもたらし、それまでの鈍《なまくら》な剣から、妖魔を両断できるような斬《き》れ味鋭く強靱《きょうじん》な剣を作り出すことを可能にしたのである。さらに安良はもう一つの技能をもたらした。それが理術《りじゅつ》と呼ばれる精神的な力である。妖魔を切り伏せる「剣」と妖魔の妖力を封じる「術」。この二つの力によって、人間が妖魔に対抗することが可能になったのである。

理術を極めた理術師は、都や町に結界をめぐらし、妖魔の侵入を防ぐことに成功した。これにより安心して暮らせる環境が整い、現在のように四都二十三州の国に発展したのだ。

各州を治める二十三人の州司《しゅうじ》、各都を治める四人の閣老《かくろう》、そして東都と呼ばれる最大の都・晃瑠《あける》には閣老と州司を統括する大老がおり、さらに現人神《あらひとがみ》である安良が御座《おわ》すのである。

現在の安良は第二十五代にあたる。だがその地位は血で繋《つな》がった世襲によって引き継がれてきたわけではない。先代が亡くなると、転生によって次の安良が現れるのだ。現れるまでの期間や次代の安良の年齢はまちまちだが、いずれも首筋に燕形の痣《あざ》があり、歴代の安良の記憶をすべて有しているという。

新しい安良が出現するまでの空白期間は、安良を見出し大老の職を世襲する神月家の当主が安良に代わって国を統《す》べることになる。かつて神月家に大老になる跡継ぎがおらず、神月家に次ぐ西原《さいばら》家が大老を務めたことがあった。だが安良の不在や早世もあって世が乱れたことで、西原家から人心が離れ、再び大老職は神月家に戻り現在に至っている。この過去にあった両家の軋轢《あつれき》が、本書と次巻で起きる事件と密接に関《かか》わってくるのだ。

本シリーズのメインキャラクターは黒川夏野《くろかわなつの》、鷺沢恭一郎《さぎさわきょういちろう》、蒼太《そうた》の三人である。黒川夏野は氷頭《ひず》州の前州司を父に持つ、初登場時十七歳の少女だ。だが剣の腕に優れ、五段にならないと認められない「侃士《かんし》」の位を有している。普段は男装しているため、知らない者からは少年剣士と思われている。夏野は幼いころに攫《さら》われた弟を捜すため、東都・晃瑠に向かう。だがその途中で幻術を使う妖魔である「仄魅《しきみ》」に謀《たばか》られ、竹筒に封印された妖魔の目を自分の左目に取り込んでしまう。

晃瑠に到着した夏野は、鷺沢恭一郎と蒼太という少年に出会う。恭一郎は大老・神月人見《ひとみ》の長男であるが、庶子であるため市井で気楽な日々を送っている。だが剣に関しては安良国一といわれる腕前である。そして恭一郎が遠縁の子という蒼太は、実は「山幽《さんゆう》」という妖魔であり、夏野が取り込んでしまった目の持ち主だったのである。

この他、晃瑠で夏野が通う道場の師範で恭一郎とも親しい大男の真木馨《まきかおる》、やはり恭一郎の友人で、全国に五人しかいない理術の最高位・理一位《りいちい》の位を持つ樋口伊織《ひぐちいおり》、夏野を謀った「仄魅」の伊紗《いさ》などがからみ、夏野の弟の行方《ゆくえ》や晃瑠で頻発する幼子《おさなご》の拐《かどわ》かし事件を追っていくのが第一作の『妖国の剣士』のストーリーだった。

主なキャラクターが揃《そろ》い、作品の世界となる安良国の背景を描いた一作目に続き、第二作の『妖かしの子』では、妖魔による村の襲撃という大きな事件をメインにすえながら、心に大きな傷を抱えている夏野、恭一郎、蒼太の三人が、それぞれの立場の違いから起きる遠慮や忖度《そんたく》を乗り越え、絆《きずな》を深めていく様子が描かれていた。

三作目の本書では、いよいよ大きな敵役が登場する。稲盛文五郎《いなもりぶんごろう》と名乗る老術師だ。位こそないが、理一位に勝るとも劣らない腕を持っており、前作で起きた妖魔による村落襲撃の黒幕であることや、理一位に次ぐ理二位の術師がその手下になっていることが序章で明かされる。その一方、恭一郎が蒼太を自分の子供であると公言したことで思わぬ波紋が広がっていく。甘いものが大好きな蒼太に何者かが毒入りの大福を食わせる事件が起きたのだ。大老の跡取りには恭一郎の義弟で正妻の子の一葉《かずは》がおり、もとより恭一郎は大老のさらに妖魔に襲われる村々が増えていき、ついに斎佳《さいか》の目付の娘で剣も遣う木下真琴《きのしたまこと》の帰り旅に同行した夏野に、老術師・稲盛文五郎こと文四郎《ぶんしろう》が襲いかかる。

確かな人物設定。それがこのシリーズ第一の魅力だろう。男女の機微に疎く、ちょっと天然がかった夏野、飄然《ひょうぜん》とした恭一郎、食いしん坊の蒼太というのが表向きの顔である。だが夏野は自らの不注意で弟を失ったと思いこんでいた。恭一郎は卑劣な手段によって妻とお腹《なか》の子を同時に失っている。蒼太は仲間に謀られたとはいえ、同族を殺してしまい妖魔の世界から追放された。このように触れられたくない過去が、彼らの言動に陰翳《いんえい》を与えている。さらにその傷をどのように乗り越えていくのかも、シリーズを通しての読みどころになっている。そうそう、剣だけでなく理術にも取り組む夏野と、膨大なポテンシャルを秘めているらしい蒼太の成長物語という側面の魅力も忘れてはならない。

第二の魅力が妖魔との戦い、活劇シーンの見事さだ。恭一郎、馨、夏野の剣。伊織の理術。そして「山幽」の蒼太が持つ妖力。特に蒼太の妖力は発展途上であり、どこまで凄《すご》いものになるのかはまだ不明だ。対する妖魔たちも動きが速く凶暴な「狗鬼《こうき》」、腕力と高い知能を合わせ持つ「鴉猿《あざる》」、地中から鎌のような刃で人の足を刈る「土鎌《つちがま》」など、人間にはない〈特殊能力〉の持ち主との戦闘は手に汗を握る。

第三の魅力は人間対妖魔という対立を描きながら、決して善と悪という二項対立で済ませていない点だ。

「人は欲深く、自分勝手で浅ましい。他人を妬《ねた》み、ひがみ、食う物に困ってもいないのに、同じ人間を陥れ、同族殺しも厭《いと》わない。見下げ果てた生き物だろう」（P179）

これは「仄魅」の伊紗の言葉である。

また夏野も「大切な者のために己の命を懸ける者と同じくらい——もしくはそれ以上に——己や愛する者のためなら他人を犠牲にすることを選ぶ者がいる」（P305）と述懐している。

恭一郎も夏野も痛みを感じながら戦い、本能で人を襲う妖魔よりも、自らの利や欲望のために彼らを操る者たちに、憤りを抱いているのだ。ファンタジーではあるが、その描くところは普遍的な物語なのである。

最後の魅力は、作者の成長が如実に読み取れることだ。明らかにストーリーの構成がすっきりとして、読み進める読者の負担が軽減されている。また前作まで間々見られた視点の揺らぎがほとんど見られなくなったことも記しておきたい。

最終巻となる次巻では、西都の斎佳を舞台に大迫力のシーンが楽しめる。また蒼太の力も大きく飛躍し、さらにこれまで夏野が見ない振りをしていた己の気持ちにも正面から向かい合う。本書を含む既刊の三冊に続き、最終刊を心待ちにしていただきたい。

そしてその先には、待望の「第二部」が待っている！

（にしがみ・しんた／書評家）

本書は、二〇一四年六月にハルキ文庫として刊行された
『老術師の罠　妖国の剣士3』に、加筆修正を加えた新装版です。